古典文獻研究輯刊

二九編

第 **13** 冊

文學微區位論視域下的清代虎丘地區詩文研究（下）

殷 虹 剛 著

國家圖書館出版品預行編目資料

文學微區位論視域下的清代虎丘地區詩文研究（下）／殷虹
剛 著 -- 初版 -- 新北市：花木蘭文化事業有限公司，2024〔
民 113 〕
目 6+196 面；19×26 公分
（古典文學研究輯刊 二九編；第 13 冊）
ISBN 978-626-344-563-5（精裝）
1.CST：清代文學 2.CST：文學評論 3.CST：區域研究
820.8 　　　　　　　　　　　　　　　　　　112022460

ISBN-978-626-344-563-5

古典文學研究輯刊
二九編　第十三冊　　　　　　ISBN：978-626-344-563-5

文學微區位論視域下的清代虎丘地區詩文研究（下）

作　　者　殷虹剛
總 編 輯　杜潔祥
副總編輯　楊嘉樂
編輯主任　許郁翎
編　　輯　潘玟靜、蔡正宣　美術編輯　陳逸婷
出　　版　花木蘭文化事業有限公司
發 行 人　高小娟
聯絡地址　235 新北市中和區中安街七二號十三樓
　　　　　電話：02-2923-1455／傳真：02-2923-1452
網　　址　http://www.huamulan.tw 信箱 service@huamulans.com
印　　刷　普羅文化出版廣告事業
初　　版　2024 年 3 月
定　　價　二九編 21 冊（精裝）新台幣 56,000 元

文學微區位論視域下的清代虎丘地區詩文研究（下）

殷虹剛　著

目

次

上 冊

緒 論………………………………………………………1

一、相關研究成果述評……………………………………1

二、研究思路與方法………………………………………6

上編 文學區位與文學微區位的概念和理論………13

第一章 文學區位的相關概念和理論闡釋…………17

第一節 區位與微區位的概念和理論介紹………17

一、區位……………………………………………………17

二、區位論…………………………………………………18

三、點、線、面與空間結構類型………………………20

四、尺度……………………………………………………20

五、微區位…………………………………………………20

第二節 文學區位、文學區位論與文學微區位……22

一、文學區位………………………………………………22

二、文學區位論……………………………………………24

三、文學微區位……………………………………………26

第三節 文學區位論與區位論的區別……………30

一、區位主體不同…………………………………………30

二、行為主體不同…………………………………………30

三、區位數量不同…………………………………………31

四、研究目的不同…………………………… 31

五、主要研究方法不同…………………… 31

第四節　文學區位的基本特性…………… 32

一、文學區位的系統性…………………… 32

二、文學區位的層級性…………………… 33

三、文學區位的差異性…………………… 33

四、文學區位的動態性…………………… 34

第五節　文學區位論的理論價值………… 35

一、強調文學地理學研究的「尺度」…… 35

二、強調「文學區位因子」的作用 …… 36

三、強調不同文學活動場所之間的比較研究… 37

四、強調「空間中的文學」與「文學中的
　　空間」的融合研究…………………… 38

第二章　文學區位論的研究方法、研究內容與
　　　　研究案例…………………………… 39

第一節　文學區位論的主要研究方法…… 39

一、數據統計法…………………………… 40

二、繫地法………………………………… 40

三、圖表法………………………………… 41

四、比較分析法…………………………… 42

五、文地互釋法…………………………… 42

第二節　文學區位論的研究內容………… 43

一、文學家空間分布的文學區位問題…… 43

二、文學家族空間分布的文學區位問題… 45

三、文學社團空間分布的文學區位問題… 45

四、文學家集會空間分布的文學區位問題… 47

五、文學家流動空間分布的文學區位問題… 48

六、文學作品空間分布的文學區位問題… 49

七、文學傳播的文學區位問題…………… 51

八、文學接受的文學區位問題…………… 52

九、文體的文學區位問題………………… 53

十、文學區位的變化問題………………… 56

第三節　文學區位論的研究案例……………………58

一、《中國歷代文學家之地理分布》中的
文學區位論思想………………………58

二、《唐代交通與文學》中的文學區位論
思想………………………………59

三、《中國文學地理形態與演變》中的文學
區位論思想……………………60

四、基於已有研究案例的思考……………62

中編　空間中的詩文：對清代虎丘地區文學
微區位的定量研究……………………65

第三章　本書所涉地理空間的界定……………67

第一節　空間系統和二級空間……………………67

第二節　作為空間系統的蘇州之構成……………68

第三節　蘇州空間系統下的九個二級空間………69

一、作為二級空間的虎丘地區的界定………69

二、以蘇州城區為中心確定二級空間………71

三、蘇州城外八個二級空間的劃分方法……72

四、蘇州空間系統下九個二級空間的劃分…73

第四節　九個二級空間中的主要地理資源………74

一、蘇州城區………………………………75

二、金雞湖地區……………………………82

三、澹臺湖地區……………………………83

四、石湖地區………………………………84

五、虎丘地區………………………………87

六、靈巖山地區……………………………98

七、鄧尉山地區……………………………103

八、太湖地區………………………………107

九、陽城湖地區……………………………110

第四章　清代蘇州詩文繫地統計數據…………111

第一節　關於作為統計對象的387位作家的
說明…………………………………111

一、蘇州本土作家…………………………112

二、蘇州下轄縣作家………………………116

三、僑寓蘇州的外地作家 ……………………… 121

四、任職蘇州的官員作家 ……………………… 123

第二節　對清代蘇州詩文的繫地統計 …………… 127

一、對本土作家的蘇州詩文繫地統計 ……… 127

二、對下轄縣作家的蘇州詩文繫地統計…… 132

三、對僑寓作家的蘇州詩文繫地統計 ……… 136

四、對官員作家的蘇州詩文繫地統計 ……… 138

五、清代蘇州詩文繫地統計匯總情況 ……… 140

第五章　對清代蘇州詩文繫地統計數據的定量
　　　　研究 ……………………………………… 143

第一節　對清代蘇州詩文繫地統計數據的共時性
　　　　考察 ……………………………………… 143

一、對清代蘇州詩文空間分布情況的考察… 144

二、對清代創作作家空間分布情況的考察… 148

三、對作家群體創作詩文數量均值和
　　中位數的考察………………………………… 154

四、對蘇州空間系統中九個二級空間文學
　　微區位的綜合判斷………………………… 160

第二節　對清代蘇州空間系統中虎丘地區文學
　　　　微區位的歷時性考察 ………………… 162

一、對於清代分期問題及作家歸屬時期
　　問題的說明………………………………… 162

二、對清代虎丘地區文學微區位的歷時性
　　考察 ………………………………………… 164

下　冊

第六章　對清代虎丘地區文學微區位條件的分析 · 171

第一節　對清代蘇州空間系統中九個二級空間
　　　　文學微區位條件的分析 ………………… 171

一、對地理資源考察角度的說明 …………… 172

二、對清代九個二級空間文學微區位
　　條件的綜合分析 ………………………… 175

第二節　對清代虎丘地區文學微區位條件的專題
　　　　分析 ……………………………………… 192

一、對清代虎丘地區文學微區位條件的
進一步分析……………………………… 193

二、對清代虎丘地區文學微區位歷時性
變化的分析……………………………… 199

三、虎丘地區在清代蘇州文學地理中的樞紐
地位……………………………………… 205

**下編　詩文中的空間：對清代虎丘地區文學微區位
的定性研究**……………………………… 209

第七章　關於地理意象……………………………… 211

第一節　清代蘇州作家對「江山之助」論的
發展………………………………… 211

一、「江山與詩人相為對待」……………… 212

二、「江山助人必於遊得之」……………… 214

第二節　從地理資源到地理意象……………… 216

第三節　遊覽與行旅…………………………… 219

第八章　地理區位對清代虎丘地區離別詩的影響· 223

第一節　清代詩歌中對虎丘地區地理區位
優勢的表述………………………… 223

第二節　或憂或喜、以憂為主的離別情感……… 225

第三節　由實到虛的離別地理意象…………… 230

第四節　視通萬里的空間敞開性……………… 233

**第九章　人文地理資源對清代虎丘地區詩歌的
影響**………………………………… 239

第一節　「如今張繼多」：張繼《楓橋夜泊》對
清代楓橋詩歌的影響……………… 239

第二節　「龍蛇心事總堪哀」：復社虎丘大會對
清代虎丘詩歌的影響……………… 247

一、復社遺民詩人的虎丘書寫……………… 248

二、復社仕清詩人的虎丘書寫……………… 256

三、「以樂景寫哀」………………………… 260

第三節　「此地昔賢多」：清代作家對虎丘地區
歷史名蹟的文學書寫……………… 261

一、闔閭墓與劍池…………………………… 263

二、生公講臺等生公遺跡………………… 266

三、真娘墓 ················· 267

四、五人墓和葛賢墓 ············· 272

五、慕李軒、懷杜閣、思白堂和仰蘇樓 ······ 279

第四節 地理資源與文學的互動關係分析 ········ 286

一、詩文對地理資源的促進作用 ········· 286

二、人文地理資源對詩文創作與傳播的
影響 ·················· 288

三、現實世界中文學對地理資源的反作用 ··· 293

第十章 對立與統一：清代詩文對虎丘地區民俗
和市廛的書寫 ·············· 297

第一節 「虎丘千古月」：清代詩文中的中秋
虎丘玩月 ·············· 298

第二節 「多情花酒地」：清代詩文中的山塘
冶遊 ················ 303

第三節 「家在山塘遍賣花」：清代詩文中的
山塘花市 ············· 309

第四節 「人歌人笑一江風」：清代詩文中的
山塘競渡 ············· 315

第五節 「此理耐窮詰」：清代詩文對虎阜山塘
繁盛的另一種書寫 ········· 320

一、清遊與俗遊：兩種遊覽觀的對立 ······· 320

二、奢靡與儉樸：兩種消費觀的糾結 ······· 325

三、養花與植麻：兩種經濟觀的衝突 ······· 336

結 語 ······················· 343

參考文獻 ···················· 347

後 記 ····················· 365

第六章　對清代虎丘地區文學
微區位條件的分析

　　前文通過量化考察已經得出清代蘇州空間系統中九個二級空間的文學微
區位關係，以及虎丘地區作為蘇州空間系統中的文學中心，其文學微區位在清
代三個歷史時期的變動情況。根據本書上編「文學區位論與文學微區位論」中
的理論闡釋，有兩個因素會決定九個二級空間在蘇州空間系統中的文學微區
位地位，其一是九個二級空間自身所擁有的客觀屬性，即文學微區位條件；其
二是作家對九個二級空間的主觀認識和評價，即文學微區位因子。接下來，本
書將主要從文學微區位條件的角度，對清代蘇州空間系統中九個二級空間文
學微區位關係形成的原因進行分析。

第一節　對清代蘇州空間系統中九個二級空間文學微
區位條件的分析

　　如上編所述，一個場所的文學區位條件分為自然地理和人文地理兩類。自
然地理類的文學區位條件，包括場所的位置、範圍、地貌、氣候、土壤、植被
等因素；人文地理類的文學區位條件，包括場所的交通、風俗、歷史、經濟、
宗教、政治、軍事、建築等因素。這兩類文學區位條件所包括的各種因素或具
體，或抽象，落實到本書對蘇州空間系統中九個二級空間文學微區位的考察
上，即前文所言蘇州各地區的十二類地理資源。這十二類地理資源中，城池、
公署、學校、津梁、古蹟、壇廟祠宇、寺觀、第宅園林、冢墓、市廛等為人文

地理資源,屬於人文地理文學微區位條件;另外的山、水主要為自然地理資源,屬於自然地理文學微區位條件。不過,因為蘇州的山水往往也蘊含著豐富的歷史文化內涵,所以有時也可以視為人文地理資源,屬於人文地理文學微區位條件。

空間系統中的二級空間因為擁有不同的地理資源,因而具備不同的文學微區位條件。不同的文學微區位條件影響一個地區對作家群體的文學吸引力,影響作家群體的遊覽和文學創作活動,進而影響詩文的空間分布、作家創作群體的空間分布、詩文數量的均值和中位數,最終影響一個地區在空間系統中的文學微區位地位。接下來本書將從對比考察蘇州空間系統中九個二級空間的地理資源入手,分析不同地區擁有的文學微區位條件,對前文基於量化考察得出的九個二級空間的文學微區位關係作出解釋。

一、對地理資源考察角度的說明

對一個地區自然地理資源和人文地理資源的考察,包括整體和個體兩個層面。整體層面是以整個「地區」為對象,主要考察一個地區中各種地理資源的豐富程度。個體層面是以單個「地理資源」為對象,主要考察各種地理資源的具體內容、知名程度、位置特徵和交通條件。

1. 整體層面

從整體層面來看,考察不同地區的地理資源時,存在地理資源豐富程度上的差別,這些差別將影響地區對作家的文學吸引力。

所謂一個地區地理資源的豐富程度包含三方面的含義,一是指地理資源的數量,二是指地理資源種類,三是指地理資源的集聚情況。一個地區的地理資源很少,對作家群體的文學吸引力當然就會弱。但是,一個地區的地理資源雖然數量多,卻種類單一,也不能對作家群體產生很強的文學吸引力。一個地區只有擁有的地理資源不僅數量多,而且種類也多,才能吸引很多作家前去遊覽,並紛紛為之創作大量詩文。因為種類多,意味著有各種地理資源可以滿足作家群體不同的心理需求。例如,山川可以讓作家陶醉於天地造化的自然風景而流連忘返,古蹟可以讓作家感知歷史發思古之幽情,寺觀可以讓作家參禪修道體驗幽明空靈之境,學宮可以讓作家瞻仰孔聖感悟人文,第宅園林可以讓作家優游其中自在自適,市廛可以讓作家感受市井繁華滿足聲色之娛,祠宇冢墓可以讓作家拜謁先賢感慨人生……因此,作家群體心理需求的多樣性,決定了

地理資源種類多的地區在空間系統中具有更大的文學微區位優勢。另外，在整體層面上，地理資源的集聚情況也會影響一個地區對作家的文學吸引力。一個地區的地理資源數量和種類很多，但如果這些資源比較分散，東零西落，呈散點狀分布，這會提高作家遊覽的難度，從而降低整個地區對作家的文學吸引力。相反，如果一個地區的地理資源不僅數量和種類多，而且比較集中，各種地理資源匯聚在一起，這會讓作家在遊覽時有一種應接不暇、琳琅滿目的感覺，從而會大大提高地區整體對作家的文學吸引力。

因此，地理資源豐富程度高的地區，在空間系統中具有優越的文學微區位條件，而地理資源豐富程度低的地區，則文學微區位條件較差。

2. 個體層面

在個體層面上，一個地區中各種地理資源的具體內容、知名程度、位置特徵和交通條件等方面也將影響其文學微區位條件。

（1）地理資源的具體內容

對地理資源具體內容的考察主要包括三個方面。

首先，人文地理資源對作家具有持久的吸引力，不過，不同的人文地理資源因為蘊含的歷史文化內容不同，對作家群體的吸引力也會有所差異。

其次，有些地理資源具有季節性特點，例如荷花、紅楓、梅花等植物類自然地理資源和中秋賞月、端午競渡等風俗類人文地理資源。這些季節性很強的地理資源在某個時段會吸引大量作家紛紛前去遊覽，但是一旦季節過去，這些地理資源便不復存在，對作家的吸引力也將消失。

再次，地理資源自身的一些空間特徵，例如是否是對外開放的公共空間、場地是否開闊、是市廛還是寺觀等，也會影響對作家群體的文學吸引力。

（2）地理資源的知名程度

地理資源的知名程度，是指地理資源被公眾知曉、瞭解的程度，主要可以從三個方面進行考察。

首先，能引發群體性遊賞的地理資源知名程度都比較高。某個地理資源只有廣為人知，而且對公眾普遍具有很強的吸引力，才能促使大量人群前往遊賞，甚至會形成當地固定的遊賞習俗，例如觀荷、賞楓、探梅、賞月、競渡等。

其次，具有悠久而豐富的歷史文化內涵的地理資源知名程度都比較高。地理資源的歷史文化內涵可能來自於與某位歷史名人的密切關係，也可能來自於該地曾經發生過的重要歷史事件。地理資源的歷史文化內涵在時間的長河

裏會持續發酵，吸引歷代作家前往憑弔，在文學作品中被反覆書寫，甚至最終發展為文學景觀。

再次，被眾多作家——尤其是著名作家書寫過的地理資源知名程度都比較高。地以文傳是一種很普遍的現象，地理資源的名聲會隨著作家創作的文學作品而傳播四方。尤其是著名作家的詩文，更能大幅度提升原本默默無聞的地理資源的知名度，激發其他作家的文學興趣。

（3）地理資源的位置特徵

所謂地理資源的位置特徵，包含兩方面的意思。

首先，地理資源的位置特徵是指作家與地理資源之間空間距離的遠近。需要指出的是，這種空間距離的遠近來自於客觀比較，而非作家個人主觀上的心理距離。距離對於不同場所之間相互作用的影響被稱為地理學第一大定律，作家在選擇集會、遊覽等活動的場所時，同樣也遵循距離衰減律。一個地理資源距離作家遙遠，作家前去遊覽的機會自然會減少。反之，一個地理資源近在咫尺，作家自然更有可能頻繁前往。

其次，地理資源的位置特徵是指其在空間網絡中的區位條件。在由不同的地理資源組成的空間網絡中，如果一個地理資源處於中心，一般都要比處於邊緣的其他地理資源更具有吸引力。因為由於處於空間網絡的中心，從該地理資源出發就能前往周圍其他的地理資源，或者從周圍其他的地理資源出發也就很方便前往該地理資源，於是作家就更方便前往該地理資源遊覽，從而創作詩文。

（4）地理資源的交通條件

所謂地理資源的交通條件，主要包含三方面的意思。

首先，交通條件是指一個地理資源是否方便到達。例如湖中的島嶼就只能坐船前往，陸地上的山丘就只能靠步行、肩輿或騎馬前往。如果一個地理資源通過水陸方式都能到達，則其交通條件就更加便捷，自然有利於吸引更多作家前去遊覽。

其次，交通條件指一個地理資源是否地處水陸交通要道。那些地處要衝的地理資源因為是行人往來的必經之地，四通八達，自然更有利於本地或外地作家前往。

再次，交通條件還指地理資源的交通狀況以及是否會受到天氣變化的影響。例如，對於峻峭的山丘來說，山路本來就陡峭，難以登覽，如果又遇到雨雪天氣，山路濕滑，便不宜登覽；對於江河湖海來說，本來就存在舟楫傾覆之

虞，如果又遇到颶風或暴雨天氣，則浪大危險，不便通航。因而作家對這些地理資源的遊覽肯定會受到天氣條件的限制。相比之下，陸地的交通狀況最好，不僅易於通行，而且基本不會受到天氣變化的影響。

地理資源這四個方面的情況並非各自孤立，而是彼此關聯。地理資源的具體內容會影響知名程度，位置特徵會影響交通條件，而交通條件和知名程度之間又會相互影響。地理資源這四個方面的情況綜合起來發揮作用，最終決定一個地區的文學微區位條件，影響該地區對作家的文學吸引力。

二、對清代九個二級空間文學微區位條件的綜合分析

接下來，本書將從地理資源的豐富程度、具體內容、位置特徵、交通條件和知名程度等五個方面，對九個二級空間的文學微區位條件展開分析，以深入理解前文量化考察所得出的蘇州空間系統中九個二級空間的文學微區位關係。在分析時，本書將引用古代作家詩文中的相關語句，以證明當時作家對蘇州空間系統中地理資源的這些特徵就已經有所認識。

1. 對二級空間地理資源豐富程度的分析

蘇州空間系統中，九個二級空間地理資源的豐富程度差別較大，對比之下，金雞湖地區、澹臺湖地區和陽城湖地區的地理資源無論是種類、數量，還是集聚情況，都遠遠落後於其他六個地區。

首先，這三個地區地理資源的數量都比較稀少，具體從前文「對清代蘇州九個地區地理資源的說明」部分可以看出。其次，這三個地區都沒有山，而另外六個地區中，除蘇州城區外，其餘虎丘地區、石湖地區、靈巖山地區、鄧尉山地區和太湖地區都有山。明高啟《遊靈巖記》即云：「吳城東無山，惟西為有山」〔註1〕。蘇州作為水鄉澤國，河道縱橫，湖泊眾多，相比之下山丘類的地理資源因其少就更容易受到作家的重視。明吳寬《陽山大石岩雲泉庵記》云：「吳雖號澤國，其西有山，亦連綿不絕」〔註2〕，言辭中就透露出對山丘的珍愛。清熊開元《遊陽山記》中就乾脆說：「吳門佳勝盡在西山」〔註3〕，認為蘇

〔註1〕 高啟：《鳧藻集》卷一，《影印文淵閣四庫全書》總第1230冊，臺灣商務印書館1986年版，第265頁。

〔註2〕 吳寬：《家藏稿》卷三十八，《影印文淵閣四庫全書》總第1255冊，臺灣商務印書館1986年版，第323頁。

〔註3〕 《湖北文徵》第四卷，轉引自王稼句編選《蘇州山水名勝歷代文鈔》，上海三聯書店2010年版，第229頁。

州城西的群山才能代表蘇州風景之勝。再次，這三個地區分別位於蘇州城外東、南、北三個方向，區域面積都很大，本來就少的地理資源分散各處，在分布上沒有形成集群效應，又進一步降低了這三個地區的文學吸引力。

對比之下，蘇州空間系統中其他六個地區地理資源的豐富程度都要好於這三個地區。蘇州城區也沒有山，但是在區域面積有限的城內有眾多的第宅園林，其地理資源的聚集程度很高。虎丘地區、石湖地區、靈巖山地區、鄧尉山地區和太湖地區既有水，又有山，在地理資源的種類上就比這三個地區勝出一籌。從觀賞效果來說，山水映帶確實比單純只有水更加引人入勝。例如：清顧湄《虎丘山志》卷一引《長洲縣志略》云：「公又緣山麓鑿水四周，溪流映帶，別成仙島。滄波緩溯，翠嶺徐攀，盡登臨之麗矚矣」〔註4〕；明莫震《石湖志》云：「（橫山）岡巒起伏，峰岫駢列如遊龍、如飛鳳、如虎豹獅象，其澄光秀氣與湖淥互相吞吐，變態不一，難以筆舌形容也」〔註5〕；明華鑰《吳中勝記》云：「太湖環吳諸山而控之，諸山以湖而益勝，一山一勝，而勝遂表於東南矣」〔註6〕。

總之，根據地理資源的豐富程度，蘇州空間系統中九個二級空間明顯分為兩大陣營。其中金雞湖地區、澹臺湖地區和陽城湖地區地理資源的豐富程度很差，特別是沒有山，因此在蘇州空間系統中屬於文學微區位條件比較差的二級空間，對作家的文學吸引力自然也就很弱，作家很少去這三個地區遊覽，也就談不上創作大量的詩文了。而其餘虎丘地區、蘇州城區、石湖地區、靈巖山地區、鄧尉山地區和太湖地區，在地理資源的數量、種類和集聚情況上都要勝過這三個地區，屬於文學微區位條件比較好的二級空間，更能吸引作家的關注。不同地區文學微區位條件的差別，最終表現為文學創作情況上的巨大差別，影響了九個二級空間在蘇州空間系統中的文學微區位關係。

2. 對地理資源具體內容的分析

蘇州空間系統中，除金雞湖地區、澹臺湖地區和陽城湖地區因為地理資源的豐富程度低，暫不討論外，其餘六個二級空間的地理資源在具體內容上各具

〔註4〕顧湄：《虎丘山志》卷一，《故宮珍本叢刊》第263冊，故宮博物院編，海南出版社2001年版，第367頁。

〔註5〕莫震撰，莫旦增補：《石湖志》卷二，《吳中小志叢刊》，陳其弟點校，廣陵書社2004年版，第328頁。

〔註6〕陶宗儀編：《說郛續》卷二十五，《續修四庫全書》第1191冊，上海古籍出版社2002年版，第216頁。

特色，對作家群體的文學吸引力也各不相同。以下就各地區主要地理資源分述
之。

（1）蘇州城區

大多數蘇州本土作家都居住在城內，因此蘇州城區擁有遠多於其他地區
的大量的第宅園林。作為第宅園林主人的作家，除日常起居外，還經常召集文
朋詩友在第宅園林中舉行宴會，詩酒唱酬，創作了大量的詩文。除前述顧文彬
有 600 首《望江南‧怡園即事》詞、彭定求有了 185 首（篇）與南畇草堂相關
的詩文等表現為詩文數量異常值的例子外，其他作家創作的與第宅園林有關
的詩文數量也不少。例如，清初汪琬經常去姜學在的藝圃作客，創作了 32 首
（篇）與藝圃有關的詩文，其中包括《藝圃十二詠》《藝圃小遊仙詩六首》《藝
圃採蓮曲四解》《藝圃竹枝歌四首》等組詩；范來宗頻繁於洽隱園舉行五老會
雅集，創作了《次小林屋三舉五老會詩韻》《十月初四日四舉五老會於洽園》
《三月廿五日洽園十六集》等 27 首（篇）相關詩文；彭慰高也經常於繭園舉
行消寒雅集，創作了《仲冬十七日繭園消寒第一集》《二十八日雪後繭園消寒
第二集》《初夏繭園雜興八首》《繭園十詠》等 29 首（篇）相關詩文。九個二
級空間中蘇州城區之所以在詩文總量上名列前茅，這些第宅園林類地理資源
的存在是主要原因。不過，第宅園林多屬於私人宅園，在清代這些私人宅園一
般不對外開放，除主人邀請外，外人不便造訪，這也影響了更多作家為其創作
詩文。例如，清代蘇州本土作家中，有 10 位創作了與藝圃有關的詩文，有 6
位創作了與洽隱園有關的詩文，而滄浪亭作為對公眾開放的園林，共有 39 位
作家創作了相關詩文，人數遠多於前二者。

（2）靈巖山地區

靈巖山地區的主要地理資源是靈巖山、天平山和支硎山。

靈巖山在蘇州城西群山中並不算高，但因山上有吳王夫差為西施所築的
館娃宮遺址而獨具魅力。唐陸廣微《吳地記》云：「花山……東二里有館娃宮，
吳人呼西施作娃，夫差置，今靈巖山是也」〔註7〕，其措辭中甚至將館娃宮等
同於靈巖山，足見夫差和西施的歷史故事對靈巖山影響之大。清代蘇州詩文
中，大量與靈巖山相關的詩文基本都抒寫館娃宮、響屧廊、玩花池、琴臺、采
香徑、吳王井、西施洞等遺跡，很少純粹描寫靈巖山的自然風光，可見靈巖山

〔註7〕陸廣微：《吳地記》，曹林娣校注，江蘇古籍出版社 1999 年版，第 67 頁。

主要是作為人文地理資源，因其所蘊含的吳王西施的歷史文化內涵而對作家產生了巨大的吸引力。

天平山上自然地理資源和人文地理資源並重。自然地理資源主要有白雲泉，風景幽絕，白居易曾賦《白雲泉》詩，《同治蘇州府志》卷六「山」部稱其為「吳中第一水」〔註8〕，清龔煒《巢林筆談》卷二「白雲泉」條云：「天平山之白雲泉，西山幽麗奇處也……泉聲潺潺……行遊渴甚，取泉水連啜數甌，喉物潤而肌骨清矣」〔註9〕，白雲泉側建有白雲寺，作家詩文集中亦多有詩詠。另外，天平山的自然地理資源還有紅楓，《清嘉錄》卷十有「天平山看楓葉」條，不過清代天平觀楓習俗並不盛行。民國張壬士輯《木瀆小志》卷五「風俗」云：「春日遠近士女共遊天平山，肩輿絡繹，夏秋則稀，冬季遊山絕少，惟看天平楓葉，間有命駕者」〔註10〕，可見遊覽天平山具有很強的季節性。人文地理資源主要有范文正公祠。北宋范仲淹不僅文學成就突出，而且對蘇州地方風氣影響深遠，他在蘇州首倡府學，教澤廣被，晚年設置義田，以養濟群族之人，其事蹟廣為流傳，為人稱譽。元柯九思《遊天平山記》云：「中吳之西，天平山為之長……是山也，范魏公之祠在焉，其祠用中牢。魏公吳人，有施於鄉黨，德義至厚，既死而不歿。故鉅公名卿、高人韻士經由是邦，莫不肅拜祠下，顧瞻遺像而仰其休風。夫玉蘊石而山輝，珠藏淵而川媚，況德義所加，丘陵林麓有不增其高而發其耀者乎？故茲山之勝，抑亦以其人重也。」〔註11〕乾隆十六年（1751）清高宗遊覽天平山范文正公祠，賜名「高義園」。天平山因范文正公祠而聲譽更著，清代人文墨客紛紛前往拜謁，並作詩憑弔。

支硎山因東晉高僧支遁曾隱居於此而得名，有中峰、南峰和北峰，山上有石室、白馬澗、馬跡石、放鶴亭、喝獅窩等與支遁有關的遺跡。魏晉時期清談盛行，支遁以其精深的佛學造詣雜糅老釋，成為清談的代表人物。他一生與王羲之、謝安等名士多有交往，備受推崇，在以記載清談家言行為主的《世說新語》中，關於支遁的記載就有四十多條。宋范成大《吳郡志》卷三十二引咸平

〔註8〕 馮桂芬總纂，潘錫爵等分纂：《同治蘇州府志》（一）卷六，《中國地方志集成・江蘇府縣志輯》第7冊，江蘇古籍出版社1991年版，第182頁。

〔註9〕 龔煒：《巢林筆談》卷二，錢炳寰整理，中華書局1981年版，第40頁。

〔註10〕 張壬士輯：《木瀆小志》，《中國方志叢書》「華中地方」第411號，成文出版社1983年版，第251頁。

〔註11〕 錢穀編：《吳都文粹續集》卷十九，《影印文淵閣四庫全書》總第1385冊，臺灣商務印書館1986年版，第478頁。

年間錢儼《碑銘》云：「天下之名郡言姑蘇，古來之名僧言支遁。以名郡之地，有名僧之蹤，復表伽藍，綽為盛概」〔註12〕。支硎山上建有吾與庵、南峰寺、中峰寺、北峰寺、來鶴庵、觀音寺等眾多寺庵，以其濃鬱的佛教氛圍，吸引著眾多作家前來尋幽訪真，正如宋曾旼《天峰院記》所言：「遁之沒已七百餘年，而事之傳於名蹟者猶不泯，其為世所慕如此」〔註13〕。

（3）鄧尉山地區

鄧尉山地區的主要地理資源是鄧尉山。鄧尉山有南北二峰，習慣上稱北峰為鄧尉山，稱南峰為玄墓山。鄧尉山的梅花自元代以來即蔚為壯觀，發展至清乾隆時期達到鼎盛。清邵長蘅《元墓探梅記》云：「環元墓而山者以十數，環山而村者以百數，環村而梅者無隙壤也，花時平望三十里如雪，故元墓之名以梅著。」〔註14〕鄧尉梅花並不局限於鄧尉、玄墓二山，實際包括光福周圍方圓五十里，周圍的西磧山、銅井山、潭山、查山、虎山、吾家山、米堆山等都有梅花。明楊循吉《吳邑志》卷十四「土產」中即記載：「吳邑梅，光福山中尤多，花時香雪三十里，物外奇賞也」〔註15〕。清康熙三十五年（1696），江蘇巡撫宋犖到吾家山探梅，雅興勃發，在山崖上題寫「香雪海」三個大字，此後「香雪海」成為鄧尉梅花的代稱便名揚海內。《吳郡歲華紀麗》卷二記錄了二月蘇州「元墓探梅」的習俗：「二月中旬，郡人艤舟虎山橋，襆被遨遊。輿者、騎者、屐而步者、提壺擔榼者，相屬於路」〔註16〕，《清嘉錄》中也有類似記載，可見當時盛況。鄧尉梅花作為一種自然地理資源，吸引著大批作家前往探梅，並創作了大量詩文。蔣業晉《秦遊草》之《客中夢遊鄧尉香雪海諸勝醒而有作》有句：「西秦形勝非我懷，風景益信江南好」〔註17〕。不過，鄧尉梅花花期只有一個月左右，開花時若遇風雨則花期又會縮短，這將限制作家對鄧尉梅花的詩文創作。

〔註12〕范成大：《吳郡志》卷三十二，陸振岳點校，江蘇古籍出版社 1999 年版，第 494 頁。
〔註13〕范成大：《吳郡志》卷三十二，陸振岳點校，江蘇古籍出版社 1999 年版，第 492 頁。
〔註14〕邵長蘅：《青門剩稿》卷五，《清代詩文集彙編》第 145 冊，上海古籍出版社 2010 年版，第 479 頁。
〔註15〕楊循吉：《吳邑志》卷十四，陳其弟點校，廣陵書社 2006 年版，第 109 頁。
〔註16〕袁學瀾：《吳郡歲華紀麗》卷二，甘蘭經、吳琴校點，江蘇古籍出版社 1998 年版，第 53 頁。
〔註17〕蔣業晉：《立厓詩鈔》卷一，《清代詩文集彙編》第 365 冊，上海古籍出版社 2010 年版，第 26 頁。

（4）石湖地區

石湖地區的主要地理資源是石湖和橫山。

石湖三面環山，風景秀美，宋范成大晚年退居石湖，創作了著名的《四時田園雜興》組詩。另范成大《重修行春橋記》云：「（石湖）吳臺越壘，對立兩峙，危峰高浪，襟帶平楚，吾州勝地莫加焉……凡遊吳中而不至石湖，不登行春，則與未始遊無異」〔註18〕。石湖山水映帶的美景吸引作家紛紛泛舟前往遊冶。而且蘇州民間有八月十八看「石湖行春橋串月」的習俗，清初《百城煙水》云：「至十八日，群往楞伽望湖亭看串月為奇觀」〔註19〕。不過，據成書於道光初年的《清嘉錄》「石湖串月」條記載：「十八日遊石湖。昏時，看行春橋下串月。舊俗多泊舟望湖亭，今亭廢而畫舫皆不輕往。或借觀串月之名，偶有一二往遊者，金烏未墜，便已辭棹石湖，爭泊白堤，徵歌賭酒矣」〔註20〕，可見入清以後，八月十八「石湖串月」的習俗逐漸式微，遊覽的重心已經轉移到了虎丘地區。這種風俗的變化自然會影響作家對石湖地區的文學創作。

橫山包含多個山峰，上方山、茶磨山、堯峰山、鳳凰山、姑蘇山、吳山等都是其支脈。橫山上有姑蘇臺、拜郊臺、酒城、魚城、越城等與吳王有關的遺跡，吸引作家紛紛前往懷古憑弔。另外，橫山地處郊外，又鄰石湖，既可攬湖山之勝，又可賞田園風光，清初汪琬晚年曾卜居堯峰山山麓，修築堯峰山莊，隱居於此，創作了近200首（篇）反映山村風光與悠閒生活的詩文。

（5）太湖地區

太湖地區的主要地理資源是太湖和西洞庭山、東洞庭山。

太湖三萬六千頃，以其浩渺無際的煙波、吞雲吐月的氣概，吸引著歷代文人為之記頌。三國時吳人楊泉《五湖賦》即云：「乃天地之元源，陰陽之所徂。上值箕斗之精，與雲漢乎同模。受三方之灌溉，為百川之巨都」〔註21〕。

西洞庭山和東洞庭山分別是太湖中西山島和東山島上的兩座主要山丘，島因山名。西洞庭山一名包山，最高峰為縹緲峰，山麓有消夏灣、明月灣、練

〔註18〕錢穀編：《吳都文粹續集》卷三十五，《影印文淵閣四庫全書》總第1386冊，臺灣商務印書館1986年版，第171頁。

〔註19〕徐崧、張大純纂輯：《百城煙水》卷一，薛正興校點，江蘇古籍出版社1999年版，第78頁。

〔註20〕顧祿：《清嘉錄》卷八，來新夏點校，中華書局2008年版，第163頁。

〔註21〕歐陽修等：《藝文類聚》卷九，《影印文淵閣四庫全書》總第887冊，臺灣商務印書館1986年版，第300頁。

潰、甪里等古蹟。西洞庭山東部有林屋洞，據《雲笈七籤》等道教經典記載，
天下有十大洞天，皆仙人所居，林屋洞為第九洞天。洞口有「天下第九洞天」
「仙府」等摩崖石刻。林屋洞周圍山上遍植梅樹，梅花盛開時滿山玉樹瓊枝，
稱林屋梅海。東洞庭山最高峰為莫釐峰，《同治蘇州府志》卷六云：東洞庭山
「視包山差小，而岡巒起伏大略相同」〔註22〕，山中有雨花臺、柳毅泉等景
點。

　　太湖地區不僅有湖光山色的自然地理資源，也有歷史悠久的人文地理資
源，因此對清代作家具有強烈的文學吸引力。

　　（6）虎丘地區

　　虎丘地區的地理資源主要有虎丘山、山塘街、山塘河和楓橋。

　　虎丘山是闔閭冢，所以既是自然地理資源，也是人文地理資源。山上有劍
池、生公講臺、千人石、點頭石、白蓮池、養鶴澗、試劍石、憨憨泉、陸羽井、
可中亭、摩崖石刻、仰蘇樓、玉蘭山房等眾多名蹟，還有短簿祠、白公祠、尹
和靖祠、真娘墓等祠墓。虎丘山地勢平緩，場地開闊，能容納眾多遊客。尤其
是千人石平整如砥，可容千人，相當於蘇州城西郊外的一塊市民廣場，為蘇州
城區居民提供了一個極為理想的休閒娛樂場所。蘇州有中秋節虎丘玩月、千人
石聽歌賽曲的習俗，《吳郡歲華紀麗》卷八「千人石聽歌」條記載：「中秋之夕，
共遊虎丘，千人石聽歌，樽罍雲集，士女雜沓。郡志稱虎阜笙歌徹夜，作勝會。
各據勝地，延名優清客，打十番爭勝負。十二三日始，十五日止……蓋其俗由
來久矣」〔註23〕。明代袁宏道《虎丘》（《袁中郎全集》卷八）和張岱的《虎丘
中秋夜》（《陶庵夢憶》卷五）這兩篇散文中對此有非常生動傳神的描寫，可見
當時盛況。另外，《吳郡歲華紀麗》卷二「百花生日」條記載二月半花朝日，
「虎丘花農爭於花神廟陳牲獻樂，以祝神釐」；「玉蘭房看花」條記載二月玉蘭
山房玉蘭樹「花時素豔照空，望之如雲屋瓊臺」〔註24〕的勝觀；卷三「山塘清
明節會」條記載，「吳郡無祀厲壇在虎丘山前，附郭三邑統祭於此。清明賽會
最盛，十鄉城內外土谷神咸集，遊人群聚山塘，名三節會，謂清明、中元、十

〔註22〕馮桂芬總纂，潘錫爵等分纂：《同治蘇州府志》（一）卷六，《中國地方志集成·
　　　　江蘇府縣志輯》第 7 冊，江蘇古籍出版社 1991 年版，第 198 頁。
〔註23〕袁學瀾：《吳郡歲華紀麗》卷八，甘蘭經、吳琴校點，江蘇古籍出版社 1998 年
　　　　版，第 256～257 頁。
〔註24〕袁學瀾：《吳郡歲華紀麗》卷二，甘蘭經、吳琴校點，江蘇古籍出版社 1998 年
　　　　版，第 65 頁。

月朔三節也」〔註25〕。這些民間節俗都進一步加強了虎丘的文學吸引力，清代作家對之多有詩詠。

明清時期，虎丘地區——尤其是山塘街是江蘇乃至全國最繁華的商業中心。褚逢椿《桐橋倚棹錄序》即言當時山塘街「為商賈交集之地，列肆鱗比，青翰往來，殆無虛日」。《桐橋倚棹錄》卷六「會館」、卷十「市廛」、卷十一「工作」和卷二十「舟楫」對於當時的繁盛情景有具體反映，從中可見清代山塘街上酒樓、茶坊和各式店鋪林立，人流如織。這種盛況在乾隆年間蘇州畫家徐揚的《盛世滋生圖》上更是得到形象直觀的表現。明清時期，山塘街花市鮮花盆景的生產技術領先於全國，蘇州也因此成為全國鮮花盆景銷售中心和集散地。對於山塘街花市的繁盛，清代作家多有詩文詠及。另外，山塘街上還有五人墓、葛賢墓，俠骨義風，為蘇州市民所敬仰，也吸引著清代作家紛紛前往拜謁，詩文記頌。

山塘河與山塘街呈水陸並行、河街相鄰的格局，自然也是一個熱鬧的場所。《吳郡歲華紀麗》卷五「山塘競渡」條記載端午節前後山塘河上賽龍船時的情景，「士女靚妝炫服，傾城出遊。藻川緙野，樓幕盡啟，羅綺雲積。山塘七里，幾無駐足；河中船擠，不見寸瀾。操楫之子，使船如馬……岸則居奇列肆，搏土為人，劈繒為衣，優師百變，應指而走。童孩戲耍之具，吳人見慣弗異，遠客偶睹，張目哆口，移晷弗去。商販貿易，所在成市，半月始罷，總之曰劃龍船市也」〔註26〕。清代作家詩文中對此盛況多有記載。《吳郡歲華紀麗》卷六「畫舫乘涼」條又云：「吳人謂納涼為乘風涼。伏日炎灼如焚，遊閒子弟爭攜畫舫，載酒肴，招佳麗，呼朋引類，艤棹於胥門萬年橋諮，或虎阜十字洋邊」〔註27〕，可見炎夏盛暑山塘河上也仍然是舟船擁簇。另外，《桐橋倚棹錄》記載：「木犀徑，在花園巷內。其地多藝花人所居，遍地種桂，高下林立。花時，人至其間，香沁肺腑，如行天香深處」〔註28〕。與此相應，《吳郡歲華紀麗》卷八「木犀蒸」條和「山塘桂花節」條記載了八月桂花盛開時節，「虎阜

〔註25〕袁學瀾：《吳郡歲華紀麗》卷三，甘蘭經、吳琴校點，江蘇古籍出版社1998年版，第98頁。

〔註26〕袁學瀾：《吳郡歲華紀麗》卷五，甘蘭經、吳琴校點，江蘇古籍出版社1998年版，第180頁。

〔註27〕袁學瀾：《吳郡歲華紀麗》卷六，甘蘭經、吳琴校點，江蘇古籍出版社1998年版，第212頁。

〔註28〕顧祿：《桐橋倚棹錄》卷七，王稼句點校，中華書局2008年版，第338頁。

山塘，燈船酒舫，士女駢萃，極意娛遊，兼旬始歇」〔註29〕的喧鬧場面。

除山塘街外，楓橋在清代也是一個重要的商業中心，「康雍間數十年來，楓橋市已成為湖廣之米的集散地」〔註30〕，《同治蘇州府志》即云：「楓橋市，在閶門西七里，地與長邑合治，為水陸孔道，販賣所集，有豆米市」〔註31〕。但清代詩文集中對楓橋市基本未涉及。比楓橋市更著名的是因唐代張繼《楓橋夜泊》一詩而名揚天下的楓橋和寒山寺，這兩處在清代詩文中也時有詠及，但對作家的吸引力遠不如虎丘山和山塘街。

總之，虎丘地區的地理資源非常豐富，除去一般的山水名蹟外，更獨有繁華的市廛，這讓虎丘地區具有與其他地區不一樣的文學吸引力。

3. 對地理資源知名程度的分析

除去金雞湖地區、澹臺湖地區和陽城湖地區外，就其餘六個地區地理資源的具體內容而言，可謂略有差異，各具特色，但這六個地區地理資源的知名程度並不相同。蘇州城區沒有山，也沒有湖泊，地理資源以當時私人所有的第宅園林為主，明清詩文中對其知名程度鮮有反映，而對其餘五個地區的名聲均有記載。

元楊維楨《遊石湖記》云：「蘇名山水，其魁者夫椒、震澤，其次虎丘、劍池、靈巖、天平、石湖、楞伽諸山也」〔註32〕，蘇州是水鄉澤國，六個二級空間中，太湖地區無疑揚名最早、聲名最著。宋范成大《吳郡志》卷十八「川」部首列「太湖」條云：「太湖，在吳縣西，即古具區、震澤、五湖之處……《爾雅》云：『吳越之間巨區，其湖周回五百里，襟帶吳興、毗陵諸縣界，東南水都也』，清劉鴻翱《太湖記》云：「江南山水之秀奇者，首太湖」〔註33〕。

除太湖地區外，虎丘地區也很早就名滿天下。虎丘山雖然很矮小，但是由於葬有吳王闔閭墓的緣故，富有歷史文化內涵和神秘氣息，吸引顧野王、杜甫、白居易、蘇軾、袁宏道等歷代文學家前往遊覽和賦以詩詠，這些名人與名文又

〔註29〕袁學瀾：《吳郡歲華紀麗》卷八，甘蘭經、吳琴校點，江蘇古籍出版社1998年版，第265頁。

〔註30〕樊樹志：《明清江南市鎮探微》，復旦大學出版社1990年版，第243頁。

〔註31〕馮桂芬總纂，潘錫爵等分纂：《同治蘇州府志》（一）卷二十九，《中國地方志集成·江蘇府縣志輯》第7冊，江蘇古籍出版社1991年版，第724頁。

〔註32〕李修生主編：《全元文》卷一三三四，第42冊，江蘇古籍出版社1999年版，第459頁。

〔註33〕《東山鎮志》第二十九卷，轉引自王稼句編選《蘇州山水名勝歷代文鈔》，上海三聯書店2010年版，第367頁。

進一步增加了虎丘山的知名度。明文徵明《玄墓山探梅倡和詩敍》即云：「吾吳號山水都，然知名當世，則虎丘、靈巖耳。蓋顧野王之文，清遠道士、李太白、韋、白諸人之詩歌，有足重也」〔註34〕。清黃與堅《重修虎丘山志序》云：「若其為山不高且大，而又逼於通都巨邑，取途便易，迄今以擾擾其勞乃更甚於諸山，蓋名彙之而使然也……我吳郡之西瀕太湖，而為山者大小羅列，其可名者甚眾，而皆莫之稱，虎丘以特著」〔註35〕。清顧湄《重修虎丘山志序》云：「古人文章得山川之助，而靈區奧府非文章不傳，則山川亦待助於文章也。虎丘自晉以降，載在典籍者，唐宋人詩文亡慮數十百篇，幾與名嶽大瀆等，豈非山川以文章重邪？」〔註36〕錢大昕《虎阜志序》亦云：「虎阜之在吳中，部婁爾，而名重海內，幾與九山十嶽等。豈非以單椒獨秀，外無依傍，遠之有望，近之不厭，合於君子之德，而又地居都會，文人學士觴詠於茲，揚譽者眾，得名較易耶？」〔註37〕

在六個地區中，靈巖山地區也富有盛名。元楊維楨《遊石湖記》中把靈巖山和天平山排在太湖和虎丘之後，元朱德潤《遊靈巖天平山記》亦云：「吳郡之西為湖，東為江，獨靈巖、天平為山之勝境」〔註38〕。靈巖山因館娃宮古蹟而聲譽卓著，元陳基《嚴氏遊靈巖詩序》即云：「中吳以水為國，而靈巖獨高雲漢之表……琴臺硯池，屨廊香徑，所以資耳目之勝者，尚歷歷吳宮之舊」〔註39〕。白居易曾登遊天平山，並賦《白雲泉》詩，天平山名由此更著，明袁宏道《天平》一文即云：「天平山以白樂天顯」〔註40〕。另外，天平山上有范文正公祠，元柯九思《遊天平山記》云：「是山也，范魏公之祠在焉……

〔註34〕文徵明：《文徵明集》卷十七，周道振輯校，上海古籍出版社 1987 年版，第458 頁。

〔註35〕顧湄：《虎丘山志》卷首，《故宮珍本叢刊》第 263 冊，故宮博物院編，海南出版社 2001 年版，第 358 頁。

〔註36〕陸肇域、任兆麟編纂：《虎阜志》卷十，張維明校補，古吳軒出版社 1995 年版，第 592 頁。

〔註37〕陸肇域、任兆麟編纂：《虎阜志》，張維明校補，古吳軒出版社 1995 年版，第3 頁。

〔註38〕朱德潤：《存復齋文集》卷二，《四庫全書存目叢書》集部第 22 冊，齊魯書社1997 年版，第 584 頁。

〔註39〕陳基：《夷白齋稿》外集卷下，《影印文淵閣四庫全書》總第 1222 冊，臺灣商務印書館 1986 年版，第 379 頁。

〔註40〕袁宏道：《袁中郎全集》卷八，《四庫全書存目叢書》集部第 174 冊，齊魯書社1997 年版，第 483 頁。

鉅公名卿、高人韻士經由是邦，莫不肅拜祠下，顧瞻遺像而仰其休風」〔註41〕。

　　元代鄧尉梅花尚在發展中，未廣為人知，故元楊維楨《遊石湖記》對蘇州名山的排列中沒有鄧尉山。至明清時期，鄧尉山梅花已譽甲天下，與杭州西溪、江西大庾嶺、廣東羅浮等地相提並論，成為中國梅花勝蹟的代表。明楊文驄《春遊偶記》云：「自癸亥春客湖上，探梅西溪，友人從萬頃香雪中語我曰：『吳門鄧尉山梅花四十里，較此則三山之與名嶽，洛神之與夷光，大有仙凡隔，不可失也』」〔註42〕，清初屈大均《送曾止山還光福歌》云：「梅花大宗在庾嶺，小宗仍在羅浮阿……西溪鄧尉天下聞，當年種自梅嶺分」〔註43〕，足見當年鄧尉梅花名聲之隆。

　　從空間距離來看，蘇州城區離石湖地區比靈巖山地區近，可石湖地區對作家的文學吸引力卻不如靈巖山地區。明莫震《石湖志》云：「石湖之名，前此未甚著，實自范文穆公始，由是繪圖以傳」〔註44〕，但明朱逢吉《遊石湖記》云：「姑蘇之西，不一舍而近，有石湖……按《蘇州志》載，（范文穆）公以文學政事著名，其歸老於斯，園堂亭樹，遊樂之所非一，湖因之以稱，今遺址漫不可考。獨湖北數里，山曰天平，文正公祠猶存，今四百年，山林翁蔚如故。所置義莊，子孫蒙其澤未窮。是知君子惟道德為永世之本，山水未足云」〔註45〕。元柯九思《遊天平山記》云：「夫玉蘊石而山輝，珠藏淵而川媚，況德義所加，丘陵林麓有不增其高而發其耀者乎？故茲山之勝，抑亦以其人重也」〔註46〕，明文徵明《玄墓山探梅倡和詩敘》亦云：「古之名山，往往以人勝，所貴於人，豈獨盤遊歷覽而已」〔註47〕，也許這正是石湖地區

〔註41〕錢穀編：《吳都文粹續集》卷十九，《影印文淵閣四庫全書》總第1385冊，臺灣商務印書館1986年版，第478頁。

〔註42〕周永年：《鄧尉聖恩寺志》卷一六，《故宮珍本叢刊》第270冊，故宮博物院編，海南出版社2001年版，第217頁。

〔註43〕屈大均：《翁山詩外》卷三，《續修四庫全書》第1411冊，上海古籍出版社2002年版，第317頁。

〔註44〕莫震撰，莫旦增補：《石湖志》卷二，《吳中小志叢刊》，陳其弟點校，廣陵書社2004年版，第328頁。

〔註45〕錢穀編：《吳都文粹續集》卷二十三，《影印文淵閣四庫全書》總第1385冊，臺灣商務印書館1986年版，第590頁。

〔註46〕錢穀編：《吳都文粹續集》卷十九，《影印文淵閣四庫全書》總第1385冊，臺灣商務印書館1986年版，第478頁。

〔註47〕文徵明：《文徵明集》卷十七，周道振輯校，上海古籍出版社1987年版，第458頁。

的文學微區位條件不如靈巖山地區的一個主要原因。

4. 對地理資源位置特徵的分析

從地理資源的具體內容和知名程度來看，六個地區中相比之下虎丘地區雖較為突出，但不足以解釋其在蘇州空間系統中文學中心的地位。接下來，本書將對六個地區的位置特徵展開分析。

（1）空間距離

如果以蘇州城區為起點，考察其與另外五個地區之間的空間距離，最近的是虎丘地區，最遠的是太湖地區。蘇州城外西面的靈巖山地區和鄧尉山地區中，靈巖山地區離蘇州城區更近；蘇州城外西南方向的石湖地區和太湖地區，石湖地區離蘇州城區更近。蘇州城區與其餘五個地區之間這種空間距離上的遠近關係，和表 14 中創作蘇州詩文的本土作家的空間分布情況之間存在明顯的聯繫。創作蘇州詩文的本土作家共有 117 人，在六個地區的空間分布情況具體如下，見表 27。

從空間距離視角就不難理解表 27 的排序情況，接下來本書根據前文量化考察後得出的這六個地區在文學微區位關係上分為的三個層次來展開說明。

蘇州本土作家大多數居住在城區，因此創作與蘇州城區有關詩文的人數最多。虎丘地區就在閶門外城郊，距離蘇州城區最近，便於遊覽，因此創作與虎丘地區有關詩文的本土作家人數排名第二。

表 27　創作蘇州詩文的本土作家空間分布情況排序表

排　序	二級空間	創作作家人數	占　比
1	蘇州城區	92	78.6%
2	虎丘地區	88	75.2%
3	靈巖山地區	84	71.8%
4	鄧尉山地區	77	65.8%
5	石湖地區	70	59.8%
6	太湖地區	62	53.0%

蘇州城區的本土作家前往靈巖山地區遊覽時，一般都買舟從城西閶門或

者胥門出發，經護城河入胥江，抵橫塘，然後到達木瀆鎮，捨舟登岸，轉為陸路；而前往鄧尉山地區時，走的是同一條水路，至木瀆鎮後繼續往西，最後到達光福鎮，方才捨舟登岸。對於這樣一條交通線路，明清時期作家的遊記中多有交代，例如明代蘇州府長洲縣人吳寬在《光福山遊記》中寫道：「丙戌，舟發胥門，西過橫塘，由木瀆斜橋折而北行，經靈巖……前望穹隆，晚乃至光福……步虎山橋……丁亥……遂泛下崦，入銅坑，還泊虎山橋。戊午，遊鄧尉山……是遊也，歷四日，舟行六十里，輿行四十里，總得詩三十首」〔註48〕。也有少數作家會從閶門或胥門出發，經陸路往西直接到達靈巖山地區，例如明李維楨《太湖兩洞庭遊記》中所寫：「道胥門，度楓橋，呼筍輿，行十里許至（支硎）山」〔註49〕。無論是水路還是陸路，靈巖山地區離蘇州城區都要比鄧尉山地區近，這意味著省時省力，也省雇傭舟船或筍輿的費用，因此，作家從蘇州城區出發到靈巖山地區遊覽的便捷性要好於鄧尉山地區，於是創作與靈巖山地區有關詩文的本土作家人數也要多於鄧尉山地區。

　　石湖地區和太湖地區都在蘇州城區的西南方向，這兩個地區都有湖泊，因此明清時期作家遊覽這兩個地區基本都是走水路。遊覽石湖地區，作家一般也是從閶門或胥門出發，乘舟入胥江，過橫塘，然後抵達石湖，捨舟登岸後則登山遊覽。遊覽太湖地區時，作家則直接從胥江一路向西南行駛，經胥口入太湖後分別前往東洞庭山或西洞庭山。從空間距離來看，從蘇州城區前往石湖地區明顯要近於太湖地區，石湖地區一日即可往返，而太湖地區則至少需要三四日才能往返，因此，作家從蘇州城區出發到石湖地區遊覽的便捷性要好於太湖地區，於是創作與石湖地區有關詩文的本土作家人數也要多於太湖地區。

　　這五個地區因為與蘇州城區空間距離的遠近不同而影響遊覽，明清時期作家對此有很清晰的認識，在詩文中也多有表達。例如對於虎丘地區，明高遜志《遊虎丘寺序》云：「虎丘距吳城數里，有林壑泉石之勝……而登臨覽觀者，可以朝往而暮歸」〔註50〕，明袁宏道《虎丘》更云：「虎丘去城可七八

〔註48〕吳寬：《家藏集》卷三十三，《影印文淵閣四庫全書》總第1255冊，臺灣商務印書館1986年版，第271頁。
〔註49〕《名山勝概記》卷十，轉引自王稼句編選《蘇州山水名勝歷代文鈔》，上海三聯書店2010年版，第155頁。
〔註50〕陸肇域、任兆麟編纂：《虎阜志》卷九上，張維明校補，古吳軒出版社1995年版，第443頁。

里,其山無高岩邃壑,獨以近城故,簫鼓樓船,無日無之」〔註51〕。對於石湖地區,明朱逢吉《遊石湖記》:「姑蘇之西,不一舍而近,有石湖」〔註52〕,明彭年《書冬遊石湖記卷》則從空間距離和地理資源特徵兩個方面對石湖、太湖和虎丘進行了對比,表達了對石湖的肯定:「吳中山水之勝,大而遠者曰洞庭,小而近者曰虎丘,大者險,小者隘,若夫遠而夷、近而曠,兼大小之勝者,曰石湖」〔註53〕。對於鄧尉山地區,明袁裘《遊玄墓諸山記》云:「吳之山,惟玄墓最僻」〔註54〕,清歸莊《洞庭山看梅花記》則具體比較了空間距離對鄧尉與林屋這兩處梅海景觀的直接影響:「吳中梅花,玄墓、光福二山為最勝。入春則遊人雜沓,輿馬相望。洞庭梅花,不減二山,而僻遠在太湖之中,遊屐罕至」〔註55〕。由此可見,本土作家群體在從蘇州城區出發,選擇前往這五個地方遊覽時,確實在整體上遵循地理學的距離衰減律。

不過,這種六個地區間的距離衰減律僅作用於居住在蘇州城區的本土作家群體,當考察下轄縣作家群體中創作蘇州詩文作家的空間分布情況時,這種距離衰減率就失效了。下轄縣作家中一共有 111 人創作蘇州詩文,在六個地區的空間分布情況具體如下,見表 28。

下轄縣作家並不居住在蘇州城區,當他們從周圍的常熟、昭文、崑山、新陽、吳江、震澤等下轄縣前往蘇州各個地區遊覽時,在客觀的空間距離上已經不存在本土作家從蘇州城區出發前往五個地區的遠近差別,此時更具吸引力的是一個地區的知名度和地理資源的豐富程度。從表 28 可以看出,蘇州下轄縣作家中創作與虎丘地區有關詩文的人數遠多於包括蘇州城區在內的其他五個地區,位列第一,可見對下轄縣作家而言,虎丘地區在六個地區中最具文學吸引力;創作與太湖地區有關詩文的人數也不再是最少的,而是位列第五,比石湖多 1 人,比鄧尉山地區僅少 2 人,可見對下轄縣作家而言太湖也不再遙遠,而是爭取到此一遊的山水勝地。

〔註51〕袁宏道:《袁中郎全集》卷八,《四庫全書存目叢書》集部第 174 冊,齊魯書社 1997 年版,第 478 頁。

〔註52〕錢穀編:《吳都文粹續集》卷二十三,《影印文淵閣四庫全書》總第 1385 冊,臺灣商務印書館 1986 年版,第 590 頁。

〔註53〕汪砢玉編:《珊瑚網》卷十七,《影印文淵閣四庫全書》總第 818 冊,臺灣商務印書館 1986 年版,第 258 頁。

〔註54〕袁裘:《重刻胥臺先生集》卷十五,《四庫全書存目叢書》集部第 86 冊,齊魯書社 1997 年版,第 593 頁。

〔註55〕歸莊:《歸莊集》卷六,中華書局 1962 年版,第 375 頁。

表28　創作蘇州詩文的下轄縣作家空間分布情況排序表

排　序	二級空間	創作作家人數	占　比
1	虎丘地區	91	82.0%
2	蘇州城區	63	56.8%
3	靈巖山地區	61	55.0%
4	鄧尉山地區	55	49.5%
5	太湖地區	53	47.7%
6	石湖地區	52	46.8%

（2）區位條件

除空間距離外，一個地區在空間網絡中的區位條件也會影響作家的遊覽選擇。

明莫旦《石湖志總序》云：「石湖在蘇州盤門外一十二里，上承太湖之水，下流遇行春橋以入於橫塘，南北長九里，東西三四里，北屬吳縣靈巖鄉界，南屬吳江縣范隅鄉界，蓋兩縣交會之間也……其良辰美景，好事者泛樓舫，攜酒肴，以為遊樂，無間遠近，說者以為與杭之西湖相類。然西湖止水，遊者必捨舟於十里之外而又買舟以遊，不若石湖之四通八達，無適而不舟也。」〔註56〕莫旦注意到石湖位於太湖與蘇州城區中間，地近橫塘，而且恰好是吳縣和吳江縣「兩縣交會之間」，屬於「四通八達」的區域水網中心，「無適而不舟」，因此他認為石湖的區位優於西湖。清納蘭性德《靈巖山賦》云：「北枕支硎，西瞻鄧尉，接穹隆以為宗，鎮岧嶤以為緯，東帶橫山五塢，西瞰胥溪一市」〔註57〕，納蘭性德也看到了靈巖山正好處於周圍群山的中心位置。靈巖山地區和石湖地區因為這種區域中心的區位優勢，自然會帶來交通便捷，方便作家——尤其是蘇州本土作家前往。而對比之下，太湖地區和鄧尉山地區的地理位置都比較偏僻。太湖地區遠離蘇州城區，獨居一方；鄧尉山地區位於太湖之濱，是蘇州城外西面陸上山丘的最外圍。

以區位條件的眼光來考察虎丘地區，能發現虎丘地區其實是一個更大範圍內的區域中心。蘇州空間系統中的地理資源主要集中在蘇州城區與城外西

〔註56〕莫震纂，莫旦增補：《石湖志》卷二，《吳中小志叢刊》，陳其弟點校，廣陵書社2004年版，第327頁。
〔註57〕納蘭性德：《通志堂集》卷一，《續修四庫全書》第1419冊，上海古籍出版社2002年版，第309頁。

面及西南方向的五個地區，而虎丘正好位於蘇州城外西郊，蘇州城內的人前往城外西面或西南方向的四個地區遊覽，都要經過虎丘地區；而蘇州城西從運河入山塘河或上塘河、經閶門進城的人也要經過虎丘地區。因此，虎丘地區雖然面積不大，但正好地處蘇州城西與城區的銜接地帶，這種特殊位置讓虎丘地區成為這一區域進出蘇州城的必經之地。

5. 對地理資源交通條件的分析

虎丘地區等六個二級空間，因其具有不同的地理資源內容和位置特徵，進而帶來不同的交通條件。

遊客前往太湖地區和石湖地區遊覽，一般限於水路，而前往鄧尉山地區和靈巖山地區，一般先乘舟後陸行。水路舟行容易受到風雨天氣的影響，遇到暴風驟雨或大雪冰凍的天氣，經常只能棄而不往。這種因天氣變化影響出遊的例子在明清詩文中有多有記載，例如清金之俊詩《欲尋西山諸勝阻風不果漫賦誌感》有句：「可恨石尤偏我仇，怒濤日夜向東立。林屋石公在眼前，渺隔殊方不可即。始知攬勝亦天緣，聽其自然萬事畢」〔註58〕；清潘耒《遊西洞庭山記》云：「余此遊有數快適，當水落時盡見山根，一也；數日皆晴明無風雨阻，二也；來往皆便風，不買山舟，無波濤之恐，三也……余之得乎天者厚矣，不可以弗記」〔註59〕，將自己能順利遊覽西洞庭山的原因很大程度上歸功於天氣幫忙。另外，鄧尉山地區、靈巖山地區由於山勢峻峭，山路崎嶇，這也給登覽帶來了不便，正如文徵明《玄墓山探梅倡和詩敘》所云：「（玄墓山）真人區絕境也，但其地僻遠，居民鮮少，車馬所不通」〔註60〕。

相比之下，虎丘地區的交通條件則要優越很多。首先，虎丘地處交通要道，山塘河連通運河，由此既可北上京城，也可南下杭州，清顧湄《虎丘山志》卷一引《長洲縣志略》云：「自吳國以來，山在平田中，遊者率由阡陌以登。至唐白公居易來守是州，始鑿渠以通南北，而達於運河。由是南行北上，無不便之，而習為通川，今之山塘是也」〔註61〕。楓橋也是地處要衝，

〔註58〕金之俊：《金文通公詩集》卷四，《清代詩文集彙編》第8冊，上海古籍出版社2010年版，第709頁。

〔註59〕潘耒：《遂初堂文集》卷十四，《清代詩文集彙編》第170冊，上海古籍出版社2010年版，第475頁。

〔註60〕文徵明：《文徵明集》卷十七，周道振輯校，上海古籍出版社1987年版，第457頁。

〔註61〕顧湄：《虎丘山志》卷一，《故宮珍本叢刊》第263冊，故宮博物院編，海南出版社2001年版，第367頁。

宋范成大《吳郡志》云：「楓橋，在閶門外九里道傍。自古有名，南北客經由，未有不憩此橋而題詠者」〔註62〕，民國葉昌熾《寒山寺志》卷一引《乾隆蘇州府志》云：「楓橋，在閶門西七里……為水陸孔道」〔註63〕。其次，虎丘地區因為地勢平坦，水陸交通都很方便，明徐源《茹思德虎丘志序》即云：「茂苑城西九里，有虎丘山……山起平疇，四無障蔽，環以清溪，水可舟，陸可騎，市井聯絡」〔註64〕。再次，由於虎丘山很矮小，且山勢平緩，故一年四季陰晴雨雪天氣皆可登覽。明王世貞《沈石田虎丘圖》云：「沈石田先生此圖為虎丘寫，而讀先生手書詩與《匏翁歌》，似皆以遊靈巖雨興敗，而次日得虎丘足之者，蓋以靈巖不可雨故也。若虎丘，則毋論雨，它風雪花月之境，無不與人宜者」〔註65〕，明李流芳《江南臥遊冊題詞·虎丘》亦云：「虎丘宜月，宜雪，宜雨，宜煙，宜春曉，宜夏，宜秋爽，宜落木，宜夕陽，無所不宜」〔註66〕，可見雨雪天氣不僅不影響遊覽虎丘，在作家眼中虎丘反而因此別有韻味。

6. 小結

通過以上五個方面的綜合分析，可以得到對蘇州空間系統中九個二級空間文學微區位條件的以下三點認識：

（1）對於一個地區的文學微區位條件來說，其地理資源的豐富程度很關鍵。地理資源的豐富程度是影響一個地區對作家吸引力的首要原因。可以判斷，金雞湖地區、澹臺湖地區和陽城湖地區與其他六個地區地理資源豐富程度上的巨大差別，是造成前文量化統計結果所顯示的蘇州空間系統中九個二級空間文學微區位關係兩極分化的根本原因。

（2）從地理資源的位置特徵和交通條件方面來看，太湖地區和鄧尉山地區都比較差，但這兩個地區都有比較好的資源內容和知名度，這可以彌補其位

〔註62〕范成大：《吳郡志》卷十七，陸振岳點校，江蘇古籍出版社1999年版，第246頁。
〔註63〕葉昌熾：《寒山寺志》卷一，張維明校補，江蘇古籍出版社1999年版，第2頁。
〔註64〕陸肇域、任兆麟編纂：《虎阜志》卷九上，張維明校補，古吳軒出版社1995年版，第449頁。
〔註65〕王世貞：《弇州續稿》卷一百六十九，《影印文淵閣四庫全書》總第1284冊，臺灣商務印書館1986年版，第442頁。
〔註66〕李流芳：《檀園集》卷十一，《影印文淵閣四庫全書》總第1295冊，臺灣商務印書館1986年版，第397頁。

置僻遠、交通不便的不足，有助於綜合提高文學微區位條件。因此，正如上文量化統計結果顯示，太湖地區雖然創作相關詩文的作家數量在六個地區中最少，但詩文數量並不是最少，尤其是在下轄縣作家和僑寓作家群體中，其詩文數量甚至排名第四。鄧尉山地區也是如此，雖然其創作相關詩文的作家數量在六個地區中只排名第四，但詩文數量在本土作家和下轄縣作家群體中卻排名第二。這說明太湖地區和鄧尉山地區雖然因位置僻遠和交通不便阻礙了作家遊覽，但其資源內容和知名度激發了作家的創作熱情，使其人均創作出更多的詩文。

從地理資源的位置特徵和交通條件方面來看，靈巖山地區和石湖地區都比較好。靈巖山地區同時也具有比較好的資源內容和知名度，因此在創作相關詩文的作家數量和詩文數量方面都有比較好的表現。而石湖地區的資源內容和知名度卻稍遜一籌，因此雖然創作相關詩文的作家數量總體排名第五，但詩文數量卻最少。

由此也可以看出，對一個地區的文學微區位條件來說，地理資源的具體內容和知名程度要比位置特徵和交通條件重要。

（3）蘇州城區雖然在六個地區中擁有絕對的位置特徵和交通條件方面的優勢，但這種優勢僅限於蘇州本土作家群體，因此其在創作相關詩文的作家數量方面總體上不如虎丘地區。而虎丘地區在地理資源的各個方面都很好，總體具有突出的文學微區位條件，因此無論是創作詩文的作家數量，還是詩文數量，在六個地區中都名列前茅。尤其在蘇州下轄縣作家群體中，虎丘地區的文學微區位條件要更好。

第二節　對清代虎丘地區文學微區位條件的專題分析

文學微區位條件方面的綜合優勢，讓虎丘成為蘇州空間系統九個二級空間的文學中心，吸引著作家群體紛紛前往遊覽並撰寫詩文。虎丘地區相比其他地區而言，在地理資源的豐富程度、位置特徵和交通條件這三個方面有特別明顯的文學微區位條件。接下來，本書將引用更多的文獻資料，對虎丘地區這三個方面的文學微區位條件進行更加具體充分的專題分析，以深刻闡釋虎丘地區在清代蘇州空間系統中的文學微區位優勢，以及其文學微區位發生歷時性變化的原因。

一、對清代虎丘地區文學微區位條件的進一步分析

1. 優越的位置特徵和交通條件

虎丘地區位於蘇州城外西郊，具有非常有利的位置特徵和交通條件，對此古代作家在詩文中屢屢提及，尤其對於虎丘。除前文引用外，接下來本書將例舉更多文獻資料，以證明古代作家——尤其是明清時期作家，對虎丘優越的位置特徵已經有充分的認識。

南朝陳張種《與沈炯書》：「虎丘山者，吳嶽之神秀者也。雖復峻極異於九天，隱磷殊於太乙，衿帶城傍，獨超眾嶺。」[註67]

宋朱長文《虎丘唱和題辭》：「虎丘之景，蓋有三絕……近臨郛郭，轟起原隰，旁無連屬，萬景都會，西聯穹隆，北互海虞，震湖滄洲，雲氣出沒，廓然四顧，指掌千里，二絕也。」[註68]

明吳寬《遊陽山詩序》：「吳城西北，山之可望而見者，曰武丘，曰陽山。武丘近而小，陽山遠而大，近則易至，小則易窮，遠大者則皆病之。故吳人於武丘歲率屢遊，而陽山未嘗有足跡焉。」[註69]

明都穆《遊郡西諸山記》：「虎丘之勝甲吳下，且密邇闤闠，遊必自虎丘始。」[註70]

明王穉登《重修白公堤疏》：「若夫白公堤者……實吳會之通逵，山郭近而輪鞅喧，水村深而帆檣集。」[註71]

明楊應詔《遊虎丘記》：「東南號佳山水，控三江五湖之勝，莫最於姑蘇；姑蘇左淮海，右洞庭，靈崖巇屹秀聳，莫最於虎丘。虎丘去州治僅數里，濱接舟陸。」[註72]

〔註67〕歐陽詢等編纂：《藝文類聚》卷八，《影印文淵閣四庫全書》總第 887 冊，臺灣商務印書館 1986 年版，第 275 頁。

〔註68〕朱長文：《樂圃余稿》卷七，轉引自王稼句編選《蘇州山水名勝歷代文鈔》，上海三聯書店 2010 年版，第 19 頁。

〔註69〕吳寬：《家藏集》卷三十九，《影印文淵閣四庫全書》總第 1255 冊，臺灣商務印書館 1986 年版，第 341 頁。

〔註70〕陳暐編：《吳中金石新編》卷八，《影印文淵閣四庫全書》總第 683 冊，臺灣商務印書館 1986 年版，第 217 頁。

〔註71〕陸肇域、任兆麟編纂：《虎阜志》卷二上，張維明校補，古吳軒出版社 1995 年版，第 113 頁。

〔註72〕陸肇域、任兆麟編纂：《虎阜志》卷九上，張維明校補，古吳軒出版社 1995 年版，第 451 頁。

　　明王士性《遊虎丘以望後五日》:「姑蘇有天平、洞庭、玄墓諸勝,而負閶闠便舟航者,近莫如虎丘。」〔註73〕

　　清李果《遊虎丘記》:「虎丘稱吾郡名山,而岩壑不深,山藏於寺,去城市甚近,遊人雜沓。」〔註74〕

　　清錢兆鵬《遊虎丘記》:「虎丘之為山,微乎微者爾,而享名獨盛者,則以其地最沖,而去城亦甚邇也。……余初至吳門,欲遍遊靈巖、穹窿、元墓諸山,而時方孟冬,非一日所能往返,且草木黃落,鄧尉梅花未放,無已姑作虎丘之遊可也。」〔註75〕

　　清王芑孫《山塘種花人賦序》:「山塘,虎阜山塘也。吳之山十九依流,奚弗塘焉者,然不名,獨虎阜名塘。七里,又近郊之廛也。」〔註76〕

　　清褚逢椿《桐橋倚棹錄序》:「山林而在廛市,非有穹谷高岩、深林幽澗而名遍寰區者,吾郡虎丘山而已。山近西郭,距閶門不數里,為商賈交集之地,列肆鱗比,青翰往來,殆無虛日。」〔註77〕

　　清周鳳岐《重修虎丘山志啟》:「況虎丘岩石之奇,丘壑之邃,殿宇之雄麗,林木之蔥蔚,紳士遊宴之所必集,南北往來之所必經。」〔註78〕

　　清袁學瀾《遊虎丘山記》:「吳郡岩岫,多在吳縣,西去城俱三四十里,獨虎丘隸元和境,出閶門,山塘七里,煙戶千家,酒樓花市,民居稠密,一葦可杭,遊者便之,故白太傅遊虎丘詩稱『一年十二度』,范石湖遊虎丘詩稱『一年一度』,明周載夫指虎阜為家園,

〔註73〕王士性:《五嶽遊草》卷三《吳遊上》,《四庫全書存目叢書》史部第251冊,齊魯書社1996年版,第571頁。
〔註74〕李果:《在亭叢稿》卷九,《清代詩文集彙編》第244冊,上海古籍出版社2010年版,第511頁。
〔註75〕錢兆鵬:《述古堂文集》卷八,《清代詩文集彙編》第406冊,上海古籍出版社2010年版,第728頁。
〔註76〕王芑孫:《惕甫未定稿》卷一,《清代詩文集彙編》第442冊,上海古籍出版社2010年版,第265頁。
〔註77〕顧祿:《桐橋倚棹錄》卷首,王稼句點校,北京:中華書局2008年版,第241頁。
〔註78〕顧詒祿:《虎丘山志》卷首,沈雲龍主編《中國名山勝跡志叢刊》第四輯,文海出版社1975年版,第33頁。

惟其近也。」〔註79〕

　　清汪之昌《擬顧野王虎丘山序》：「夫市遊鶴舞，居混塵囂，山
象黿浮，僻處鄉曲，乃有兼林泉之勝，去城市而近。」〔註80〕

　　對以上詩文資料進行梳理歸納，可以發現，虎丘優越的位置特徵和交通條件主要表現在三個方面：一是虎丘山距離蘇州城區只有七里，路途很近；二是山塘河與山塘街上舟車便捷，水陸皆通；三是山塘河作為運河繞經蘇州城的一段支流，為南行北上的水路交通要道。虎丘這種地理位置上的區位優勢和便捷的交通，十分方便城內市民和外地人士前往遊覽，因此擁有充足的遊客人流量。

　　這就帶來一個問題。《乾隆蘇州府志》云：「楓橋，在閶門西七里……為水陸孔道」，楓橋和寒山寺也屬於虎丘地區，而且與虎丘山近在咫尺，同樣具有優越的位置特徵和交通條件。另外，楓橋和寒山寺的知名度也很高，民國葉昌熾《寒山寺》云：「楓橋據寒山寺僅一牛鳴之地，自張繼題詩，四方遊士至吳，無不知有寒山寺者」〔註81〕。但是，清代詩文集中與楓橋和寒山寺相關的文學作品卻很少。例如，清代蘇州本土作家群體中，創作的與楓橋相關的詩文只有 22 首（篇），寒山寺只有 3 首（篇）；蘇州下轄縣作家群體中，創作的與楓橋相關的詩文只有 18 首（篇），寒山寺只有 6 首（篇）。與虎丘相比，楓橋和寒山寺的相關詩文數量實在微不足道。造成這種巨大差別的主要原因是楓橋和寒山寺的地理資源內容很單一。寒山寺是一座規模不大的寺院，而楓橋原本只是楓江上一座普通的小橋，經唐代張繼題詩後才名聲鵲起。可是，因為張繼《楓橋夜泊》的影響，楓橋和寒山寺被賦予了強烈的羈旅客愁的文化內涵，一般只有南來北往的旅客對楓橋和寒山寺感興趣，故《寒山寺志》又云：「寓賢羈客，臨流抒嘯，信手拈來，無非霜天鐘籟」〔註82〕。虎丘山因為地理資源豐富，故清代詩人題詠多有組詩，例如謝泰宗《虎丘八詠》

〔註79〕　袁學瀾：《風雩詠歸集》，轉引自王稼句編選《蘇州山水名勝歷代文鈔》，上海三聯書店 2010 年版，第 381～382 頁。

〔註80〕　汪之昌：《青學齋集》卷三十二，《清代詩文集彙編》第 734 冊，上海古籍出版社 2010 年版，第 406 頁。

〔註81〕　葉昌熾：《寒山寺志》卷一，張維明校補，江蘇古籍出版社 1999 年版，第 1 頁。

〔註82〕　葉昌熾：《寒山寺志》卷一，張維明校補，江蘇古籍出版社 1999 年版，第 1 頁。

（《天愚詩鈔》卷四）、毛晉《虎丘十詠追和盧堂禪師韻》（《和古人詩卷》）、吳偉業《夜遊虎丘八首》（《梅村家藏稿》卷二十）、葉燮《虎丘雜詠》（《已畦詩集》卷九），等等。正如蔣寅先生所指出的：「多章組詩體制上的龐大首先意味著內容表達的量化需求」〔註83〕，虎丘豐富的自然地理資源和人文地理資源，為詩人的文學創作提供了巨大的空間，這是激發詩人創作組詩的直接原因。相比之下，楓橋和寒山寺由於地理資源單一，詩人題詠中因此幾乎沒有組詩。

由此可見，一個地區文學微區位條件的五個方面中，相比之下，地理資源的位置特徵、交通條件屬於次要因素，而豐富程度和具體內容屬於主要因素。接下來，本書將對虎丘地區豐富的地理資源內容展開闡述。

2. 豐富的地理資源內容

虎丘地區地處蘇州城西近郊，區域面積並不是很大，但是地理資源的豐富程度非常好，明末清初談遷《遊虎丘記》云：「彈丸之虎丘，吳闔閭以葬，晉王珣以宅，宋生公以石，唐陸羽以泉，南宋尹焞以隱。其跡碁置，流覽頃刻，千載之事罄矣」〔註84〕。從談遷對虎丘的這句評價可以看出兩點，首先是虎丘的地理資源集聚程度很高，名勝古蹟可謂星羅棋佈；其次是自春秋以降至宋，經歷代不斷累積，虎丘的地理資源越來越豐富。發展至清代，因為四個方面的原因，虎丘地區擁有的地理資源內容進一步得到充實，超出了蘇州其他一般山水名勝的範疇。

其一是明末蘇州市民的抗稅和反魏鬥爭。明萬曆年間，稅監孫隆對城市工商業橫徵暴斂，徵收高額稅款，導致蘇州城市工商業凋敝，大批機戶關廠停業，工人失業。萬曆二十九年（1601）六月，崑山織工葛成，領導以絲織業工人為主體的隊伍，在蘇州城內進行抗稅的暴力鬥爭，驅殺稅官。事後為保護群眾，葛成挺身投案，獨自承擔責任，繫獄十餘年後遇赦得出。明天啟六年（1626）三月，魏忠賢矯詔命錦衣衛至蘇州逮捕不與閹黨同流合污的東林人士周順昌。周順昌是蘇州吳縣人，為人正直方剛，平素積德於鄉。蘇州百姓聽聞其被捕的消息後，激於義憤，以顏佩韋、楊念如、沈揚、馬傑、周文元等五人為首的群眾萬餘人聚集圍觀開讀逮捕詔書的現場，與緹騎發生大規模衝突，擊殺緹騎。

〔註83〕 蔣寅：《論王漁洋悼亡詩》，《蘇州大學學報》（哲學社會科學版）2010 年第 4 期。

〔註84〕 談遷：《談遷詩文集》，羅仲輝校點，遼寧教育出版社 1998 年版，第 184 頁。

事後，顏佩韋、楊念如、沈揚、馬傑、周文元等五人被定罪為「首惡」就戮。蘇州百姓義之，得其首，合其屍，崇禎年間魏忠賢垮臺後，將五人殯葬在山塘街上原魏忠賢的生祠廢址。葛成「高五人之風，廬於墓側，卒葬其旁」〔註85〕。復社首領張溥撰《五人墓碑記》，後被選入《古文觀止》，五人事蹟廣為流傳。葛成被改名葛賢，人呼「葛將軍」，文震孟為其墓碑書「有吳葛賢之墓」。明末蘇州的抗稅和反魏鬥爭，顯示了蘇州人性格中溫文儒雅之外剛毅無畏的另一面。山塘街上的五人墓和葛賢墓也使清代虎丘地區增加了忠義英勇的歷史文化內涵，清代詩文集中對此多有記頌。

　　其二是明末復社的虎丘大會。明崇禎六年（1633）、十年（1637）和十五年（1642），復社成員曾於虎丘舉行集會，尤其是崇禎六年的虎丘集會最為盛大，「山左江右晉楚閩浙以舟車至者數千餘人……觀者甚眾，無不詫歎，以為三百年來，從未一有此也」〔註86〕。虎丘因復社大會而聲名更著，並且在清初士人──尤其是明遺民心中已不只是一個普通的遊賞之地，具有特殊的政治含義。這一點在清前期吳偉業、杜濬等人的詩中均有所體現。

　　其三是虎丘地區一年四季節俗眾多。《吳郡歲華紀麗》中，「百花生日」「玉蘭房看花」「山塘清明節會」「虎阜花市」「山塘競渡」「珠蘭花市」「千人石聽歌」「山塘桂花節」等十餘個條目記載了虎丘地區的節俗。而且值得注意的是，明代在蘇州其他地區盛行的節俗，入清後也漸漸轉移到了虎丘地區，前述「石湖串月」即是一例。另外，明代在蘇州城東葑門荷花蕩盛行的觀荷習俗也是如此。明袁宏道《荷花蕩》云：「荷花蕩在葑門外，每年六月廿四日，遊人最盛，畫舫雲集，漁刀小艇，僱覓一空。遠方遊客，至有持數萬錢無所得舟者，蟻旋岸上者」〔註87〕，張岱《陶庵夢憶》卷一中《葑門荷宕》一文對此盛況也有描述，足見在明代每年六月賞荷時節葑門荷花蕩上遊客雲集，熱鬧非凡。可是清姚承緒《吳趨訪古錄》卷三「荷花蕩」條云：「前明於六月二十四日遊船最盛」〔註88〕，措辭中透露出來的已是清代葑門荷花蕩賞荷習俗繁華不再的信息。清

〔註85〕顧祿：《桐橋倚棹錄》卷五，王稼句點校，中華書局 2008 年版，第 304 頁。
〔註86〕陸世儀：《復社紀略》卷一，《東林本末（外七種）》，北京古籍出版社 2002 年版，第 231 頁。
〔註87〕袁宏道：《袁中郎全集》卷八，《四庫全書存目叢書》集部第 174 冊，齊魯書社 1997 年版，第 485 頁。
〔註88〕姚承緒：《吳趨訪古錄》卷三，姜小青校點，江蘇古籍出版社 1999 年版，第 59 頁。

袁學瀾《吳郡歲華紀麗》卷六「荷花蕩」條有詳細的說明:「(六月)二十四日為荷花生日。舊俗,競於葑門外荷花蕩觀荷納涼……值荷誕日,畫船簫鼓,群集於此。今世異時移,遊客皆艤舟虎阜山浜,以應觀荷佳節」〔註89〕。四季常有的各種節俗,讓虎丘地區成為展示清代蘇州市民生活的一個窗口,擁有了豐厚的民俗文化內涵。這些節俗活動作為一種人文地理資源,激起了作家的興趣,紛紛對其展開文學書寫。

其四是繁華的山塘街市。明清時期山塘街作為一條繁盛的街市,不僅只有道路的交通功能,還具備商業街的休閒娛樂功能,前引袁學瀾《遊虎丘山記》所云:「出閶門,山塘七里,煙戶千家,酒樓花市」〔註90〕,毛曙《玩菊武丘山塘率題十四韻》所云:「武丘邇郊郭,扁舟恒易從。群芳歲成市,春秋尤豐茸」〔註91〕,都道出了山塘街的遊賞價值。可以想像,明清時期蘇州城內居民從閶門出發若走陸路,邊逛街,邊購物,邊賞花,山光塔影,列肆鱗比,人聲鼎沸,不知不覺就行過七里山塘來到虎丘,這段路程也是一種很美好的遊冶體驗。繁華的街市,再加上風景幽美、名蹟遍布的虎丘山和一年中眾多節俗對遊客的吸引,因此山塘街上終日遊人來往如織,聞名遐邇。清程際盛《楚中陳雲槎初至吳門問虎丘形勝詩以答之》(《稻香樓詩集》卷四)、陳基《客有詢吾鄉山塘春遊之勝者走筆示之》(《味清堂詩補鈔》)和李書吉《友有詢姑蘇山塘冶遊者戲仿豔體成詩一首答之》(《寒翠軒詩鈔》卷四)詩中反映了當時外地人對山塘街的嚮往。山塘街這種因遊賞盛況而產生的巨大聲譽是蘇州其他地理資源所沒有的,虎丘地區也因此具有了與眾不同的商業文化內涵。遊賞盛況作為一種地理資源進入作家的視線,清代作家對山塘街——尤其是花市的繁盛多有詩詠。

因此,清代虎丘地區包含了歷史、政治、宗教、民俗、商業、忠義、退隱等多種文化內涵,其地理資源——尤其是文人地理資源的豐富程度勝過其他地區。余恕誠先生認為:「僅僅強調作品風貌的自然地理因素顯然是不夠的,一個地區有一個地區的民情風俗、文化氛圍,有其文化思想乃至文化心理的積

〔註89〕 袁學瀾:《吳郡歲華紀麗》卷六,甘蘭經、吳琴校點,江蘇古籍出版社 1998 年版,第 220 頁。

〔註90〕 袁學瀾:《風雩詠歸集》,轉引自王稼句編選《蘇州山水名勝歷代文鈔》,上海三聯書店 2010 年版,第 381 頁。

〔註91〕 毛曙:《野客齋詩集》卷七,《清代詩文集彙編》第 307 冊,上海古籍出版社 2010 年版,第 598 頁。

澱，更能夠影響詩人的思想性格和審美情趣。儘管一個地區人文風貌特徵的形成與自然地理提供的條件有密切聯繫，但一旦某地人文因素經過長期積澱形成自身獨特內涵與風貌之後，它對於詩人的影響，便是更加內在，更加具有潛移默化之效」〔註92〕，虎丘因其人文地理資源所蘊含的豐富的文化內涵，具有優越的文學微區位條件，一方面吸引著作家紛紛前往遊賞，另一方面也為作家提供了大量素材，影響著作家的詩文創作，對此本書下編將有詳細論述。

二、對清代虎丘地區文學微區位歷時性變化的分析

如前所述，清代虎丘地區在蘇州空間系統中的文學微區位有明顯的歷時性變化，清前期虎丘地區的文學微區位優勢並不明顯，發展到清中期優勢突出，一枝獨秀，到清後期優勢又有比較大的下降。在這過程中，虎丘地區文學微區位條件中的位置特徵和交通條件方面並未改變，因此，促使清代虎丘地區文學微區位發生歷時性變化的原因應該是地理資源的豐富程度、具體內容和知名程度的改變，而這三方面的改變與以下三個原因有關。

1. 戰爭破壞的原因

有清一代，蘇州經歷過兩場重大的戰火，這兩場戰火分別發生在清前期和清後期，都給虎丘地區的地理資源造成了極大的破壞。

第一場戰火發生在明清易代之際。據《吳城日記》記載，順治二年乙酉（1645）六月「十八日，南京兵到閶門外，約有幾千，彼窺伺之眾，多已潛跡，無敢抗敵。兵追躡搜索，亦多斬獲。遂縱火南北兩濠，掠取財貨、衣飾、婦女無算。凡亂民倏聚倏散，詭詐不測，未必攖鋒刃。其所殺者多屬戀家未去之民，或各行商賈之顧惜貨物者。身被屠，物被掠，屋被焚，深可憫也」，「廿五日……午間亂民放火燒山塘棧房……廿六日……是夕楓橋、山塘下塘及婁門外，又數處放火」〔註93〕，由此可見，當時山塘街上商鋪損毀嚴重，而虎丘必定亦受牽連，不能幸免於難。虎丘劍池旁有兩方石碑，上面刻有「虎丘劍池」四個大字，據傳是顏真卿所書，至民萬曆年間因年久失修，「劍池」石刻仆倒入土，「虎丘」石刻筆劃剝落。明萬曆四十二年（1614），澘墅關主事馬之駿請當時石刻名家章仲玉根據舊刻新摹「虎丘」石刻，與原「劍池」

〔註92〕余恕誠：《李白與長江》，《文學評論》2002年第1期。
〔註93〕《吳城日記》卷上，蘇州博物館等編，江蘇古籍出版社1985年版，第207、209頁。

石刻合置於石座上。馬之駿當時在「虎丘」二字左側留下了一段題跋，並將此事記入其《妙遠堂全集・記一》的《虎丘記》。但是，等到清康熙三年（1664）吳偉業所作《夜遊虎丘八首次顧西巘侍御韻》其四《顏書石刻》則云：「魯公戈法勝吳鉤，決石錐沙莫與儔。火照斷碑山鬼出，劍潭月落影悠悠」〔註94〕，可見當時石碑已經斷裂。另劉命清《薄暮泛舟至虎丘》（其二）中詩句「誰任佳麗地，擾擾亦埃塵」後自注云：「時駐大兵」〔註95〕，可知乙酉年清兵曾駐紮虎丘，因此，這塊石碑很可能就是在乙酉年的戰火中遭到清兵破壞。

　　第二場戰火發生在太平天國時期。咸豐十年（1860）閏三月十五日，太平軍擊潰南京城外的清軍江南大營，軍威大振，乘勝東征，欲攻取江南首邑蘇州。四月初四，為防止太平軍利用城外民房接近城牆攻打蘇州城，時任江蘇巡撫徐有壬為堅壁清野計，下令焚毀閶門和胥門外民居，「頃刻火光燭天……城外遂大亂，廣、潮諸人盡起，潰勇亦大至，縱橫劫掠，號哭之聲震天，自山塘至南濠，半成灰燼」〔註96〕。這場大火燒了三天三夜，再加兵勇的大肆搶掠，致使原本萬商雲集、市肆繁盛、魚鱗萬瓦的閶門一帶盡成瓦礫場。而四月十三日太平軍攻打蘇州時，「由於清軍投降獻城，太平軍進入蘇州未遇太多抵抗，蘇州城內未遭太大的破壞」〔註97〕。清後期何紹基《自滸關至虎丘》中的描述觸目驚心：「荒涼滸墅已無關，孤塔遙明古水灣。虎阜千年歌管地，淒然化作髑髏山」，詩後自注云：「虎丘堆髑髏成山尚未掩埋」〔註98〕，由此可以判斷此詩作於庚申之災後不久。邵亨豫《偕莘卿忍庵至劉園山塘遊》云：「三兩人來逐野航，鄉關風味覺蒼涼。當年徹夜笙歌地，今日平沙瓦礫場」〔註99〕，今昔對比，無限淒涼。後來張星鑒在《山塘憶舊圖

〔註94〕吳偉業：《梅村家藏稿》卷二十，《清代詩文集彙編》第 29 冊，上海古籍出版社 2010 年版，第 101 頁。

〔註95〕劉命清：《虎溪漁叟集》卷三，《清代詩文集彙編》第 31 冊，上海古籍出版社 2010 年版，434 頁。

〔註96〕《能靜居士日記》咸豐十年四月初七條，見羅爾綱、王慶成《太平天國（七）》，廣西師範大學出版社 2004 年版，第 57 頁。轉引自王國平、唐力行主編《蘇州通史（清代卷）》，蘇州大學出版社 2019 年版，第 103 頁。

〔註97〕王國平、唐力行主編：《蘇州通史（清代卷）》，蘇州大學出版社 2019 年版，第 105 頁。

〔註98〕何紹基：《東洲草堂詩鈔》卷二十六，《清代詩文集彙編》第 604 冊，上海古籍出版社 2010 年版，第 261 頁。

〔註99〕邵亨豫：《願學堂詩存》卷十七，《清代詩文集彙編》第 671 冊，上海古籍出版社 2010 年版，第 162 頁。

序》中寫道：「乙丑夏還里，重訪友人於山塘，是時已遭庚申粵匪之變，舊家宅第忽焉易主，空林鬼嘯，疑是故人……身歷庚申以後，心憶庚申以前，後之展卷者與讀鮑明遠《蕪城賦》同一淒涼也」〔註100〕，乙丑已是庚申過後五年，當時山塘街仍然是一片頹敗，滿目荒涼，昔日勝景一去不返，令人唏噓感慨。晚清朱培源《青陽埠》寫道：「蘇州本是繁華窟，山塘徹夜清歌發。千商百貨萃金閶，鬧市人聲海潮溢。自遭粵寇久踞城，西郭內外無遺甍。三十年來稍興復，濠南濠北皆榛荊。日人東來隱窺覦，特指姑蘇索商埠。豈知姑蘇貿易衰，繁盛遠減承平時」〔註101〕，由此可知，庚申之災三十年後，山塘街的商業雖然有所恢復，但閶門外南北濠一帶依然雜草叢生荒無人煙。而此時日本政府又開始覬覦蘇州，在日方的要挾下，光緒二十一年（1895）十一月，清政府同意將盤門外的青陽地劃作日本開埠的租界。朱培源於詩題後自注云：「痛吳墟將穢也」，蘇州已成廢墟，又淪落為列強殖民地，實在令人痛心疾首。

　　清前期和清後期的這兩場戰火，都使虎丘地區遭到嚴重的焚毀破壞，導致虎丘地區在很長一段時間內商業凋敝，人煙稀少，環境蕭條。這勢必會影響作家到虎丘地區的遊覽和文學創作，進而影響到虎丘地區在蘇州空間系統中的文學微區位。尤其是清後期虎丘地區遭遇的浩劫，與清前期相比有過之而無不及，在經歷了康乾盛世的興盛之後，這場劫難讓虎丘地區元氣大傷，再加上區域經濟重心的轉移，虎丘地區再也無法恢復往日的盛況。於是，清後期虎丘地區在蘇州空間系統中的文學微區位地位陡然下降，而且總體上在清代的三個時期中最弱。

2. 政治影響的原因

　　明清鼎革之際的戰火讓虎丘地區一度荒涼，但當清朝定鼎天下，統治穩定之後，虎丘地區的工商業在康、雍年間很快得到恢復和發展，並在乾隆時期達到鼎盛。山塘街重現往日店肆櫛比、遊人接踵的繁華，虎丘再度煥發生機，樓榭臺閣得到修葺或新建，前述毀壞於乙酉兵火的「虎丘劍池」石碑也重新修繕完好，刊印於乾隆五十七年（1792）的《虎阜志》卷首「前山圖」

〔註100〕張星鑒：《仰蕭樓文集》，《清代詩文集彙編》第676冊，上海古籍出版社2010年版，第310頁。
〔註101〕朱培源：《介石山房遺集》詩卷一，《清代詩文集彙編》第729冊，上海古籍出版社2010年版，第206頁。

和「風壑雲泉」圖中,這兩方石刻已完整並排嵌於石壁中。同樣,虎丘地區在蘇州空間系統中的文學微區位地位也在清中期達到最盛,背後原因除了山塘街和虎丘原有豐富的地理資源的吸引力外,還得益於因康熙帝和乾隆帝南巡的政治影響。

有清一代,自康熙二十三年(1684)至乾隆四十九年(1784),康熙帝和乾隆帝共十二次南巡,每次到蘇州必遊虎丘。康熙帝和乾隆帝都創作了與虎丘有關的詩歌,並留有「虎阜禪寺」「路接天閶」「松聲竹韻清琴榻」等四十餘幅御書匾聯。尤其是喜好附庸風雅的乾隆皇帝,留下了三十餘首詩歌,並六疊蘇東坡韻。康熙帝南巡並不是為遊山玩水,而是帶有很強的政治色彩,他不僅要暸解江南,更重要的是要乘勢安撫江南官民,收攬民心。因此第一次南巡後,於康熙二十六年(1687)即下詔蠲免江南士民積欠的錢糧,所以蘇州等江南百姓對皇帝南巡的熱情越來越高。康熙二十七年(1688),蘇州士民在虎丘山上即悟石軒舊址建造萬歲樓,並樹碑勒刻詔諭,以恭頌康熙帝特恩蠲免江蘇錢糧的聖德,同時迎接他次年的再次巡幸;康熙四十五年(1706),為迎接康熙帝的第六次南巡,蘇州士民在虎丘山上建造了行宮,次年三月康熙帝駕幸虎丘,駐蹕行宮,御賜「含暉山館」匾額。相比其祖父康熙帝,乾隆帝南巡更像是炫耀式的遊覽。乾隆帝對山塘街分外青睞,為了在京城也能回味江南水巷,乾隆二十五年(1760),在皇太后七十大壽時,乾隆帝特意以山塘街為藍本在北京萬壽寺紫竹院旁沿玉河仿建了一條蘇州街。乾隆五十六年(1791),乾隆帝又在御苑清漪園(即後來的頤和園)萬壽山北麓建造了一條蘇州街,也是山塘街的翻版。

因為康熙帝和乾隆帝前後十二次的臨幸,虎丘和山塘街聲譽更隆,從前述程際盛、陳基和李書吉的詩題即可看出,乾隆時期虎阜山塘的聲名遠播全國,令外地遊客心馳神往。另外,山塘街聲名地位的提高也可以從三部虎丘山志書內容的增益中看出。康熙十五年(1676),康熙帝尚未南巡,顧湄所纂《虎丘山志》只記虎丘山;乾隆三十二年(1767),乾隆帝已四次南巡,顧詒祿纂輯《虎丘山志》則已經加入對山塘街的記載。顧詒祿在「凡例」中說:「名勝雖屬虎丘,而詞人學士遊春送別必在山塘,故山塘之景勢不可缺」,並在卷首附有「金閶門起山塘至虎丘山全圖」,同時增設「巡幸」「宸翰」二卷;再等到乾隆帝六巡江南後,乾隆五十七年(1792)陸肇域和任兆麟編纂《虎阜志》時,已明確將山塘街納入志書所記範圍,該志「凡例」首條即云:「虎

阜今隸元和縣武丘鄉彩雲裏。是書采輯，東起山塘橋，西至西郭橋，北距長
蕩，南盡野芳浜為限」〔註102〕，並在卷首設有「巡典」「宸翰」和「虎丘山
塘圖」。蘇州士民對兩位皇帝十二次駕幸虎丘深感榮幸並引以為傲。《虎阜志》
卷首「虎丘山塘圖」後云：「康熙二十三年以後，聖祖仁皇帝南巡，屢幸駐蹕，
宸翰留題，岩泉貢秀，草木呈馨。皇上法祖勤民，省方所至，菜茂麥肥。敕
幾之餘，親灑宸翰，而茲山名勝益彰顯於天壤之間……洵自有虎丘以來極盛
之遭也」〔註103〕。《虎阜志》序言中，王鳴盛云：「欽惟我皇上，法祖勤民，
省方時邁，駐蹕茲山，止宿行殿，凡六度矣。奎章宸翰，照耀岩谷」〔註104〕，
錢大昕亦云：「自我聖祖仁皇帝六幸東南，駐蹕山寺，皇上繼繩祖武，亦六度
臨幸，天章宸翰，照曜岩壁間，則此山遭際之奇，又遠出三十六洞天、七十
二福地之上」〔註105〕。

　　康熙帝和乾隆帝十二次的駕幸，給虎丘地區帶來前所未有的知名度，因此
其文學微區位地位也在清中期達到了頂峰。虎丘地區豐富的名勝古蹟資源，再
加上顯赫的聲名，吸引著作家紛紛前往遊覽並創作詩文，而清前期和清後期虎
丘地區都遭兵燹之災，相比之下，清中期虎丘地區自然就在清代蘇州空間系統
文學微區位的歷時性考察中具有十分突出的地位了。

3. 商業盛衰的原因

　　明清鼎革階段，蘇州雖然遭受兵燹，手工業和工商業衰退，但等到清廷
統治局勢穩定之後，很快就得到恢復，經康、雍年間的發展，在乾隆時期達
到鼎盛。據乾隆二十七年（1762）《陝西會館碑記》記載：「蘇州為東南一大
都會，商賈輻輳，百貨駢闐，上自帝京，遠連交廣，以及海外諸洋，梯航畢
至」〔註106〕。虎丘地區也重現繁盛景象，閶門外至虎丘楓橋一帶，形成一
片熱鬧的商貿區，「居貨山積，行人水流，列肆招牌，燦若雲錦，語其繁華，

〔註102〕陸肇域、任兆麟編纂：《虎阜志》凡例，張維明校補，古吳軒出版社1995年
　　　　版，第6頁。
〔註103〕陸肇域、任兆麟編纂：《虎阜志》首卷，張維明校補，古吳軒出版社1995年
　　　　版，第37頁。
〔註104〕陸肇域、任兆麟編纂：《虎阜志》，張維明校補，古吳軒出版社1995年版，第
　　　　1頁。
〔註105〕陸肇域、任兆麟編纂：《虎阜志》，張維明校補，古吳軒出版社1995年版，第
　　　　3頁。
〔註106〕江蘇省博物館編：《明清蘇州工商業碑刻集》，江蘇人民出版社1981年版，第
　　　　331頁。

都門不逮」〔註107〕。蘇州工商業的發展和鼎興，很大程度上得益於其在太湖流域城市網絡中優越的地理區位。在上海開埠通商之前，太湖流域各城市與內地省份物資交流的主要通道是長江和運河。而蘇州北靠長江，運河繞城而過，為水路孔道。再加上便捷密布的河道水網將蘇州與散處四周、大小不等、分工不同的江南市鎮聯結在一起，形成一張以蘇州為中心的市場網絡，米糧、絲、綢、紗、棉布等各種商品集散方便。於是，長江或運河沿岸城市商船，多將蘇州作為其購銷貨物的終端。因此，「蘇州既是外地輸入江南地區商品糧的周轉、調劑中心，又是江南絲、棉手工業品主要集散地，故能以深厚的經濟、地理優勢，穩居江南中心城市的地位」〔註108〕。而在蘇州空間系統中，山塘河和上塘河作為運河流經蘇州城西的河段，讓虎丘地區位居要衝，為南北通衢，逐漸發展成蘇州最繁華的商業中心。王家範先生認為，明清時期「闤闠商業的意義大於手工業的意義」〔註109〕。因此可以說，蘇州是清前期和清中期太湖流域乃至長江三角洲的商業中心城市，而虎丘地區則是當時蘇州的商業中心地區。

但是這種商業格局至清後期發生了重大改變。道光二十三年（1843），根據清政府被迫與英國簽訂的《南京條約》和《中英五口通商章程》，上海正式開埠。上海在開埠前，商業活動雖活躍然無法與蘇州比肩。但是開埠之後，局面大變，原先經由蘇州集散的大宗商品貿易紛紛轉向上海，不再由蘇州中轉，蘇州也就失去了原先的地理區位優勢。虎丘地區的商業也隨之開始衰落。再加上後來太平天國戰爭時期，上海因闢有外國租界，西方列強為了維持已有的權益，著力調兵把守，抵禦太平軍的進逼，局勢顯得相對平穩，因此吸引大批蘇州的地主、官僚、富商及一些平民紛紛前往避難，蘇州的工商業再次遭遇打擊。虎丘地區更是因咸豐十年（1860）四月初的彤天一炬，化為一片廢墟。發展至同治年間，蘇州的區域商業中心城市的地位已經被上海取代，虎丘地區往日的繁盛景象也從此一去不返。時任江蘇巡撫吳元炳在《同治蘇州府志序》中感慨道：「粵逆之擾，雖曰外寇，良由內訌。安攘以來，大吏儉約慎靜，與民休息。我主上眷念東南，恩澤之加，吳中尤厚，自

〔註107〕 孫嘉淦：《南遊記》，《清經世文編》，中華書局1992年版。轉引自王日根、陳國燦著《江南城鎮通史（清前期卷）》，上海人民出版社2017年版，第35頁。
〔註108〕 戴鞍鋼：《江南城鎮通史（晚清卷）》，上海人民出版社2017年版，第30頁。
〔註109〕 王家範：《明清蘇州城市經濟功能研討——紀念蘇州建城兩千五百周年》，《明清江南史叢稿》，北京三聯書店2018年版，第68頁。

經兵燹，又普減田賦，涵濡於太平之化者，又已垂二十年矣……乃田疇猶未盡墾，頹垣廢址觸目皆是。即郡城而論，胥門郭郭，曩時列肆如櫛，貨物填溢，樓閣相望，商賈輻輳，故老類能道之。今則輪船迅駛，北自京畿，南達海澨者，又不在蘇而在滬矣。固時勢為之，有不得不然者乎？」〔註110〕民國葉昌熾《寒山寺志》亦云：「蓋庚申以前，海道未通，兩湖江皖米艘自長江泛舟而下，漏私海舶，又皆麇聚於此（楓橋）。聞諸故老云：『自昌門至楓橋十里，估檣雲集，唱籌邪許之聲宵旦不絕。舳艫銜接，達於滸墅。』今……時移勢易，闤闠非昔」〔註111〕。

　　蘇州空間系統的九個二級空間中，虎丘地區獨具市廛的地理資源。清代詩人和畫家劉大觀在遍遊江南後，甚至將市廛視為蘇州最具代表性的地理資源，他評論說：「杭州以湖山勝，蘇州以市肆勝，揚州以園亭勝，三者鼎峙，不可軒輊」〔註112〕。因此，清前期、中期和後期虎丘地區商業的發展、鼎盛和衰落，自然會影響其文學微區位條件，改變作家的遊賞和文學創作，使其文學微區位發生歷時性變化。其中清後期，虎丘地區遭遇商業衰退和戰火破壞的雙重不幸，對地理資源——尤其是人文地理資源的影響最大，於是在清代文學微區位的分期考察中自然處於最低位；而清中期近百年無兵戈，虎丘地區又達到商業發展和聲譽傳播的頂峰，於是順理成章在清代文學微區位的分期考察中處於最高位。

　　從清代虎丘地區文學微區位的分期變化中，我們又可以看到，與位置特徵和交通條件相比，一個地區地理資源的狀況更能影響其文學微區位條件，最終影響其在空間系統中的文學微區位地位。

三、虎丘地區在清代蘇州文學地理中的樞紐地位

　　經過上述對不同地區文學微區位條件的詳實分析，本書認為，清代虎丘地區在蘇州空間系統的九個二級空間中居於文學微區位的樞紐地位。這個樞紐地位的含義主要包括以下兩個方面。

〔註110〕馮桂芬總纂，潘錫爵等分纂：《同治蘇州府志》（一），《中國地方志集成·江蘇府縣志輯》第 7 冊，江蘇古籍出版社 1991 年版，第 2 頁。

〔註111〕葉昌熾：《寒山寺志》卷二，張維明校補，江蘇古籍出版社 1999 年版，第 70 頁。

〔註112〕李斗：《揚州畫舫錄》，汪北平、涂雨公點校，中華書局 1960 年版，第 151 頁。

1. 交通樞紐

在經濟地理學的地理結構中，點和線具有核心的地位與作用，「點與線要素結合成交通、工業等經濟樞紐系統，其要素的空間運行呈樞紐發展」〔註113〕。借鑒經濟地理學地理結構的概念，我們可以把蘇州縱橫交錯的河道視為線，把九個地區視為點，這些河道（線）把九個地區（點）串聯起來，組成了蘇州空間系統（面）。因此在這個面中，必然會有點處於點與線結合成的軸線結構中的樞紐地位。從前文的闡述可以看出，在蘇州空間系統的九個二級空間中，這個處於樞紐地位的點就是虎丘地區。虎丘地區之所以成為蘇州空間系統中的樞紐，主要有三個原因。

其一，蘇州空間系統中的地理資源主要集中在城外西和西南方向上，而城外東、南、北三個方向上的金雞湖地區、澹臺湖地區和陽城湖地區地理資源匱乏，很少有作家前往遊覽，於是虎丘地區因為地處西郊，從九個二級空間中脫穎而出，成為作家進出閶門和胥門的必經之地。對居住在蘇州城區的作家而言，若前往石湖地區、太湖地區、靈巖山地區和鄧尉山地區遊覽，都要經過虎丘地區；對於外地作家而言，若想經運河從閶門或胥門進入蘇州城區，也要經過虎丘地區。虎丘地區是人員往來進出蘇州城區的重要門戶。

其二，虎丘地區的上塘河和山塘河是運河流經蘇州城西的河段，所以乘船經運河南下北上的人員即使不進入蘇州城區，也會經過虎丘地區。虎丘地區也因運河成為蘇州人迎來送往的重要碼頭。虎丘地區為水路孔道，南北通衢，是運河的重要節點。

其三，虎丘地區中虎丘、山塘街、楓橋、寒山寺等地理資源位於山塘河或上塘河沿岸，西出閶門即是山塘街，虎丘、楓橋、寒山寺等距離蘇州城區也都很近，大約為七里，路途通暢，交通便捷，乘舟、坐車或步行無不適宜。而且山塘街為繁華街市，虎丘山地勢平緩開闊，適合人群聚集。虎丘地區是蘇州城內居民休閒娛樂的重要場所。

以上三個位置特徵或交通條件方面的原因，讓虎丘地區在九個二級空間中具有優越的地理區位，成為蘇州空間系統中的交通樞紐。對於虎丘地區在蘇州空間系統中的交通樞紐地位，我們不妨用一個形象的比喻來加強理解。

如果我們忽略在蘇州空間系統中明顯處於文學微區位劣勢的金雞湖地區、澹臺湖地區和陽城湖地區，單獨觀察蘇州空間系統中的其餘六個地區，可

〔註113〕 劉衛東等：《經濟地理學思維》，科學出版社 2013 年版，第 82 頁。

以發現，這六個地區構成了一把打開的「摺扇」。在這把「摺扇」中，蘇州城區是「扇頭」，石湖地區、太湖地區、靈巖山地區和鄧尉山地區是展開的「扇面」，山塘河、上塘河、胥江等主要通航河道是「扇骨」，而虎丘地區則是「扇釘」。「扇釘」雖然小，卻很關鍵。一方面，「扇釘」連接著「扇頭」和「扇面」；另一方面，「扇釘」貫穿著大小不同的「扇骨」。從「扇頭」出發，經「扇釘」由「扇骨」可以到達「扇面」；反之，從「扇面」出發，經「扇釘」由「扇骨」也可以到達「扇頭」。

2. 文化樞紐

在蘇州空間系統中，虎丘地區不僅是交通樞紐，更是文化樞紐。虎丘地區的這種文化樞紐地位是以其豐富的地理資源為基礎的，主要體現在三個方面。

其一，在蘇州空間系統的九個二級空間中，虎丘地區的地理資源不僅數量多，而且種類多，集合了山、水、津梁、古蹟、壇廟祠宇、寺觀、第宅園林、冢墓、市廛等多個種類，而且其中市廛一類為其他地區所無。這些地理資源蘊含自然、歷史、政治、宗教、民俗、商業、道德、歸隱等諸多方面的文化內涵，虎丘地區可謂是蘇州空間系統中的文化集大成者。作家到虎丘地區遊覽，往往不是簡單的遊山玩水、賞花看景，滿足純粹的感官享受，而是被這些地理資源蘊含的文化內涵所吸引，憑弔古今，感懷興亡。虎丘地區因此是各種地理資源文化的樞紐。

其二，虎丘地區的地理資源具有兼容並包、雅俗共賞的特點，能滿足作家不同的遊樂需求。陳建勤先生在《明清旅遊活動研究——以長江三角洲為中心》第一章「旅遊大觀」中按旅遊行為的主題目的，將明清時期旅遊活動從宏觀上分為「節令遊、觀光遊、采風遊、賞花遊和狎妓遊」[註114] 等五類，從地理資源內容可以看出，虎丘地區是清代蘇州空間系統中唯一能同時滿足這五類旅遊活動需求的地區。而這五種類別的旅遊活動，代表的是不同的旅遊文化，虎丘地區因此也是旅遊文化的樞紐。

其三，虎丘地區位於蘇州城區西面，往西南方向是石湖地區和太湖地區，往正西方向是靈巖山地區和鄧尉山地區。蘇州城區人煙稠密，而其餘四個地區都是廣闊的田園山林湖泊，一片鄉村風光。虎丘地區正好是銜接蘇州城區和城外西面、西南方向其餘四個地區的過渡地帶，由此也表現出一種城市與鄉村的

[註114] 陳建勤：《明清旅遊活動研究：以長江三角洲為中心》，中國社會科學出版社2008 年版，第 1 頁。

混合性特徵。這種特徵是虎丘地區作為熱鬧繁華的城郊地帶所特有的，蘇州空間系統中的其他地區都不具備。正如褚逢椿《桐橋倚棹錄序》所言：「山林而在塵市……吾郡虎丘山而已」，他已經注意到了虎阜山塘的風景既有山林的清幽，也有城市的喧鬧。這兩種迥然不同的風景背後，蘊含的是傳統意義上帶有二元對立性質的城市文化與鄉村文化。虎丘地區因此是城市文化和鄉村文化的樞紐。

以上三個方面表明，虎丘地區因其地理資源的豐富多樣而擁有複合多元的文化特性，成為蘇州空間系統中的文化樞紐。

交通樞紐和文化樞紐兩者疊加，使清代虎丘地區在蘇州空間系統中具有獨特而強大的魅力，吸引著作家紛紛前往遊覽並創作詩文，因此又成就了清代虎丘地區在蘇州文學地理中的樞紐地位。

下編 詩文中的空間：對清代虎丘地區文學微區位的定性研究

　　正如本書中編所闡述的，清代虎丘地區在蘇州空間系統中處於文學微區位的樞紐地位。這種樞紐地位的外在表現為：在九個二級空間中，清代虎丘地區在詩文數量、創作作家數量、詩文均數和中位數這三個方面都表現突出，這是對清代蘇州詩文進行量化統計分析後得出的客觀結論。而這種樞紐地位的內在原因為：與蘇州空間系統中的其他地區相比，清代虎丘地區具有優越的文學微區位條件，在地理資源的豐富程度、具體內容、知名程度、位置特徵和交通條件等方面都佔據優勢。概括起來，文學微區位這五個方面的優勢，讓虎丘地區成為清代蘇州空間系統的交通樞紐和文化樞紐。另外，通過中編的分期考察，我們還進一步看到了戰爭破壞、政治影響和商業盛衰這三個因素導致的清代虎丘地區文學微區位地位的歷時性變化。

　　中編對清代蘇州空間系統中九個二級空間的文學微區位關係的考察，始終是以各個地區的地理資源為基礎展開的。在闡述過程中，地理資源在文學微區位研究中的重要性逐漸浮現：一方面，地理資源影響作家的遊覽和詩文創作；另一方面，地理資源又會影響作家詩文創作的具體內容。因此，在本書的研究框架中，地理資源是文學與地理之間的中介，一頭聯繫著「空間中的文學」，另一頭聯繫著「文學中的空間」。接下來，本書將對「文學中的空間」展開考察，即以清代詩文文本為對象，通過解讀文本中作家對虎丘地區的書寫，

來進一步理解一個地區的文學微區位因子。

　　一個地區的文學微區位條件是客觀存在，對所有作家都相同，但是，當作家進行文學創作時，卻對地理資源有相同或不同的選擇、評價和表現。我們將作家在文學作品中對地理資源的這種或共性化、或個性化的文學書寫稱之為文學微區位因子。文學微區位因子是就作家創作而言的主觀因素，存在於詩文中，一個地區的文學微區位因子對其文學微區位的影響主要有兩個方面。首先，大量共性化的文學書寫反映了大部分作家對地理資源的文學審美，累積起來會形成一個地區共性的文學微區位因子，吸引更多後來的作家對該地區展開文學書寫，於是最終影響該地區的文學微區位地位。其次，少量乃至個別獨出心裁的文學書寫反映了少數作家對地理資源獨特的文學審美，這將豐富該地區的文學微區位因子，引發其他作家的學習和傚仿，於是進一步提升該地區的文學微區位地位。

第七章　關於地理意象

　　文學地理學研究「文學與地理環境的關係（簡稱文地關係）」〔註1〕，在本書的研究框架中，地理資源是文地關係的中介。本書中編已經通過定量研究揭示了蘇州空間系統中九個二級空間的文學微區位條件對詩文和創作作家空間分布情況的影響，不過，這種影響是表面的，要進一步理解這種影響，還需要深入到文學作品內部，進行更加具體細微的定性分析。正如張偉然先生在《中古文學的地理意象》一書「前言」中所指出的：「近年來文學地理的研究……一般都是對作家和作品進行統計分析，因而其中的『地理』往往只體現為一種分布態勢，或者是作為背景的人文社會環境。事實上，地理因素完全可以參與文學創作。它可以成為作家的靈感，作家發揮想像力的憑據，從而形成一些具有特定文化內涵的類型化意象。」〔註2〕

　　在正式解讀作家對虎丘地區的文學書寫之前，我們有必要先對文地關係中地理資源的中介作用展開闡釋，分析地理資源是如何聯結「空間中的文學」與「文學中的空間」的。

第一節　清代蘇州作家對「江山之助」論的發展

　　「江山之助」論是中國古典文藝理論中關於文地關係的重要命題，最早由南朝梁劉勰在《文心雕龍·物色篇》中提出：「若乃山林皋壤，實文思之奧府；略語則闕，詳說則繁。然屈平所以能洞監《風》、《騷》之情者，抑亦江山之助

〔註1〕曾大興：《文學地理學概論》，北京商務印書館 2017 年版，第 1 頁。
〔註2〕張偉然：《中古文學的地理意象》前言，中華書局 2014 年版，第 16 頁。

乎」〔註3〕，劉氏認為地理環境能激發作家的文學靈感，為作家提供創作素材，從而幫助作家寫出優秀的文學作品。後代學者在此基礎上不斷豐富和拓展「江山之助」的理論內涵。一方面，將「江山」的範圍從屈原所在的楚地擴大到了其他地區乃至全國，例如，唐王勃《梓州郪縣兜率寺浮圖碑》：「風恬雨霽，煙霧照天地之容；野曠川明，風景挾江山之助」〔註4〕，北宋歐陽修《和聖俞聚蚊》：「江南美山水，水木正秋明。自古佳麗國，能助詩人情」〔註5〕，南宋范成大《晚集南樓》：「宇宙勳名無骨相，江山得句有神功」〔註6〕；另一方面，明清時期，「『江山之助』與發揮性靈結合在一起，被視為文學創作的必要條件」〔註7〕，學者看到了人地關係中作家的主觀能動性，強調地理環境對作家影響的同時，也凸顯作家面對江山的主體能動作用。清代蘇州作家對此理論發展亦多有闡述，現簡要論之。

一、「江山與詩人相為對待」

　　清初尤侗《天下名山記鈔序》云：「山水文章，各有時運。山水藉文章以顯，文章亦憑山水以傳。士即負曠世逸才，不得雲海蕩胸，煙巒決眥，無以發其嶔崎歷落之思，飛揚拔扈之氣。至於千巖競秀，萬壑爭流，若無騷人墨客登放其間，攜驚人句，搔首問青天，則終南太華等頑石耳。」〔註8〕尤侗看到了山水與文章之間的互動關係。值得注意的是，尤侗此處所謂「山水」最初是指自然「雲海」「煙巒」「千巖」「萬壑」等自然地理資源，但是，經騷人墨客的文學書寫後，這些「山水」已不再是自然界普通的「頑石」，而具有「藉文章以顯」的人文地理資源的色彩。

　　沈德潛《盛庭堅〈蜀遊詩集〉序》云：「西蜀，天下奧區也。地如瞿唐、三峽之險，白鹽、赤甲、劍閣之峻，人如蠶叢之開蜀，昭烈之割據，屈原、武

〔註3〕劉勰著，王運熙、周鋒譯注：《文心雕龍譯注》，上海古籍出版社 2010 年版，第 225 頁。

〔註4〕王勃著，蔣清翊注：《王子安集注》，上海古籍出版社 1995 年版，第 514～515 頁。

〔註5〕歐陽修著，洪本健校箋：《歐陽修詩文集校箋》外集卷二，上海古籍出版社 2009 年版，第 1296 頁。

〔註6〕范成大：《范石湖集》卷六，上海古籍出版社 1981 年版，第 70 頁。

〔註7〕姚大懷：《「江山之助」新論──兼與汪、叢二先生商榷》，《安徽科技學院學報》2011 年第 3 期。

〔註8〕吳秋士輯：《天下名山記鈔》，《四庫全書存目叢書》史部第 254 冊，齊魯書社 1996 年版，第 473 頁。

侯之忠，宋玉，王褒，司馬相如，楊雄，蘇洵、軾、轍諸人之文藻，皆特絕兩間，無與為偶者。故入蜀之士，抉摘奇險，憑弔偉人，發為辭華，得江山之助居多……是江山之助，果足以激發人之性靈者也」〔註9〕，繼續發揚「江山之助」的傳統意義。不過，他在《芳莊詩序》中則云：「江山與詩人，相為對待者也。江山不遇詩人，則巉岩淵淪，天地縱與以壯觀，終莫能昭著於天下古今人之心目。詩人不遇江山，則雖有靈秀之心，俊偉之筆，而孑然獨處，寂無見聞，何由激發心胸，一吐其堆阜灝瀚之氣？惟兩相待、兩相遇，斯人心之奇，際乎宇內之奇，而文辭之奇得以流傳於簡墨。」〔註10〕他說「江山與詩人，相為對待」，很顯然，他也已經較為深刻地把握到了地理環境與作家之間雙向助益的辯證關係。

　　清中期石韞玉也認為「江山之助」需要與詩人的性靈相結合，其《潘古堂詩序》云：「吾聞古人謂山陰道上千巖萬壑，競秀爭流，潘子生於斯，孕彼都山川靈淑之氣，故其為詩也體清而志和，譬如吳越山水，平遠夷猶，有默助之者，非偶然也。然文人之性靈，與江山之助引而益勝，攸往而不窮。」〔註11〕另外，石韞玉作為蘇州人，還特別注意到了蘇州自然山水與地方風俗對詩人的影響，明確將「江山」的範圍從自然地理擴展到了人文地理，其《松陵詩徵序》云：「松陵詩徵者，吳江殷君曜庭之所緝也。自唐時皮陸兩先生有松陵唱和詩傳於世，學者遂無不知松陵之名。蓋其地居太湖之濱，襟帶江浙之間，山水清遠，風俗尚文，故自古多詩人，亦岩壑秀靈之氣所結而發焉者也。」〔註12〕

　　與其他人注重「江山與詩人，相為對待」相比，清初被譽為散文三大家之一的汪琬則從人的角度出發，將地理環境視為影響作家文學創作的一個因素，而非全部。汪琬《山聞詩序》云：「予以為，詩有時焉，有遇焉，有地焉，理亂時也，窮達遇也，朝野地也。世之公卿大夫，雍容而入臺閣者，非異人也，是即向之起家山林之中，相推擇而進者也。是故方其窮也，必為枯槁憔悴愁苦之音；及其達也，則又改而為和平愉懌嚴重典雅可播金石可葉鍾呂之音。雖詩

〔註9〕沈德潛：《沈德潛詩文集・歸愚文鈔》卷十三，潘務正、李言編輯點校，人民文學出版社 2011 年版，第 1348 頁。

〔註10〕沈德潛：《沈德潛詩文集・歸愚文鈔余集》卷一，潘務正、李言編輯點校，人民文學出版社 2011 年版，第 1525 頁。

〔註11〕石韞玉：《獨學廬初稿》卷二，《清代詩文集彙編》第 447 冊，上海古籍出版社 2010 年版，第 135 頁。

〔註12〕石韞玉：《獨學廬四稿》卷三，《清代詩文集彙編》第 447 冊，上海古籍出版社 2010 年版，第 483 頁。

之為體不同，而要其歸則皆其時、其遇、其地之使然也。」〔註13〕汪琬將「地」與「時」「遇」並列，構建了影響詩文創作的時空座標系，其觀點更加全面，也更加符合實際情況。面對同樣的「江山」，因為時代治亂和個人窮達不同，作家的心情不同，審美體驗和詩文創作也大不相同，這是文學創作的普遍現象。

二、「江山助人必於遊得之」

「江山之助」論肯定了地理環境與作家創作之間的相互促進關係，但是，對於作家創作時如何才能得到「江山之助」卻語焉不詳。清代蘇州作家基於豐富的遊覽和詩文創作經驗，提出了「江山助人必於遊得之」的觀點，進一步豐富了「江山之助」的理論內涵。

首先提出遊覽與文學創作關係的是葉燮。葉燮是清前期著名的詩論家，沈德潛和薛雪皆從其學詩，其詩論專著《原詩》「著重探索了詩歌的發展規律、創作的主客觀條件、藝術表現方法的多樣性等問題，是古代詩話中理論性、邏輯性、系統皆強的著作」〔註14〕。《原詩·外篇下》云：「遊覽詩切不可作應酬山水語。如一幅畫圖，名手各各自有筆法，不可錯雜；又名山五嶽，亦各各自有性情氣象，不可移換。作詩者以此二種心法，默契神會，又須步步不可忘我是遊山人，然後山水之性情氣象、種種狀貌、變態影響，皆從我目所見、耳所聽、足所履而出，是之謂遊覽。且天地之生是山水也，其幽遠奇險，天地亦不能自剖其妙；自有此人之耳目手足一歷之，而山水之妙始泄。如此方無愧於遊覽，方無愧於遊覽之詩。」〔註15〕葉燮認為，山水有自己獨特的「性情氣象」，詩人只有與山水「默契神會」，才能創作出優秀的遊覽詩。而達到這種「默契神會」境界的途徑是遊覽。葉燮所謂遊覽已經不是一般遊客追求耳目之娛、浮光掠影式的觀光遊，而是在「目所見、耳所聽、足所履」的過程中用心觀察、以感悟「山水之妙」後創作遊覽詩為目標的體驗遊。因此，在葉燮的詩歌創作理論中，遊覽具有重要意義，是創作遊覽詩過程中一個不可或缺的環節。

葉燮所說的遊覽已經超越膚淺的感官刺激，注重與山水內在精神上的交

〔註13〕 汪琬：《鈍翁續稿》卷十五，《清代詩文集彙編》第94冊，上海古籍出版社2010年版，第593頁。

〔註14〕 王運熙、顧易生主編：《中國文學批評史》（第二版），復旦大學出版社2012年版，下卷，第260頁。

〔註15〕 葉燮：《原詩》外篇下，霍松林校注，人民文學出版社1979年版，第69頁。

流互通，帶有強烈的文化旅遊色彩。《吳郡歲華紀麗》卷一開篇「行春」條云：
「吳中自昔繁盛，俗尚奢靡，競節物，好邀遊，行樂及時，終歲殆無虛日」
〔註16〕，在這種全民皆遊的氛圍中，清代蘇州文人注意到騷人墨客與一般民
眾遊覽的區別。褚逢椿《桐橋倚棹錄序》云：「往時遊跡盛於中秋，今則端午
先後數日，畫舫珠簾，人雲汗雨，填流塞渠⋯⋯然求其訪今弔古，考寺觀之
創修，橋樑之建置，園林之興替，祠墓之存亡，百無一二人，蓋所遊者在此，
而所樂者在彼也」〔註17〕。褚氏所謂「訪古弔今」，已不是一般的文化旅遊，
甚至帶上了考察旅遊景點歷史文化的意味。朮樹滋在為潘鍾瑞《香禪精舍集
四》所作序言中亦云：「善遊者之於遊也，非僅娛目騁懷而已，貴能搜題隱幽、
刻畫奇異以標舉勝概，尤善者則舉是山之墜聞遺跡，詳考審訂，俾傳信於後，
而不為里耳俗目所誤」〔註18〕。潘耒在《使粵日記序》中通過對比講得更加
具體：「昔人言不讀萬卷書、不行萬里路不稱通人，夫所貴於足跡之遠者，以
能原本山川，諮詢風俗，大而阨塞利病，小而草木蟲魚，靡不究其情形，窮
其變態，然後可以言遊。如第曰至其地而已，則賈人郵卒所歷較多，亦可以
為遊耶。今士大夫每浮慕馬遷相如輩風流，喜言遊覽，比有公私行驛，遠者
或數千里，所過山川名勝不知其幾也，而意趣不在是，往往覿面失之，則亦
賈人郵卒之為而已，於遊何預焉」〔註19〕。因此，即使是士大夫的文化遊，
也有低層次的表現，徐乾學《虎丘山志序》即云：「嗟夫，茲山之有聞於世也，
舊矣。其間洞壑巉岩，林巒秀削，好事者僅視為遊宴之地，嘉山美樹舉湮沒
於聲歌酣飲之中，其識最弇鄙不足道。即一二好古之士問闔閭之古墓，訪王
珣之舊宅，歲月逾邁，光景彌新，亦第以風流相歡悼耳。」〔註20〕

　　要想創作出優秀的遊覽詩，只有簡單的「以風流相歡悼」的體驗是不夠的。
沈德潛繼承並發展了葉燮關於遊覽詩的觀點，其《說詩晬語》說：「遊山詩，
永嘉山水主靈秀，謝康樂稱之；蜀中山水主險隘，杜工部稱之；永州山水主幽

〔註16〕袁學瀾：《吳郡歲華紀麗》卷一，甘蘭經、吳琴校點，江蘇古籍出版社 1998 年
　　　　版，第 1 頁。
〔註17〕清顧祿：《桐橋倚棹錄》卷首，王稼句點校，中華書局 2008 年版，第 241 頁。
〔註18〕潘鍾瑞：《香禪精捨集四》卷首，《清代詩文集彙編》第 691 冊，上海古籍出版
　　　　社 2010 年版，第 501 頁。
〔註19〕潘耒：《遂初堂文集》卷七，《清代詩文集彙編》第 170 冊，上海古籍出版社
　　　　2010 年版，第 331 頁。
〔註20〕徐乾學：《憺園文集》卷二十一，《清代詩文集彙編》第 124 冊，上海古籍出版
　　　　社 2010 年版，第 531 頁。

峭，柳儀曹稱之。略一轉移，失卻山川真面」，進而又說：「懷古必切時地」，「詠古詩未經闡發者，宜援據本傳，見微顯闡幽之意。若前人久經論定，不須人云亦云」〔註21〕。他強調懷古時詩人要有創新，要善於挖掘名勝古蹟所蘊含的文化內涵發人所未發。

清中期，石韞玉在葉燮等人的理論基礎上進行總結歸納，其《養默山房詩序》云：「古之詩人常得江山之助，而江山助人必於遊得之然，一丘一壑，雖遊不足以發其邁世絕俗之氣，惟名山大川，旁薄鬱結，可以見坤靈締構之奇，而通都大邑，黎庶繁昌，物產瑋異，遊於其間者，登臨觀覽，搜求古名流之遺跡以託諸謳思。昔司馬子長周行天下名山大川，而文章益奇。文章如是夫，詩則亦有然者也。……故淋漓濡染實有得之於見見聞聞，而非剽竊模擬之所能及也。古者杜子美之詩以入蜀而勝，蘇子瞻之詩以過海而奇」〔註22〕。至此，終於在理論上把「江山之助」與遊覽明確聯繫在一起。遊覽成為「江山」與文學創作之間的一座橋樑，通過遊覽，詩人才能得「江山之助」。而且，石氏兼言「名山大川」與「通都大邑」，可見在他眼中，所謂「江山」不僅指自然地理資源，也包括人文地理資源。

第二節　從地理資源到地理意象

石韞玉所言「江山助人必於遊得之」，用今天文藝理論的眼光來看，其實強調了作家在創作遊覽主題的詩文時，只有親臨現場，「淋漓濡染實有得之於見見聞聞」，在地理環境中達到一種「主觀情意與客觀物境的交融」〔註23〕——即葉燮所言「默契神會」的狀態，然後才能創作出優秀的遊覽詩文。

這就涉及文藝理論中物象與意象的概念。對於物象與意象，袁行霈先生在《中國古典詩歌的意象》一文中有非常清晰而深刻的闡釋，他指出：「物象是客觀存在的，它不依賴人的存在而存在，也不因人的喜怒哀樂而發生變化。但是物象一旦進入詩人的構思，就帶上了詩人主觀的色彩……因此可以說，

〔註21〕沈德潛：《說詩晬語》卷下，霍松林校注，人民文學出版社 1979 年版，第 244～245 頁。

〔註22〕石韞玉：《獨學廬四稿》卷三，《清代詩文集彙編》第 447 冊，上海古籍出版社 2010 年版，第 488 頁。

〔註23〕袁行霈：《中國詩歌藝術研究》（第 3 版），北京大學出版社 2009 年版，第 46 頁。

意象是融入了主觀情意的客觀物象，或者是借助客觀物象表現出來的主觀情意……總之，物象是意象的基礎，而意象卻不是物象的客觀的機械的模仿。從物象到意象是藝術的創造」〔註24〕。對此主客觀交融的文學創作過程，童慶炳先生曾在《從「物理境」轉入「心理場」——「隨物宛轉，與心徘徊」的心理學解》一文中從心理學的角度有過精闢的解釋：「物理境屬於全體，而心理場則屬於個人。個人的背景經歷、文化修養、審美理想、需要動機、氣質才能、情緒心境不同，對同一事物『與心徘徊』也就會大異其趣。文學正是依靠了每個作家千態萬狀的心理場效應，而呈現出花團錦簇、儀態萬千的風姿。」〔註25〕

袁行霈先生所言「物象」和「意象」是文藝理論中的重要概念，具有普遍適用性，具體到文學地理學的研究範疇，「物象」即客觀存在的地理資源，「意象」即經作家主觀觀照後寫入詩文的地理意象。「地理意象」是歷史地理學者張偉然先生提出的一個概念，他在《中古文學的地理意象》一書中指出：「地理意象就是對地理客體的主觀感知」〔註26〕，並認為：「地理因素完全可以參與文學創作。它可以成為作家的靈感，作家發揮想像力的憑據，從而形成一些具有特定文化內涵的類型化意象」〔註27〕，「尤值得指出的是，在中古時期，一些類型化的地理意象往往會吸引、促使文學家，甚至不同領域的藝術家（如畫家、音樂家）共同參與文化創造，由此留下一大批主題相同、藝術上各有千秋的作品」〔註28〕。與童慶炳先生側重作家對物境的個性化理解不同，張偉然先生注意到因地理資源本身客觀特徵的限制，作家在感知地理資源時存在共性，並由此形成文學作品中類型化的地理意象。在著作《中古文學的地理意象》中，張偉然先生討論了作為虛擬文學人物的「巫山神女」、作為文化地域的「瀟湘」和作為具有特定文學內涵的空間類型的「竹林寺」這三種不同的類型化地理意象，從中我們確實可以看出類型化的地理意象在文學作品中具有一定的代表性。美國漢學家宇文所安在討論「金陵懷古」主

〔註24〕袁行霈：《中國詩歌藝術研究》（第3版），北京大學出版社2009年版，第54～55頁。

〔註25〕童慶炳：《中國古代詩學與美學》，《童慶炳文集》第八卷，北京師範大學出版社2016年版，第366頁。

〔註26〕張偉然：《中古文學的地理意象》前言，中華書局2014年版，第13頁。

〔註27〕張偉然：《中古文學的地理意象》前言，中華書局2014年版，第16頁。

〔註28〕張偉然：《中古文學的地理意象》，中華書局2014年版，第194頁。

題的古典詩詞時也說:「照片與電影的時代之前,一個地方主要是通過文本以它們程式化的意象而被知曉、被記住並成為值得追憶的……好的文章創造了一個地方:人們眼前的自然界的證據往往不過是從中選擇要素以證實和比擬熟悉作品的細節堆砌」〔註29〕,「程式化的意象」即含有「類型化的地理意象」之意,這段話也有助於我們進一步深入理解文作品中類型化的地理意象的形成原因。

這兩種不同的觀點,綜合起來正好揭示了作家在感知地理資源並將其寫入文學作品形成地理意象時的兩種情況。對於作家個體來說,當身處一定的地理環境時,對地理環境中具體地理資源的體驗和認識肯定是主觀的、私人的,但這種體驗和認識並非天馬行空、漫無邊際的,正如「物象是意象的基礎」一樣,作家的體驗和認識會受到地理資源自身特徵的限制,而地理資源自身特徵又是客觀和穩定的,因此作家的體驗和認識就自然會呈現某種共性。另外,當一個地理資源經作家——尤其那些著名作家——寫入詩文後,後代作家對地理資源的體驗和認識就難免會受到這些詩文的影響。面對同樣的地理資源和前人的詩文,後來的作家要麼作內容相似的表述,要麼獨出心裁,要麼乾脆擲筆不作,就像崔顥題《黃鶴樓》詩後,據說李白登黃鶴樓而感慨:「眼前有景道不得,崔顥題詩在上頭」〔註30〕,無作而去。後兩種情況對作家來說都很難做到,因此,從作家群體的角度來說,對一個地理資源的文學書寫就很容易形成一種類型化的地理意象。

地理意象在文學地理學中非常普遍,曾大興先生因此在《文學地理學概論》中將「地理意象研究法」列為文學地理學的六種主要研究方法之一,並指出:「文學地理學的地理意象研究法,就是地理學的意象研究與文學的意象研究相結合的方法……既不能忽略其地理特徵,也不能忽略其文學特徵,更不能對其文化內涵、歷史價值和顯示意義作一般性的、泛化的陳述」〔註31〕。由此闡述也可以看出,地理意象一頭連著地理,另一頭連著文學。但對於地理意象,曾大興先生強調其地域性和歷史文化內涵,他認為:「文學地理學所講的地理意象,那是可以被文學家一再書寫、被文學讀者一再感知的地理意象,它們既

〔註29〕〔美〕宇文所安:《地:金陵懷古》,樂黛雲、陳玨編選《北美中國古典文學研究名家十年文選》,江蘇人民出版社1996年版,第140頁。

〔註30〕傅璇宗主編:《唐才子傳校箋》,中華書局1987年版,第一冊,第202頁。

〔註31〕曾大興:《文學地理學概論》,北京商務印書館2017年版,第328～329頁。

有清晰的、可感知的形象，也有豐富而獨特的意蘊。也就是說，不是所有可以被感知的地理客體都可以稱為地理意象，地理意象沒有那麼寬泛」〔註32〕，其所言狹義上的地理意象實際就是張偉然先生所言的類型化地理意象。兩位學者的觀點相互闡發，綜合起來正好道出類型化地理意象的特徵。首先，類型化地理意象以具體的地理資源為基礎，由文本中體現作家主觀感知個性的特殊地理意象發展形成，其間因被眾多作家以相同或相似方式反覆書寫，而逐漸具備了某種公認的、獨特的文化內涵。其次，類型化地理意象的形成，是傳播和接受相互交織、螺旋上升的過程。再次，類型化地理意象形成後，就會對後代詩歌產生巨大影響，甚至成為作家創作的基礎。

至此我們可以清楚地看到，在本書對一個地區文學微區位的論述框架中，地理資源在內外兩個層面上影響著文學。外在層面上，地理資源所具備的文學微區位條件影響作家的遊覽活動，從而影響詩文和創作作家的空間分布；內在層面上，作家通過遊覽實現「江山之助」，地理資源經作家文學書寫後成為詩文中的地理意象，而這些地理意象正折射出作家對一個地區的文學微區位因子。於是，一個地區的文學微區位條件和文學微區位因子在地理資源上得到了統一，地理資源不僅影響作家的文學創作活動（遊覽也是其中一個重要環節），也影響作家創作的詩文內容。

第三節　遊覽與行旅

在葉燮的詩歌創作理論中，遊覽是山水詩創作過程中的一個重要環節。早在南朝梁蕭統所編《文選》中即設「遊覽」一類，另有「行旅」一類，兩者收錄的都是山水詩。對於「遊覽」與「行旅」的區別，王文進先生在《謝靈運詩中「遊覽」與「行旅」之區分》和《南朝「山水詩」中「遊覽」與「行旅」的區分——以〈文選〉為主的觀察》這兩篇論文中有精微細緻的研究。王文進先生以謝靈運山水詩為例，分析了南朝山水詩中「遊覽」與「行旅」的區別，指出山水作為靜態的客觀對象，經詩人以「遊覽」或「行旅」的方式與途徑接觸後方能寫入詩歌。而「遊覽」與「行旅」代表著南朝詩人兩種不同的觀照山水的行為模式，因而對山水的文學書寫也就存在差異，具體表現為：「綜觀其『行旅』一類之收錄標準，係以赴任旅途之作為主。因此舉凡到任之後再行出遊之作，

〔註32〕曾大興：《文學地理學概論》，北京商務印書館 2017 年版，第 326 頁。

則視為『遊覽』之詩」〔註33〕，「由於行旅大都係遠赴他地，兼程趕路，所以詩中時有千里行舟，驚流赴程的景象……而遊覽詩大都是用以賞玩寄情的，寫來往往較舒緩親切……造成此種差異的主因是行旅的『行』是被動的，生命時空均受制於外在的支使，而遊覽的『遊』是主動的，是安頓後的生命向外怡然伸展。行旅的山水是目不暇接地劈面湧來，而遊覽山水則是自家細細尋來」〔註34〕。

王文進先生的這段分析與前引葉燮、石韞玉的論述多有相符之處。首先，兩者都注意到了遊覽過程中客體與主體的存在，山水（地理環境）是客觀存在的審美對象，而作家是具有主觀能動性的審美主體；其次，兩者都認為遊覽是聯繫山水（地理環境）與文學創作的中介；再次，兩者都認為遊覽不同於一般的遊玩，是作家品味山水（地理環境）的一種主動行為，葉燮云：「須步步不可忘我是遊山人，然後山水之性情氣象、種種狀貌、變態影響，皆從我目所見、耳所聽、足所履而出，是之謂遊覽」，石韞玉云：「登臨觀覽，搜求古名流之遺跡以託諸謳思」，王文進先生則云：「遊覽山水則是自家細細尋來」。當然，兩者也存在相異之處。王文進先生主要討論「遊覽」和「行旅」這兩種不同行為模式對南朝詩人創作山水詩的影響，側重的是作家的主觀能動性；而葉燮和石韞玉在強調作家主體的同時，不忘山水（地理環境）「各各自有性情氣象」的特徵對詩文創作的「江山之助」，以及主客體之間的交融。但不管異同，古今學者從不同角度不約而同都注意到了遊覽對詩文創作的影響。

仔細分析王文進先生的論述，能發現其所言「行旅」與「遊覽」的區別中還暗含著地理學中的尺度問題。既然「行旅大都係遠赴他地，兼程趕路」，則必定是長距離的，屬於宏觀尺度上的考察；而「遊覽」是「到任之後再行出遊」，則必定是短距離的，屬於微觀尺度上的考察。王文進先生通過外在的「遊覽」和「行旅」來透視南朝詩人內在心境的不同，確是獨具隻眼，抓住了問題的關鍵。而這一點也有助於理解本書所論述的文學微區位問題。本書上編理論闡述部分曾言：「宏觀世界不是微觀世界的線性疊加，微觀世界也不是宏觀世界簡單的微縮版」，此處「遊覽」與「行旅」的區別即是明證。雖然都是對山水等地理環境的審美觀照與文學書寫，但是在宏觀尺度下的「行旅」與微觀尺度下的「遊覽」，南朝詩人內心表現出來的是被動與主動這兩種截然相反的心境。

把考察視野從南朝拓展到更大的歷史時段，我們能發現這種宏觀與微觀的

〔註33〕王文進：《南朝山水與長城想像》，河南人民出版社 2018 年版，第 7 頁。
〔註34〕王文進：《南朝山水與長城想像》，河南人民出版社 2018 年版，第 14～15 頁。

區別依然存在。梅新林先生在《中國文學地理形態與演變》一書中將作家群體的地域流向分為八個環節、三種形態，分別是：向心型（求學、應舉、任職、授業），離心型（隱逸、流貶）、交互型（遊歷、遷居），其中向心型流向表現為「外邑→京都、邊緣→中心」的正向運動〔註35〕，離心型流向表現為「京都→外邑、中心→邊緣」的反向運動〔註36〕，而交互型流向表現為前二者、即正向運動與反向運動的「相互交錯，不時轉換」〔註37〕。這八個環節、三種形態互不相同，但是「從八個環節到三種形態的必然性與或然性、絕對性與相對性、有序性與無序性的矛盾統一，並未在根本上影響或改變文人群體流向『外邑→都城、邊緣→中心』的總體趨勢……從文人個體到群體的整體地域流向，總是圍繞不同級次、不斷轉移的城市軸心，並以流域軸線為主要通道，從農村流向城市，從小城流向大城，從大城流向都城」〔註38〕。很顯然，梅新林先生這是在宏觀尺度上考察文學家的動態地理分布情況。從梅新林先生詳實的考察可以看出，在宏觀尺度上，作家群體的地域流向呈現出層級化、結構化的顯著特徵，流動的軸心是城市——尤其是京都。因此可以說，在宏觀層面上，城市具有明顯的文學區位優勢，其中京都更是在全國文學版圖中具有中心的突出地位。但是，在微觀層面上，情況差別很大。正如本書中編數據統計結果所展示的，清代蘇州城區儘管是政治中心，在蘇州空間系統中文學微區位的樞紐卻是虎丘地區。而且，清代蘇州空間系統中九個二級空間的文學微區位關係呈現出一種複雜性，並未表現出清晰的「極化—擴散」模式，各地區文學微區位條件的五個方面互有利弊，綜合起來共同影響一個地區的文學微區位地位。微觀層面上這種複雜性，正是由於短距離的遊覽完全出於作家的主觀選擇，「是安頓後的生命向外怡然伸展」。對一個地區來說，文學微區位條件必須與作家的文學微區位因子結合後才能最終決定其在空間系統中的文學微區位地位。而相比之下，在宏觀尺度上作家群體的地域流向雖然表面看起來有被動，有主動，但總體上文學區位條件和文學區位因子卻並不能發揮多少作用，影響作家群體流向的主要因素是政治，而非地理。另外，中國古代安土重遷，當作家離開桑梓之地、父母之邦時，不管出於何故、去往何方，恐怕內心多少都有些被動和無奈。

〔註35〕梅新林：《中國文學地理形態與演變》，上海人民出版社 2014 年版，第 353 頁。
〔註36〕梅新林：《中國文學地理形態與演變》，上海人民出版社 2014 年版，第 403 頁。
〔註37〕梅新林：《中國文學地理形態與演變》，上海人民出版社 2014 年版，第 437 頁。
〔註38〕梅新林：《中國文學地理形態與演變》，上海人民出版社 2014 年版，第 344 頁。

第八章　地理區位對清代虎丘地區離別詩的影響

第一節　清代詩歌中對虎丘地區地理區位優勢的表述

在蘇州空間系統中，虎丘地區具有優越的地理區位，虎丘和楓橋距離蘇州城區僅有七里，西出閶門即是山塘街，由山塘河和上塘河可直達虎丘和楓橋，水陸皆通，方便遊覽。山塘河上有一座普濟橋，「康熙四十九年因建普濟堂而得名，乾隆五十八年修，道光二十年同善堂重修」〔註1〕，普濟橋為三孔石級拱橋，中孔兩側鑴有橋聯，東聯云：「東望鴻城，水繞山塘連七里；西瞻虎阜，雲藏塔影立孤峰」，西聯云：「北發塘橋，水驛往來通陸墓；南臨路軌，雲車咫尺到梁溪」〔註2〕，雖然只是橋聯，卻很具有代表性，道出了虎丘地區四通八達的交通樞紐地位。

除中編引用文章外，清代詩歌中對於虎丘地區這種地理區位的優越性也多有表述，茲列舉數例：

曹溶《虎丘雨泊》：「江東名勝區，吳郡富林藪。近郭可滎洄，茲山實稱首。七里蔭方塘，清氣漾沙柳。」〔註3〕

嚴熊《追和清遠道士遊虎丘詩韻》：「桃源避秦人，自不知有漢。

〔註1〕顧祿：《桐橋倚棹錄》卷七，王稼句點校，中華書局 2008 年版，第 334 頁。
〔註2〕徐文高編著：《山塘鉤沉錄》，上海古籍出版社 2002 年版，第 4 頁。
〔註3〕曹溶：《靜惕堂詩集》卷五，《清代詩文集彙編》第 45 冊，上海古籍出版社 2010 年版，第 263 頁。

虎丘近城市，山淺昧幽竇。獨餘千人石，千古供賞玩。」〔註4〕

唐孫華《同王冰庵太守遊虎丘》（其二）：「懶扶衰病歷屏顏，不厭頻過是此山。地為人稠多點綴，客因峰近好躋攀。」〔註5〕

毛曙《玩菊武丘山塘率題十四韻》：「佳辰數春秋，寒暑頗適中。遊懷由是好，日日謀攜笻。武丘邇郊郭，扁舟恒易從。群芳歲成市，春秋尤豐茸。」〔註6〕

趙翼《和蔣立崖虎丘用東坡韻之作》：「海湧一簣山，小丘不成嶺。祇以近都會，煙火鬱萬井。」〔註7〕

石韞玉《秋暮登虎丘》：「去郭不數里，忽然見岩壑。」〔註8〕

張士元《新晴泛山塘》：「岸添新漲苔磯沒，市近佳山酒肆幽。」〔註9〕

楊峴《虎丘和高陶堂兼示莫子偲友芝》：「一丘抗巀嶪岑，野色赴遠眺……不謂咫尺近，乃此遘佳召。」〔註10〕

徐延壽《登虎丘》：「去城三五里，孤寺倚林梟。好景偏宜近，名山不在高。」〔註11〕

張鵬翮《楓橋》：「閶門闐闠接楓橋，幾度經過水月遙。」〔註12〕

〔註4〕嚴熊：《嚴白雲詩集》卷六，《清代詩文集彙編》第 100 冊，上海古籍出版社 2010 年版，第 57 頁。

〔註5〕唐孫華：《東江詩鈔》卷十，《清代詩文集彙編》第 136 冊，上海古籍出版社 2010 年版，第 591 頁。

〔註6〕毛曙：《野客齋詩集》卷七，《清代詩文集彙編》第 307 冊，上海古籍出版社 2010 年版，第 598 頁。

〔註7〕趙翼：《甌北集》卷三十九，《清代詩文集彙編》第 362 冊，上海古籍出版社 2010 年版，第 366 頁。

〔註8〕石韞玉：《獨學廬初稿》卷一，《清代詩文集彙編》第 447 冊，上海古籍出版社 2010 年版，第 19 頁。

〔註9〕張士元：《嘉樹山房集》卷十八，《清代詩文集彙編》第 443 冊，上海古籍出版社 2010 年版，第 532 頁。

〔註10〕楊峴：《遲鴻軒詩集》卷一，《清代詩文集彙編》第 677 冊，上海古籍出版社 2010 年版，第 229 頁。

〔註11〕陸肇域、任兆麟編纂：《虎阜志》卷九下，張維明校補，古吳軒出版社 1995 年版，第 532 頁。

〔註12〕張鵬翮：《張文端公全集》卷六，《清代詩文集彙編》第 176 冊，上海古籍出版社 2010 年版，第 417 頁。

詩人在這些詩句中直接反映了虎丘地區的地理區位優勢。除此之外，更深層次、也更重要的是，虎丘地區的地理區位特徵潛在地影響著清代詩人創作離別詩時的內在文學書寫。

清顧湄《虎丘山志》卷一引《長洲縣志略》云：「至唐白公居易來守是州，始鑿渠以通南北而達於運河，由是南行北上無不便之，而習為通川，今之山塘是也」〔註13〕，山塘河東起閶門，西至運河，呈東西走向橫貫虎丘地區，但此處卻言「通南北而達於運河」，由此可知志書編纂者的視野已經超越至整條聯通南北的運河，將山塘河視作這條大動脈上的一個節點，當時人清楚地認識到，山塘河經運河往北可達京師，往南可達杭州，舟船便利。虎丘地區作為蘇州空間系統中的交通樞紐，不僅是頭腦中的一種認知，更直接影響著當時人們北上南下的出行，成為一個餞行的碼頭。而這一點，直接影響到清代虎丘地區離別詩的創作。

第二節　或憂或喜、以憂為主的離別情感

虎丘地區地處聯通南北的運河水路要衝，蘇州人因此常於此地餞行送別，清袁景輅《金閶送別》云：「此地慣為別，送君千里行」〔註14〕。《桐橋倚棹錄》亦云：「虎丘泉石既佳，去郭又近……至如遊宦兩京、行役四方者，率於此飲餞，及相贈言，多取山中古蹟，分題賦詩，不獨今人然也」〔註15〕。清代文人於此乘船離開蘇州遠赴外地，或為功名，或為生計，或為歸鄉，或為仕宦，送別主題的詩歌下湧動著各種紛繁複雜的情緒。

彭定求，長洲人，其《二月十日重赴維揚夜泊山塘》〔註16〕寫道：

改歲倏逾月，蓬舠出城闕。詎不愛吾廬，簡書恐隕越。堤柳青將垂，園杏紅將發。纖纖暮雨飛，漁火半明滅。扣舷意渺然，野性自疏豁。狎得閒鷗群，相呼旅雁列。願續反招隱，卑棲敦晚節。猶遑稚圭移，或無蒙磨涅。風臺月觀間，汗漫遊無別。早晚牙籤收，

〔註13〕顧湄：《虎丘山志》卷一，《故宮珍本叢刊》第 263 冊，故宮博物院編，海南出版社 2001 年版，第 367 頁。

〔註14〕袁景輅：《小桐廬詩草》卷一，《清代詩文集彙編》第 353 冊，上海古籍出版社 2010 年版，第 459 頁。

〔註15〕顧祿：《桐橋倚棹錄》卷一，王稼句點校，中華書局 2008 年版，第 246 頁。

〔註16〕彭定求：《南畇詩集·丙戌集》卷上，《清代詩文集彙編》第 167 冊，上海古籍出版社 2010 年版，第 120 頁。

嶺雲自怡悅。

康熙四十四年（1705），康熙帝南巡，命辭臣在籍者校刻《全唐詩》，開書局於揚州，原本辭官閒居在家的彭定求「首蒙簡任，又分賜御書」〔註17〕。這首詩作於丙戌年——康熙四十五年（1706）二月十日，即彭定求從山塘出發奉旨至揚州編校《全唐詩》。詩人自稱「詎不愛吾廬，簡書恐隕越」「願續反招隱，卑棲敦晚節」，言語中明顯有不得已之感。這種心境與彭定求的仕途遭遇和個人思想有關。康熙十五年（1676），彭定求會試、殿試皆第一，二元及第，初授翰林修撰之職。據黃阿明先生《康熙十五年狀元彭定求生平史實述略》（《歷史檔案》2013 年第 4 期）一文考證，康熙十六年（1677）彭定求特行順天主考，卻遭遇「臺疏參奏，以冒籍中式未經檢舉，奉特旨考試官原未定有檢舉冒籍之例，正副主考各降一級，仍留原任」〔註18〕，雖然最終並無大礙，但是對于欽點翰林、初入官場，正春風得意的彭定求來說，這無疑是當頭一棒，令其初識宦海的兇險詭譎。再加上彭定求「以儒治學，以道修身，以釋養性」，尤其篤信道教，「對道教經典有深入之研究……道教影響定求頗巨」〔註19〕，甚至曾皈依清初蘇州著名道士施道淵為弟子，其弟子唐孫華即云：「先生涵泳道真，沉潛理學……性樂閒靜」，又言其為詩乃在「根極理奧，旁通仙釋」〔註20〕，因此在思想上自然不易親近官場。彭定求在翰林前後八載，國子監三載，通計居官十年餘，始終未有熱衷仕宦之情，終於在康熙三十三年（1694）辭官而歸。其《生壙誌》自述云：「至（康熙）三十二年冬，始銷假補官，靜究人情，深悔一出。明年秋，浩然而歸，遂有終老林壑之志，自年賦性顓蒙，學殖淺隘，既不能建樹奇勳，潤色鴻業，則退身補過正其分也」〔註21〕。由此我們也就不難理解詩中「野性自疏豁」之語了。再深味詩意，除不得已外，「簡書恐隕越」一句還隱隱透出彭定求內心的戰戰兢兢。此詩創作於康熙帝結束第五次南巡

〔註17〕王喆生：《素岩文稿》卷八《承德郎翰林院侍講彭先生行狀》，《四庫全書存目叢書》集部第 253 冊，齊魯書社 1997 年版，第 404 頁。

〔註18〕彭定求：《南畇老人自訂年譜》，彭祖賢重編，《儒藏·史部·儒林年譜》第 32 冊，四川大學出版社 2007 年版，第 856 頁。

〔註19〕徐健勳：《清代士人彭定求與道教因緣初探》，《湖南科技學院學報》2013 年第 2 期。

〔註20〕唐孫華：《南畇詩集序》，《清代詩文集彙編》第 167 冊，上海古籍出版社 2010 年版，第 1 頁。

〔註21〕彭定求：《南畇文稿》卷九，《清代詩文集彙編》第 167 冊，上海古籍出版社 2010 年版，第 379 頁。

的次年，山塘街上自然一片盛世繁華景象，但詩中對此並無表現，彭定求採擷入詩的是「堤柳」「園杏」「暮雨」「漁火」「鷗群」「雁列」等意象，這也反映出其內心志非榮華、意在林泉的人生追求。

同樣是從虎阜山塘離開蘇州去往外地，但是因為所去之地更加遙遠，再加上當時具體生活境遇不同，心情也就大不一樣。汪應銓，江蘇常熟人，康熙五十七年（1718）進士第一名，其詩《丙申正月六日赴滇解維作》作於丙申年——康熙五十五年（1716），當時其尚未及第，詩中有句：「相送親朋到古塘，人心流水兩蒼茫」〔註22〕，正月初六就要離家遠赴雲南，親朋好友送別山塘，詩人的內心就像山塘河中流水一樣冰涼而黯然。在《舍弟拏舟追送夜泊虎丘錄別四首》中，詩人將內心這種離別的愁苦表達得更加沉重。茲錄其中兩首於下〔註23〕：

其一

中年離緒愴頻仍，聚散浮生總莫憑。人日雨中吳市酒，虎丘橋畔夜船燈。分明萍絮難相併，較比參商未覺勝。粥飯隨緣行處乞，恰如雲水一孤僧。

其二

萬里今宵第一程，寒塘旅宿若為情。弟兄無籍謀衣食，父子睽攜託友生。城上烏棲還繞樹，天邊雁急總離聲。風煙六詔中原外，回首飛雲暮嶺橫。

汪應銓遠赴雲南，兄弟情深，其弟由常熟一路追送至虎丘。從「正月六日」到「人日」正月初七，汪應銓與親友在虎阜山塘依依不捨地停留了至少兩天。詩人為生計所迫，忍受父子分離之痛，中年辭家萬里遠赴異鄉，感覺人生如浮萍聚散無常，自比漂泊無定、雲遊四方、行乞粥飯的「孤僧」，此語可謂沉痛至極。於是在詩人筆下，山塘街完全沒有春節的熱鬧，而是一片「寒塘」「烏棲」「雁急」的淒涼景象。

清代山塘離別主題的詩歌中，大部分抒寫的都是離愁別苦，茲再舉數例：

逶迤衰柳駐浮槎，露白逢君久歎嗟。千里別如秋寺葉，一僧孤似野人家。濛濛石氣寒通月，寂寂芙蓉夜有花。此去闔閭城下水，

〔註22〕汪應銓：《容安齋詩集》卷二，《清代詩文集彙編》第 265 冊，上海古籍出版社 2010 年版，第 399 頁。

〔註23〕汪應銓：《容安齋詩集》卷二，《清代詩文集彙編》第 265 冊，上海古籍出版社 2010 年版，第 399 頁。

參差相送又天涯。

———邢昉《虎丘月夜晤陳百史同龍友作》〔註24〕

滿坐詞人酒滿巵，虎丘執手問前期。河橋誰見銷魂處，夜半月斜山寺時。

———施閏章《蔡右宣汪覲臣諸子追送至虎丘毛大可
張南士董無休即席有詩贈別》〔註25〕

便與諸君各盡觴，擬將酩酊敵淒涼。文通多事關人別，管領銷魂只杜康。

———趙執信《虎丘留別相送諸子》（其二）〔註26〕

餞春每歲倒芳樽，淡淡春衫積淚痕。今日山塘兼送別，飛花飛絮更銷魂。

———袁景輅《山塘送春絕句次易門韻》（其二）〔註27〕

這些詩歌中，「銷魂」「淒涼」等常見詞語提示著虎丘地區作為離別之地引發的情感聯想，正所謂「此地離情覺倍多」〔袁景輅《山塘送春絕句次易門韻》（其一）〕。

不過，並非所有的離別都充滿了哀愁，有些關於山塘送別的詩歌反而給人一種意氣風發的感覺。顧嗣立《丙子正月二十五日余束裝入都親朋送別虎丘放舟口號四絕句》（其一）〔註28〕：

壯志潛傷髀肉生，長堤踏破馬蹄聲。推篷西向長安笑，憫憫嗤他兒女情。

顧嗣立生於官宦之家，家境優渥，其別墅秀野草堂水木亭臺之勝甲於吳下，而且喜結交朋友，性豪飲，人稱「酒帝」，據阮葵生《茶餘客話》記載：「江左酒人，以顧俠君嗣立第一，至今人猶豔稱之。少時居秀野園，結酒人社，

〔註24〕邢昉：《石臼前集》卷五，《清代詩文集彙編》第 5 冊，上海古籍出版社 2010年版，第 552 頁。

〔註25〕施閏章：《施愚山先生學余詩集》卷四十九，《清代詩文集彙編》第 67 冊，上海古籍出版社 2010 年版，第 597 頁。

〔註26〕趙執信：《飴山詩集》卷十，《清代詩文集彙編》第 210 冊，上海古籍出版社 2010 年版，第 267 頁。

〔註27〕袁景輅：《小桐廬詩草》卷十，《清代詩文集彙編》第 353 冊，上海古籍出版社 2010 年版，第 511 頁。

〔註28〕顧嗣立：《秀野草堂詩集》卷六，《清代詩文集彙編》第 214 冊，上海古籍出版社 2010 年版，第 58 頁。

家有飲器三，大者容十三觔，其兩遞殺。凡入社者各先盡三器，然後入座。因署其門曰：『酒客過門，延入與三雅，詰朝相見決雌雄，匪是者毋相混。』酒徒望見，儸伏而去。亦有鼓勇思得一當者，三雅之後，無能為矣。在京師日，聚一時酒人，分曹較量，亦無敵手。」〔註 29〕由此足見顧嗣立性格之豪爽過人。丙子年——即康熙三十五年（1696），顧嗣立從虎丘出發前往參加順天鄉試，此詩即作於此時。在此之前顧嗣立曾參加過四次江寧鄉試，皆不中，但性格豪邁的他對此不以為然，「推篷西向長安笑」句中透露著壯懷，自信前程萬里，自然也就不願作「兒女共沾巾」的歧路之態了。

我們再來看沈受宏的《送王幼芬太史還朝六言八首》（其二）〔註 30〕：

> 金馬玉堂年少，翩翩冠珮朝天。試聽路旁好語，此行何異登仙。

王奕清，字幼芬，生於康熙四年（1665），於康熙三十年（1691）中進士，與沈受宏同是太倉人。王奕清出身名門望族，其高祖王錫爵曾任明萬曆內閣首輔；其祖父王時敏擅詩文書法，尤工畫山水，為「婁東派」奠礎開基；其父王掞清康熙年間曾先後擔任刑部尚書、禮部尚書、文淵閣大學士等職。沈受宏《白漊集》卷八收錄「起康熙戊寅五月，盡康熙庚辰八月」——即康熙三十七年（1698）至三十九年（1700）的詩歌，此詩即創作於期間。王奕清赴京具體事由待考，不過，根據其家世背景和科場經歷，再結合沈受宏該組詩中「朝罷高堂拜慶」「黑頭定見崇班」等語推斷，當時王奕清應該是因拔擢而還朝。年少得志，家世顯赫，仕途光明，在沈受宏眼中，王奕清此番遠別家鄉赴京自然也就「此行何異登仙」，春風得意，又何來離別的愁苦可言。

由以上所舉詩歌可以看出，虎丘地區地處運河要衝的區位特徵，影響著作家的行程，成為上演一幕幕離別場景的現實空間環境。這是虎丘地區的文學微區位條件對文學活動產生的影響。可是，當作家創作詩歌時，卻因具體心境不同對客觀物象表現出明顯的主觀取捨，儘管身處山塘繁鬧街市，所見所聞卻有喜有憂，由此又體現了詩人對一個地區的文學微區位因子。不過，值得注意的，即使上述顧嗣立和沈受宏的詩歌中，也有「慘憺山塘月照秋……始知此地管離愁」〔《丙子正月二十五日余束裝入都親朋送別虎丘放舟口號四絕句》（其四）〕和「記取虎丘一醉，曉風殘月離情」〔《送王幼芬太史還朝六言八首》（其一）〕

〔註29〕阮葵生：《茶余客話》卷二十，中華書局 1959 年版，第 601 頁。
〔註30〕沈受宏：《白漊集》卷八，《清代詩文集彙編》第 167 冊，上海古籍出版社 2010年版，第 546 頁。

之語，可見虎丘地區作為餞別送行的碼頭，傷感之情畢竟是其基調。

　　另外，因為虎丘地區位於運河水路要衝，南來北往的人們途經此地往往停泊靠岸，登山遊覽，所以經常發生故友在虎丘不期而遇的情況。這在清代詩歌中也多有表現。例如閻爾梅《劉侗人北赴秋闈遇於虎丘月下詩以送之》（《白耷山人詩集》卷四）、黃宗羲《同周子潔文與也裘殷玉芝兒至虎丘遇蔡九霞張茂深》（《南雷詩曆》卷五）、方文《虎丘遇吳岱觀因攜姚仙期徐松之小飲達曙》（《嵞山續集·徐杭遊草》）、邵長蘅《虎丘喜遇賀天山》（《青門簏稿》卷四）。多年未見後的偶遇帶來了驚喜，但很快就又是分手別離，正如邵長蘅《虎丘喜遇賀天山》所云：「相見忽驚喜，相逢本不期。五年前此地，風雨別君時。鼙鼓秋仍急，漁樵路總疑。百年能幾會，珍重各題詩。」〔註31〕

第三節　由實到虛的離別地理意象

　　一個現實地理空間，因為是交通樞紐，詩人在此與親友餞行送別，並將其作為地理環境寫入詩歌，隨著詩人的反覆沿用，這個地理空間會在歷史中積累起深厚的離別文化底蘊，逐漸由實轉虛，內化為詩人們的心靈空間，從而脫離具體的地理環境，轉變為抽象、泛化的藝術符號，成為文學作品中一個代表離別的地理意象。這種現象在文學史上多有發生。例如「灞橋」本是古都長安東郊的一個地名，位置處於交通要道，人們離開長安東去，常在此折柳贈別，經過歷代文人的反覆歌詠，「灞橋」逐漸脫離了實際所指的現實空間環境，而演變成具有「傷別」固定內涵的文學地理意象。有學者把這種地理意象稱之為「送別地名式意象」〔註32〕。虎丘地區也是如此。明胡纘宗《虎丘別序》云：「吳名山莫如虎丘，祖道亦莫如虎丘」〔註33〕，由於「此地慣為別」，逐漸就在與蘇州有關的詩歌中發展成為一個代表離別的地理意象。

　　彭啟豐《初發舟夜泊虎丘》〔註34〕：

〔註31〕邵長蘅：《青門簏稿》卷四，《清代詩文集彙編》第 145 冊，上海古籍出版社 2010 年版，第 188 頁。

〔註32〕葉當前：《論中古離別詩的意象》，《中南大學學報》（社會科學版）2013 年第 5 期。

〔註33〕陸肇域、任兆麟編纂：《虎阜志》卷九上，張維明校補，古吳軒出版社 1995 年版，第 451 頁。

〔註34〕彭啟豐：《芝庭先生集》卷一，《清代詩文集彙編》第 296 冊，上海古籍出版社 2010 年版，第 413 頁。

> 白公堤畔維舟住，明日征帆千里去。灘聲月色兩無情，最是離
> 人腸斷處。鄰舟吳儂唱竹枝，竹枝聲裏怨分離。從今聽罷山塘曲，
> 換聽黃河遠上詞。

詩中寫道：「鄰舟吳儂唱竹枝，竹枝聲裏怨分離」，可見虎丘地區在清代吳地民
歌中已經與離愁別恨緊密聯繫在一起，這說明虎阜山塘已經從一個平常的現
實空間環境，演變為代表離別的地理意象。而且這種認識不僅發生在詩文中，
也發生在民間歌謠中。

　　除這種詩人視角的第一人稱自述外，代言體詩歌更能體現虎丘地區作為
離別地理意象的特徵。例如顧嗣立《山塘竹枝詞四首》（其四）〔註35〕：

> 斟酌橋頭門半開，登樓望郎郎不回。天邊會有石飛去，海底何
> 曾峰湧來。

斟酌橋是位於虎丘山左山塘街上的一座小橋，因舊時多在此宴飲餞行而得
名。這首竹枝詞中，顧嗣立刻畫了一名家住斟酌橋頭，登樓遠望思念郎君的
女子形象。詩中「天邊會有石飛去，海底何曾峰湧來」一句，拆解虎丘山「海
湧峰」的別稱而反用其意，巧妙地抒寫女子內心思郎君而不得的哀怨之情。
這種登樓思君的情感在汪沈琇《白堤楊柳曲》〔註36〕中有更加具體生動的表
現：

> 真娘墓前七里塘，垂楊垂柳森千行。金縷慣織離人恨，翠條不
> 綰遊鞭長。樓頭小婦剛施妝，宛如楊柳風扶將。眼波遠掠紛呈態，
> 白堤一帶溪流香。繞堤春色濃如許，小婦樓頭漫延佇。望夫君兮天
> 一涯，人隨柳絮飄何處。絮飛遲，絮飛早，白堤楊柳年年好，可惜
> 樓頭人易老。

這首詩富有濃鬱的蘇州水鄉氣息。山塘河兩岸垂柳成行，詩中這位如風中楊
柳、婀娜多姿的「小婦」，登樓遠眺，思念自己遠在天涯的心上人。人和環
境融合協調，真實動人。由於增添了離別詩中常見的楊柳意象，加以「春色」
「柳絮」的襯托，進而有人生易老、身如絮飛的感慨，虎丘地區離別地理意
象的特徵也就得到更加豐富和顯著的表現。這兩首代言體詩歌中，詩人不再

〔註35〕顧嗣立：《秀野草堂詩集》卷四十九，《清代詩文集彙編》第214冊，上海古籍
　　　　出版社2010年版，第329頁。
〔註36〕汪沈琇：《太古山房詩鈔》卷六，《清代詩文集彙編》第245冊，上海古籍出版
　　　　社2010年版，第377頁。

是書寫自己的離別經歷和情感，而是擺脫當事人的身份，以一個局外人的視
角來觀察（甚至是通過想像虛構）和抒寫其他人的離愁別緒，這完全是出於
文學創作的目的。可見，在詩人心中，虎丘地區已經是一個專門代表別離的
地理意象。

　　我們再來看王應奎的一首同樣題為《白堤楊柳曲》〔註37〕的作品：

　　　　春風吹綠白堤樹，堤上陰濃涼似雨。吳孃生長柳絲中，嫋嫋纖
　　　腰欲共舞。去年嫁得冶遊郎，解描柳葉矜眉嫵。道郎情似柳絲長，
　　　相依永作鴛鴦侶。郎今何事輕遠離，斟酌橋東征馬嘶。征馬嘶，牽
　　　郎衣，一鞭柳外去不顧，飛絮吹沒郎馬蹄。

這首詩將代表餞行的山塘街地名——斟酌橋和離別詩的傳統意象——楊柳結
合在一起，進一步強化了虎丘地區的離別地理意象。值得注意的是，詩歌中離
別的場景雖然發生在山塘街，但是郎君出行的方式卻是騎馬。蘇州河多橋多，
舟楫是出行最普遍、最便捷的交通工具，正如白居易《登閶門閒望》所云：「家
家門外泊舟航」〔註38〕，清袁學瀾《吳門畫舫遊記》亦云：「吳故水鄉，非舟
楫不行。蘇城六門環水，大艑小舫，蟻集魚貫」〔註39〕。騎馬而非坐船，這種
出行方式有諸多不便，其實是不符合蘇州水鄉交通環境的。詩歌中之所以發生
這種變化，合理的解釋是，在詩人的藝術構思中，山塘街客觀的現實空間環境
特徵已經不知不覺被抽離，逐步演變成為代表離別的藝術符號。出行的交通方
式是次要的，重要的是山塘街這個代表離別的地理意象。山塘街已經不再是單
純的上演離別場景的現實空間環境，而是作為一種藝術符號進入了詩人的視
野，激發起詩人的文學創作欲望，在這個過程中，山塘街已經完全從一個具體
的物理空間轉化為抽象的藝術符號，存在於詩人創作的認知背景中。清代不少
文人甚至專門創作了山塘送別主題的畫作，例如潘奕雋《顧南雅庶常以白堤送
別圖索題因賦二首即送入都》（《三松堂集》卷十六）、蔣業晉《仲冬下浣孫淵
如觀察邀諸君子游白公祠宴集一樹園瀕行出山塘話別圖各書名於上得二十四
人因成一律即送還金陵》（《立厓詩鈔》卷七）即有提及。

〔註37〕王應奎：《柳南詩》卷一，《清代詩文集彙編》第 256 冊，上海古籍出版社 2010
　　　　年版，第 291 頁。
〔註38〕白居易：《白氏長慶集》卷二十四，《影印文淵閣四庫全書》總第 1080 冊，臺
　　　　灣商務印書館 1986 年版，第 275 頁。
〔註39〕袁學瀾：《適園雜組》卷三，轉引自王稼句編選《蘇州山水名勝歷代文鈔》，上
　　　　海三聯書店 2010 年版，第 381 頁。

第四節　視通萬里的空間敞開性

　　山塘河和上塘河作為運河流經蘇州城外西郊的一段，聯通南北，習為通川。清彭孫貽《望虎丘歌》云：「浮蹤來往仍南北」〔註40〕，徐崧《楓橋獨步有感》亦云：「石橋高帶驛樓平，擾擾南征與北征」〔註41〕。不過，在南北兩端中，北方因為是京都所在，顯然是人們出行和關注的重點。這一點從不少詩歌題目中即可看出，例如王時敏《送揆兒北行至楓橋歸棹不勝悽惋漫占四律以寄勖》（《西廬詩草》下卷）、顧嗣立《丙子正月二十五日余束裝入都親朋送別虎丘放舟口號四絕句》（《秀野草堂詩集》卷六）、顧日新《虎丘送宋厚庵北上》（《寸心樓詩集》卷二）、沈受宏《送王幼芬太史還朝六言八首》（《白漊集》卷八）、閻爾梅《劉侗人北赴秋闈遇於虎丘月下詩以送之》（《白耷山人詩集》卷四）、潘奕雋《顧南雅庶常以白堤送別圖索題因賦二首即送入都》（《三松堂集》卷十六）等。南下的也有，例如閻爾梅《仲冬虎丘送楊祁收歸寧波》（《白耷山人詩集》卷六上）等，只是數量上不如北上的多。如果從內容上來看，北上的詩歌則更多，例如王鑨《虎丘》：「一湖震澤水，不送北行舟」〔註42〕，趙執信《虎丘留別相送諸子》（其一）：「北風何意阻歸舟，海湧山前半日留」〔註43〕，等等。

　　因為虎丘地區這種南北通達的地理區位，詩人在離別詩中表現出一個非常明顯的特徵，即詩歌所寫往往並不局限於虎丘地區，而是「視通萬里」〔註44〕，具有一種連接遠方的空間敞開性。這種空間敞開性主要通過三種不同的時空書寫結構來展現。

　　第一種，詩人的書寫由山塘擴展到別後的異地，因此稱之為「由此及彼」型時空結構。例如方文《虎丘遇吳岱觀因攜姚仙期徐松之小飲達曙》〔註45〕：

〔註40〕彭孫貽：《茗齋集》卷十四，《清代詩文集彙編》第 52 冊，上海古籍出版社 2010 年版，第 182 頁。

〔註41〕葉昌熾：《寒山寺志》卷三，張維明校補，江蘇古籍出版社 1999 年版，第 83 頁。

〔註42〕王鑨：《大愚集》卷十八，《清代詩文集彙編》第 24 冊，上海古籍出版社 2010 年版，第 635 頁。

〔註43〕趙執信：《飴山詩集》卷十，《清代詩文集彙編》第 210 冊，上海古籍出版社 2010 年版，第 267 頁。

〔註44〕劉勰著，王運熙、周鋒譯注：《文心雕龍譯注》，上海古籍出版社 2010 年版，第 132 頁。

〔註45〕方文：《嵞山續集·徐杭遊草》，《清代詩文集彙編》第 38 冊，上海古籍出版社 2010 年版，第 522 頁。

> 侵曉來遊海湧峰，言歸直到日西春。長堤正苦無船附，中道誰
> 知與爾逢。且莫移舟達野岸，即教沽酒話離悰。聞難又欲匆匆別，
> 回首煙波幾萬重。

尾聯一句「回首煙波幾萬重」，思緒從虎丘地區飛到別後的迢迢千里，大大拓展了詩歌的地理空間，並使詩歌餘韻悠長。再如汪應銓《舍弟拏舟追送夜泊虎丘錄別四首》（其四）〔註46〕云：

> 聞道昆明過夜郎，承平風物近吳昌。文章法度今歸柳，樂職中
> 和盡擬王。此去主人賢可賀，比來游子慣離鄉。倘應不忘鴒原思，
> 勤寫平安作報章。

詩人在虎阜山塘與親友告別，但所寫已經完全著眼於萬里之外的目的地雲南昆明。聯繫這組詩中其二所言「萬里今宵第一程，寒塘旅宿若為情……風煙六詔中原外，回首飛雲暮嶺橫」，可以看出詩人對前往「謀衣食」的遙遠異鄉心存擔憂。「六詔」指唐代位於今雲南及四川西南的烏蠻六個部落的總稱，唐元稹《蠻子朝》詩云：「西南六詔有遺種，僻在荒陬路尋壅」〔註47〕，詩人此處使用「六詔」典故，可見在其眼中雲南不僅偏僻遙遠、交通險阻，更意味著文化落後。而在這裡詩人卻說「聞道昆明過夜郎，承平風物近吳昌」，這種從家鄉視角出發、對即將前往的遙遠他鄉的美好期盼，其實正流露出詩人內心離家遠行的憂慮與淒苦。

　　這種身處山塘離別時刻，心卻已經開始展開對別後時空想像的書寫結構在離別詩中很常見。前引彭啟豐《初發舟夜泊虎丘》：「白公堤畔維舟住，明日征帆千里去……從今聽罷山塘曲，換聽黃河遠上詞」，其時空結構與上述汪應銓的詩句「萬里今宵第一程，寒塘旅宿若為情……風煙六詔中原外，回首飛雲暮嶺橫」很相似。從杏花春雨的江南（「山塘」）到大漠飛沙的塞北（「黃河」），從婉轉旖旎的吳地《竹枝詞》（「山塘曲」）到蒼涼激越的《涼州詞》（「黃河遠上詞」），虎丘地區因地理區位特徵帶來的這種空間敞開性，經作家文學書寫後，帶給讀者想像中強烈的畫面對比，形成一種詩歌內在的巨大的情感張力。

　　由於虎丘地區空間的敞開性，在詩歌中除帶來這種由此處及彼此的時空擴展以外，還帶來另外兩種構思更為巧妙的時空書寫模式。

　　第二種，詩人同時展開對於想像中離別後虎阜山塘與所思之人身處空間

〔註46〕汪應銓：《容安齋詩集》卷二，《清代詩文集彙編》第265冊，上海古籍出版社2010年版，第399頁。

〔註47〕元稹：《元稹集》卷二十四，冀勤點校，中華書局1982年1版，第288頁。

的書寫，因此稱之為「兩地並置」型時空結構。例如王家相《山塘月夜瞿韄亭攜酒來會飲罷而別》：「……微聞暮鐘聲，虎丘在煙裏。君歸我徑去，離別從茲始。惟有秋月光，照見吾與爾」〔註48〕，詩人與朋友於山塘依依惜別，「君歸我徑去」，方向上背道而馳，但不管別後相隔多遠，兩人共對一輪明月。此詩末句不禁讓人聯想到蘇軾的「但願人長久，千里共嬋娟」。再如袁景輅《山塘送春絕句次易門韻》（其三）〔註49〕：

良友如春不暫留，平堤何處訪行舟。離情無限青山外，不忍斜陽望虎丘。

此詩末句詩人自注云：「顧東岩北行聞其舟泊虎丘訪之已揚帆矣」，山塘送友而未及，遺憾之中，詩人想像漸行漸遠的友人此時也正在夕陽中回望虎丘。

第三種，詩人不僅想像別後異時異地的場景，而且想像異時異地對此時此地別離的回憶，由此構成了一個時空的閉環，因此稱之為「迴環往復」型時空結構。例如潘奕雋《顧南雅庶常以白堤送別圖索題因賦二首即送入都》（其二）〔註50〕：

青山橋外水拖藍，驪唱聲中酒半酣。他日銷寒兼話雨，披圖能不憶江南。

在山塘街青山橋設宴餞行，題詩「白堤送別圖」，日後睹物思人，自然會回想起此時酒酣送別的場景。再如袁景輅《金閶送別》〔註51〕：

此地慣為別，送君千里行。啼鶯傳茂苑，匹騎出吳地。絲管有餘響，關山無限情。他年懷舊雨，莫忘虎溪盟。

詩中空間先由「茂苑」「吳地」擴展到遙遠的「關山」，然後再通過他年懷想回轉到虎丘的「虎溪」。又如陸元輔《同金孝章諸子集虎丘仰蘇樓送倪天章歸淮浦》〔註52〕：

〔註48〕王家相：《茗香堂詩集》卷三，《清代詩文集彙編》第470冊，上海古籍出版社2010年版，第427頁。

〔註49〕袁景輅：《小桐廬詩草》卷十，《清代詩文集彙編》第353冊，上海古籍出版社2010年版，第511頁。

〔註50〕潘奕雋：《三松堂集》卷十六，《清代詩文集彙編》第399冊，上海古籍出版社2010年版第252頁。

〔註51〕袁景輅：《小桐廬詩草》卷一，《清代詩文集彙編》第353冊，上海古籍出版社2010年版，第459頁。

〔註52〕陸元輔：《陸菊隱先生詩集》卷三，《清代詩文集彙編》第61冊，上海古籍出版社2010年版，第571頁。

> 同人載舸出吳城，楚水山腰帶笑迎。一片白雲簷際宿，數巡綠
> 酒樹頭行。論交淮海多秋士，舉月江河少宦情。別後相思須記取，
> 仰蘇樓上鷺鷗盟。

詩歌尾聯也是通過想像別後思念中對仰蘇樓的回憶，從而構築了一個此時此地與異時異地的迴環。其他諸如沈受宏《送王幼芬太史還朝六言八首》（其一）：「飛轡君方北發，揚舸我卻西行。記取虎丘一醉，曉風殘月離情」〔註53〕，袁景輅《山塘送春絕句次易門韻》（其四）：「春光漂散似浮萍，年去年來此慣經。他日相逢應記取，白公堤畔柳條青」〔註54〕，這些抒寫虎阜山塘離別的詩歌中採用的都是「迴環往復」型時空結構，而且連「他日」「他年」「記取」的用詞都很類似。

潘奕雋詩中云：「他日銷寒兼話雨」，很顯然這種「迴環往復」型時空結構是借鑒自李商隱的《夜雨寄北》：「君問歸期未有期，巴山夜雨漲秋池。何當共剪西窗燭，卻話巴山夜雨時」〔註55〕。對於《夜雨寄北》，清代桂馥評論道：「眼前景反作後日懷想，意更深」〔註56〕，當代學者則云：「先在實境中想像虛境，又把眼前實境變成虛境中的虛境，像電影蒙太奇一樣重疊」〔註57〕，兩者都是針對詩中獨特的時空結構而言，借來用以評論清代虎阜山塘「迴環往復」型時空結構的離別詩也很合適。

清代虎丘地區離別詩中這三種時空結構，不管哪一種，都是詩人借助想像展開的。獨創現地研究法的簡錦松先生認為，中國「『古詩系統』的詩篇，體裁本身就有『書寫自我真事與實物』的內在需求」，「古人作詩以『言志』為出發點，既然言志，不可避免會想到自己：我在哪裏？正在做什麼？今天的節令是冬春，是夏秋？晨夜的天候是晴，是雨？身旁有什麼人？眼前正來的境遇是悲、歡、喜、懼？這一些，都是作者不必刻意說出，就自然存在的」〔註58〕，

〔註53〕沈受宏：《白漊集》卷八，《清代詩文集彙編》第167冊，上海古籍出版社2010年版，第546頁。

〔註54〕袁景輅：《小桐廬詩草》卷十，《清代詩文集彙編》第353冊，上海古籍出版社2010年版，第511頁。

〔註55〕劉學鍇、余恕誠：《李商隱詩歌集解》，中華書局1988年版，第1230頁。

〔註56〕劉學鍇、余恕誠：《李商隱詩歌集解》，中華書局1988年版，第1232頁。

〔註57〕章培恒、駱玉明主編：《中國文學史》（中冊），復旦大學出版社1996年版，第247頁。

〔註58〕簡錦松：《山川為證：東亞古典文學現地研究舉隅》，臺大出版中心2018年版，第65、37～38頁。

也就是說，詩人創作詩歌時，其構思會不自覺地受到當時身處地理環境的影響。因此，虎丘地區作為餞行碼頭由運河通達南北，詩人創作離別詩時的思緒也就容易「視通萬里」，想像離別之後、身處異地的場景。於是虎丘地區離別詩中詩人視野的超越性和詩歌空間的敞開性，是以地理區位特徵為基礎的，是蘇州空間系統中其他地區所沒有的。

第九章 人文地理資源對清代虎丘地區詩歌的影響

　　虎丘地區地理資源豐富，而且以人文地理資源為主，擁有眾多名賢古蹟，明末清初談遷《遊虎丘記》即云：「彈丸之虎丘，吳闔閭以葬，晉王珣以宅，宋生公以石，唐陸羽以泉，南宋尹焞以隱。其跡碁置，流覽頃刻，千載之事罄矣」〔註1〕。闔閭墓、短簿祠、生公講臺、楓橋、真娘墓、憨憨泉、仰蘇樓、五人墓、葛賢墓等名勝為虎丘地區注入了豐富而厚重的文化內涵，並影響著清代作家對虎丘地區的文學書寫。

第一節 「如今張繼多」：張繼《楓橋夜泊》對清代楓橋詩歌的影響

　　楓橋坐落在閶門外七里的運河上，寒山寺比鄰楓橋，曾稱楓橋寺，本是一座普通的小寺廟，因唐人張繼的一首七絕《楓橋夜泊》，楓橋和寒山寺聲名鵲起〔註2〕。

〔註1〕談遷：《談遷詩文集》，羅仲輝校點，遼寧教育出版社1998年版，第184頁。

〔註2〕對於寒山寺的歷史地理，學者凌郁之在著作《寒山寺詩話》中進行了考索，他認為唐張繼《楓橋夜泊》中的「寒山寺」並非今寒山寺，而是詩人對蘇州城西一帶山寺的總體印象；今寒山寺在宋代俗稱楓橋寺，其正式名稱應是普明禪院；元代人們開始將楓橋寺稱作寒山寺；直至明代，寒山寺之名才真正確立，完全取代楓橋寺或普明禪院（凌郁之：《寒山寺詩話》，鳳凰出版社2013年版，第10～15頁）。該考證對我們理解張繼《楓橋夜泊》詩歌富有啟發意義。不過，不管寒山寺的歷史地理如何，有一點可以肯定，即張繼《楓橋夜泊》對今寒山寺名揚天下功不可沒，清人也普遍將今寒山寺視為唐張繼《楓橋夜泊》之「寒山寺」，張繼《楓橋夜泊》對清代作家的詩歌創作產生了重要影響。對此《寒山寺詩話》中也有論述。

在唐代燦若星辰的詩人中，張繼並不突出，而其《楓橋夜泊》一詩卻聲名卓著，影響深遠。據王兆鵬先生在論文《尋找經典——唐詩百首名篇的定量分析》（《文學遺產》2008 年第 2 期）中的研究，張繼在唐代詩人中排名靠後，而其《楓橋夜泊》一詩在唐代百首名篇中位列李白《蜀道難》之前，排名第五，被評點次數為 15 次，選本入選次數更是高達 41 次，可見這首詩在後代流傳之廣，影響之大。清代關於楓橋和寒山寺的詩歌與虎丘相比雖然很少，但是因為受到《楓橋夜泊》的影響，呈現出非常明顯的典型化的地理意象特徵。

我們首先來看清前期葉矯然的一首《楓橋（次張繼韻）》〔註3〕：

> 霜空水立峭寒天，繫纜江楓凍欲眠。詩思攪人鐘破夢，烏啼月曉又開船。

詩中「霜空」「江楓」「鐘破夢」「烏啼」「月曉」等意象完全脫胎於《楓橋夜泊》，而千年之後葉矯然次韻張繼，此舉本身也說明了《楓橋夜泊》影響之巨，以及對張繼的追憶。張鵬翮《楓橋》〔註4〕一詩則直接點明了對張繼的思慕之情：

> 閶門闤闠接楓橋，幾度經過水月遙。今日重來憶張繼，暮煙疏雨草蕭蕭。

千載之後，張鵬翮在一番暮雨蕭瑟中途經楓橋，不由得想起當年泊舟楓橋、愁緒滿懷的張繼。詩人的思緒借助於楓橋這個地名，穿越了時間長河的阻隔，與張繼發生了某種共鳴。可見《楓橋夜泊》的意境打動了後來無數羈旅中的詩人，經張繼書寫後，在歷代相傳中，楓橋這個地理資源已經被賦予了非常濃厚的文學色彩，已經不僅僅是一座普通的石橋，而是一座聯結古今詩人精神世界、內心情感的「橋」。由於內心強烈的共鳴，清代詩人在詩歌中不斷反覆書寫楓橋，茲列舉數首：

> 寒山寺外草森森，漁火江楓直至今。愁到登樓還極目，病來得句竟無心。辭家已識梁鴻志，變姓何縣范蠡金。幸有鄰翁招我飲，桂花幾樹滿頭簪。

> ——姜埰《楓江別業》〔註5〕

〔註3〕葉矯然：《龍性堂詩集》卷下，《清代詩文集彙編》第 50 冊，上海古籍出版社 2010 年版，第 45 頁。

〔註4〕張鵬翮：《張文端公全集》卷六，《清代詩文集彙編》第 176 冊，上海古籍出版社 2010 年版，第 417 頁。

〔註5〕姜埰：《敬亭集》卷四，《清代詩文集彙編》第 25 冊，上海古籍出版社 2010 年版，第 151 頁。

　　楓橋漁火星星處，鐘聲客航仍度。微昏簾幕，乍暝帆檣，夾岸多
於津樹。船娘吳語，為蘸水拖煙，脆來如許。不管人愁，棹歌杳靄掠
波去。

　　　　　——陳維崧《齊天樂·楓橋夜泊用湘瑟詞楓溪原韻》上闋〔註6〕

　　寒山寺前客帆落，楓橋人家捲簾箔。我來鄧尉梅花時，月落烏
啼記猶昨。小別江城已五年，殘秋重送下江船。姑蘇到日應相憶，
臥聽寒鐘古寺邊。

　　　　　　　　　　——王士禛《又賦得寒山寺》〔註7〕

　　野宿隨寒雁，辭家第一宵。星星漁火亂，知是泊楓橋。

　　　　　　　　——沈德潛《楓江夜泊》（其一）〔註8〕

　　淡煙疏雨泊輕橈，萬瓦參差映畫橋。月底漁人閒自語，潮來估
客夜猶囂。梵鐘隱隱寒山近，譙鼓沉沉閶闔遙。落月啼烏風景在，
不隨愁客共魂銷。

　　　　　　　　　　　——顧我錡《楓橋夜泊》〔註9〕

　　榜人爭出路，相噪客難眠。夜半寒山寺，鐘聲送客船。……

　　　　　　　　　　——袁枚《吳門曉發》〔註10〕

從這些詩歌中可以看出，詩人們在書寫楓橋和寒山寺時，雖然具體內容各有不
同，但都襲用了張繼《楓橋夜泊》中「月落」「烏啼」「霜滿天」「江楓」「漁火」
「鐘聲」等意象，稍加變形後與其他意象重新組合寫入了自己詩中。正如元湯
仲友詩云：「鐘鳴驚鳥宿，牆矮入漁歌。醉裏看題壁，如今張繼多」〔註11〕。
　　這種對《楓橋夜泊》詩歌意象的襲用不僅出現在途徑楓橋的詩人所創作的

〔註6〕陳維崧：《湖海樓詞集》卷十四，《清代詩文集彙編》第96冊，上海古籍出版
　　　社2010年版，第376頁。
〔註7〕王士禛：《帶經堂集》卷十八，《清代詩文集彙編》第134冊，上海古籍出版社
　　　2010年版，第131頁。
〔註8〕沈德潛：《歸愚詩鈔》卷十九，《清代詩文集彙編》第234冊，上海古籍出版社
　　　2010年版，第213頁。
〔註9〕顧我錡：《浣松軒詩集》卷五，《清代詩文集彙編》第264冊，上海古籍出版社
　　　2010年版，第56頁。
〔註10〕袁枚：《隨園集外詩》卷三，《清代詩文集彙編》第340冊，上海古籍出版社
　　　2010年版，第601頁。
〔註11〕葉昌熾：《寒山寺志》卷三，張維明校補，江蘇古籍出版社1999年版，第89
　　　頁。

詩中，也出現在身在外地的詩人詩中。茲舉數例：

> 湖海扁舟久不逢，深秋最怕採芙蓉。愁雲一隔八千里，快雪重登十九峰。彼自有書酬往事，誰能無禍過殘冬。好將月落懷君夢，敲作寒山半夜鐘。
>
> ——釋通荷《榆城山中懷吳門友人兼得來書賦答》〔註12〕

> 二月姑蘇柳正濃，思君惆悵不相逢。夜來春雨淋鈴響，錯認寒山寺裏鐘。
>
> ——陳維崧《東吳廣壁》〔註13〕

> 南林風雨盡殘紅，舟指金閶掛短蓬。劍去久難逢死士，石存時可見生公。寒山鍾磬猶城外，吳苑樓臺已夢中。禪性無為塵眼亂，繁華不到白雲峰。
>
> ——馬世傑《送釋子若函之吳門》〔註14〕

> 天邊一節仗司農，榷領吳關煙水封。檻外估歌生遠嵹，樽前帆影落高舂。吟空茂苑千秋月，署到寒山半夜鐘。我寄相思憑別渚，楓橋東去響淙淙。
>
> ——沈宜《寄滸墅關嚴端溪》〔註15〕

> 別夜懷思霜樹紅，空餘簾月掛晴峰。憐君寂寞多愁病，莫怨平江夜半鐘。
>
> ——王益朋《懷友人寓姑蘇》〔註16〕

> ……漁火楓橋密，官檣笠澤輕。白堤如昨否，想見古賢情。
>
> ——白胤謙《寄蘇州單司李二首》（其二）〔註17〕

〔註12〕釋通荷：《擔當遺詩》卷五，《清代詩文集彙編》第 9 冊，上海古籍出版社 2010 年版，第 41 頁。

〔註13〕陳維崧：《湖海樓詩集》卷二十，《清代詩文集彙編》第 96 冊，上海古籍出版社 2010 年版，第 200 頁。

〔註14〕馬世傑：《子遺集》不分卷，《清代詩文集彙編》第 26 冊，上海古籍出版社 2010 年版，第 391 頁。

〔註15〕沈宜：《竹雲堂稿》卷二，《清代詩文集彙編》第 35 冊，上海古籍出版社 2010 年版，第 176 頁。

〔註16〕王益朋：《清貽堂存稿》卷一，《清代詩文集彙編》第 30 冊，上海古籍出版社 2010 年版，第 234 頁。

〔註17〕白胤謙：《東谷集詩》卷九，《清代詩文集彙編》第 22 冊，上海古籍出版社 2010 年版，第 208 頁。

由此可見《楓橋夜泊》中的諸多意象已經成為詩人創作楓橋和寒山寺詩歌時的習慣用語，尤其是「夜半鐘聲」，儼然已成為寒山寺的象徵。夜半時分，萬籟俱寂，寒山寺一聲聲悠揚的鐘聲撞擊著詩人的心懷，確實很容易引發詩人追思往昔的愁緒，陡生種種感慨。

　　不過，張繼《楓橋夜泊》中「夜半鐘聲到客船」一句，曾引發了宋代聚訟紛紛的一椿公案。宋歐陽修《六一詩話》首先對「夜半鐘聲」提出質疑：「詩人貪求好句，而理有不通，亦語病也……唐人有云：『姑蘇臺下寒山寺，夜半鐘聲到客船』，說者亦云，句則佳矣，其如三更不是打鐘時」〔註18〕。其後的王直方不同意歐陽修的說法，認為「夜半鐘聲」必有所依據，他在《詩話》中說：「歐公言：『唐人有姑蘇城下寒山寺，夜半鐘聲到客船』之句，說者雲，句則佳也，其如三更不是撞鐘時。余觀于鵠《送宮人入道》詩云：『定知別往宮中伴，遙聽緱山半夜鐘。』而白樂天亦云：『新秋松影下，半夜鐘聲後。』豈唐人多用此語也？倘非遞相研習，恐必有說耳。」〔註19〕王直方從唐詩中多有關於「半夜鐘」的描寫推導出張繼《楓橋夜泊》的「夜半鐘聲」必有實際依據。宋葉夢得是蘇州人，他在《石林詩話》中用蘇州寺廟的實際情況直接反駁歐陽修：「歐陽文忠公嘗病其夜半非打鐘時，蓋公未嘗至吳中，今吳中山寺實以夜半打鐘」〔註20〕。另外，宋代彭乘《續墨客揮犀》、王觀國《學林》、吳曾《能改齋漫錄》、龔明之《中吳紀聞》、陸游《老學庵筆記》、王楙《野客叢書》、胡仔《苕溪漁隱叢話》、吳聿《觀林詩話》、陳岩肖《庚溪詩話》等書中對此都有討論，一致認為張繼《楓橋夜泊》中對「夜半鐘聲」的描寫符合實際情況，不是憑空的虛構。至此，由歐陽修引發的這段關於《楓橋夜泊》「夜半鐘聲」的討論似乎已塵埃落定。

　　可是到了明代，胡應麟在《詩藪》中再次提及這椿公案，並在前人基礎上發表了不同的觀點：「張繼『夜半鐘聲到客船』，談者紛紛，皆為昔人愚弄。詩流借景立言，惟在聲律之調，興象之合，區區事實，彼豈暇計？無論夜半是非，即鐘聲聞否，未可知也。」〔註21〕胡氏認為詩歌「借景立言」，重在「興象之

〔註18〕歐陽修：《六一詩話》，何文煥輯《歷代詩話》，中華書局 1981 年版，第 269
　　　頁。
〔註19〕胡仔纂集：《苕溪漁隱叢話》卷二十三，廖德明校點，人民文學出版社 1962 年
　　　版，第 155 頁。
〔註20〕葉夢得：《石林詩話》，《影印文淵閣四庫全書》總第 1478 冊，臺灣商務印書
　　　館 1986 年版，第 1002 頁。
〔註21〕胡應麟：《詩藪》外編卷四，上海古籍出版社 1979 年版，第 195 頁。

合」，至於張繼當時是否聽到寒山寺傳來的「夜半鐘聲」並不重要。因此，胡氏把對於「夜半鐘聲」的討論焦點，從詩歌是否符合客觀實際情況，轉移到了詩歌的創作技巧上，這是一個重要的突破。清人許學夷在《詩源辨體》中評論道：「此足以破語皆實際之惑，不惟悟詩，且悟禪矣」〔註22〕。清人馬位《秋窗隨筆》也持與胡應麟相似的觀點：「《石林詩話》：『姑蘇城外寒山寺，夜半鐘聲到客船，歐陽公嘗病其夜半非打鐘時，蓋公未嘗至吳中，今吳中山寺實以夜半打鐘』，然亦何必深辨？即不打鐘，不害詩之佳也！如子瞻『應記儂家舊姓西』，夷光姓施，豈非誤用乎？終不失為好。」〔註23〕

　　歐陽修與胡應麟對於《楓橋夜泊》「夜半鐘聲」的見解分歧，其實正對應了王國維在《人間詞話》中提出的「寫境」與「造境」的概念：「有造境，有寫境，此理想與寫實二派之所由分。然二者頗難分別。因大詩人所造之境，必合乎自然，所寫之境，亦必鄰於理想故也。」〔註24〕關於「造境」與「寫境」的區別，有學者指出：「造境主要是由理想家按其主觀『理想』及虛構而成，而『寫境』則主要是由寫實家按其客觀『自然』描寫而成。要之，『造境』即是『虛構之境』，『寫境』即是寫實之境」〔註25〕。

　　從王國維「造境」與「寫境」的概念出發，我們認為，張繼創作《楓橋夜泊》時應屬「寫境」，當時他也確實聽到了從寒山寺傳來的「夜半鐘聲」，對此宋代學者已多有或間接、或直接的證據。《楓橋夜泊》產生後，因其強烈的藝術感染力在傳播與接受過程中獲得了巨大的聲譽，在後來者心中營造了一個關於楓橋和寒山寺的「理想」詩境，並直接影響了詩人對楓橋和寒山寺的主觀感知與文學書寫。於是最初張繼的「寫境」，在後來的詩人那裏就逐漸轉化為以其所寫「理想」之境為參照和借鑒的「造境」。正如之前論述所展示的，清代詩人關於楓橋和寒山寺的詩歌中，「月落」「烏啼」「江楓」「漁火」「夜半鐘聲」等意象已經成為遞相沿用的習慣用語，尤其是「夜半鐘聲」，幾乎就是寒山寺的象徵。因此可以說，張繼之後，詩人對於楓橋和寒山寺的文學書寫，「造境」

〔註22〕許學夷：《詩源辨體》卷一，杜維沫校點，人民文學出版社 1987 年版，第 5 頁。

〔註23〕馬位：《秋窗隨筆》，見民國宋聯奎等輯《關中叢書》第三集，臺北藝文印書館 1970 年版。

〔註24〕王國維：《人間詞話》，黃霖等導讀，上海古籍出版社 1998 年版，第 1 頁。

〔註25〕黃霖、周興陸：《王國維〈人間詞話〉導讀》，《人間詞話》導讀部分，上海古籍出版社 1998 年版，第 25 頁。

大於「寫境」。而這一點，在前述葉矯然次韻張繼和張鵬翮《楓橋》「今日重來憶張繼」的詩句中已有直接體現。

張鵬翮另外有一首《寒山寺》〔註26〕：

> 清露漫天月照蓬，寂寥秋色冷江楓。荒煙破瓦寒山寺，只剩當年夜半鐘。

詩題後有詩人自注：「寺近毀於火，惟後閣鐘樓尚存」。據《同治蘇州府志》記載，寒山寺經明萬曆四十七年（1619）重修後，「國朝康熙五十年冬，大殿又火」〔註27〕，根據張鵬翮在詩題中的自注，可知該詩應該是作於寒山寺遭遇此次大火後不久，而其云「只剩當年夜半鐘」，顯然是對張繼詩中「夜半鐘聲」的回應，寺廟已成破瓦殘垣，所幸千年後鐘聲還在。

再來看一首王應奎的《過寒山寺頹落殊甚感賦》〔註28〕：

> 斷礎頹垣接市廛，此中何地可安禪。劇憐繫纜楓橋夜，無復鐘聲到客船。

根據詩中所寫寒山寺的破敗景象以及王應奎的生卒年份，可以推斷該詩也是作於康熙五十年（1711）寒山寺失火之後。可能由於大殿等建築被焚，影響了寺僧的日常起居修行，寒山寺一度衰敗，夜半撞鐘因此曾經中止。已無鐘聲可聞，可王應奎還是念念不忘「夜半鐘聲到客船」，詩中化用該句，以有寫無，足見張繼《楓橋夜泊》影響力之深遠。

另外，據《寒山寺志》記載：「庚申赭寇之劫，閶門適當寇衝。城未陷，官軍先縱火，層樓傑閣，蕩為煙埃，而此寺亦遂無寸椽矣」〔註29〕，歷經庚申劫火的寒山寺化為廢墟，「遂無寸椽」，自然也就不存在鐘樓了，直至辛亥年間（1911），依然是「斷礎頹垣，鞠為茂草」〔註30〕。可是，清末民初學者陳衍在《石遺室詩話》中寫道：

〔註26〕張鵬翮：《南華山人詩鈔》卷二，《清代詩文集彙編》第 264 冊，上海古籍出版社 2010 年版，第 219 頁。

〔註27〕馮桂芬總纂，潘錫爵等分纂：《同治蘇州府志》（二）卷四十，《中國地方志集成·江蘇府縣志輯》第 8 冊，江蘇古籍出版社 1991 年版，第 247 頁。

〔註28〕王應奎：《柳南詩鈔》卷七，《清代詩文集彙編》第 256 冊，上海古籍出版社 2010 年版，第 330 頁。

〔註29〕葉昌熾：《寒山寺志》卷一，張維明校補，江蘇古籍出版社 1999 年版，第 7 頁。

〔註30〕葉昌熾：《寒山寺志》自序，張維明校補，江蘇古籍出版社 1999 年版，第 1 頁。

天下有其名甚大，而其實平平無奇者，蘇州寒山寺，以張繼一
詩膾炙人口，至日本人尤婦孺皆知。余前後曾得兩絕句，一云：「只
應張繼寒山句，占斷楓橋幾樹楓」，實則並無一楓也。一云：『算與
寒山寺有緣，鐘樓來上夕陽邊』，實則並無鐘也。桐城方貢初守彝有
絕句云：「曾讀楓橋夜泊詩，鐘聲入夢少年時。老來遠訪寒山寺，零
落孤僧指斷碑。」殆亦與余同其感想矣。」〔註31〕

這兩首絕句中，後者題為《寒山寺示肖頊》，收入《石遺室詩集》卷九，全詩
為：「算與寒山寺有緣，鐘樓來上夕陽邊。休談四十年前事，小小蹉跎十四年」。
詩前小序云：「四十年前過滬，約遊此寺不果。十四年前至姑蘇，聞寺已廢，
遂亦未至。今於無意中來遊，紀以二十八字」〔註32〕。根據《石遺室詩集》編
年可知該詩作於己未年，即民國八年（1919），庚申劫火已經過去五十九年，
但寒山寺仍未修復鐘樓。雖然陳衍所言重點在楓橋和寒山寺名不副實，可其對
這兩首絕句的自述，正好能說明後代詩人在張繼影響下創作楓橋和寒山寺詩
歌時的「造境」。當時楓江沿岸已無楓樹，寒山寺已無鐘樓，但是陳衍在創作
時，仍然將楓樹和鐘樓寫入詩中。陳衍創作詩歌時的這種失實，很顯然是因為
受到張繼《楓橋夜泊》的影響，他寫的其實並不只是現實中客觀存在的楓橋和
寒山寺，很大程度上是自己想像中「理想」的楓橋和寒山寺，因此虛構了現實
中已經不存在的江楓和鐘樓，通過「造境」以與張繼《楓橋夜泊》詩境相呼應。
正如有學者所指出的：「張繼《楓橋夜泊》一首詩創造了兩個世界：一個是形
上的美不勝收的詩歌世界，千古傳誦；一個是物質的現實世界，即至今遊人如
織的楓橋和寒山寺兩處名勝。」〔註33〕現實世界中的楓橋和寒山寺會遭遇頹
敗，但是詩歌世界中的楓橋和寒山寺可以借助詩人的想像千載不變。

至此我們已經清晰地看到，清代詩人對楓橋和寒山寺的文學書寫受到自
然地理和人文地理的雙重影響。正如明文震孟《寒山寺重建大雄殿記》所云：
「寒山寺之名冠姑蘇也，實係於『江楓漁火』之句，然亦以其地當孔道，舟車
鱗集，非若深谷窮岩，窈冥闃寂，遊者易於涉足。顧雖處閭閻囂雜中，一入其
門，清幽蕭遠，別為一境。以是從來名公韻士往往樂之，為之題詠，為之記志，

〔註31〕陳衍：《石遺室詩話》卷三十，遼寧教育出版社 1998 年版，第 428 頁。

〔註32〕陳衍：《石遺室詩集》卷九，陳步編《陳石遺集》上，福建人民出版社 2001 年
版，第 271 頁。

〔註33〕高建新、李樹新：《一首詩創造世界——張繼〈楓橋夜泊〉的接受與傳播》，《蘇
州大學學報》（哲學社會科學版）2010 年第 4 期。

而寺益有聲」〔註34〕。一方面，楓橋和寒山寺地處運河要衝、交通便捷的地理區位以及自身「清幽蕭遠」的景致特徵影響了作家的遊覽和創作；另一方面，唐張繼《楓橋夜泊》令楓橋和寒山寺聲譽遠播，進一步吸引著後代作家前往訪幽尋勝。更重要的是，張繼《楓橋夜泊》為後代作家創作詩歌時提供了一個「理想」詩境，影響甚至決定了詩人們的想像與意象選擇。綜觀清代有關楓橋和寒山寺的詩歌，基本以「愁」為情感基調，這固然與楓橋和寒山寺地處運河要道，詩人們多為羈客有關，但這種愁緒很顯然也是對張繼《楓橋夜泊》之「愁」的延續。蘇州河多橋多，夜半鳴鐘的不止寒山寺一家，寒山寺的鐘聲在張繼之前也早已有之，但只有經張繼《楓橋夜泊》書寫後楓橋和寒山寺才流傳千古。明高啟《楓橋》云：「畫橋三百映江城，詩裏楓橋獨有名。幾度經過憶張繼，烏啼月落又鐘聲」〔註35〕，可以說，張繼不僅為楓橋和寒山寺帶來了知名度，同時也「成就了寒山寺的詩心，衍生並塑造著寒山寺的詩境」〔註36〕。因此我們可以說，張繼《楓橋夜泊》之後，楓橋和寒山寺逐漸發展成為一個類型化的地理意象，這個地理意象以固定的感情基調和意象組合，激發起詩人們普遍類似的意象選擇和情感抒發，於是葉昌熾在《寒山寺志》中不由得感慨道：「寓賢羈客，臨流抒嘯，信手拈來，無非霜天鐘籟」〔註37〕。

第二節 「龍蛇心事總堪哀」：復社虎丘大會對清代虎丘詩歌的影響

成立於明崇禎二年（1629）的復社，聲動朝野，對明末政局有著深遠的影響。復社成員倡導「興復古學」「務為有用」的思想宗旨，大力弘揚忠臣義士的氣節，心繫國家，關心黎民，撰寫了大量思想和學術著作，在中國思想史和學術史上具有重要的地位。對於復社發展始末，謝國楨先生在《明清之際黨社運動考》中已有詳細敘述。復社雖然不是一個純粹的文學社團，但因其成員的

〔註34〕葉昌熾：《寒山寺志》補編，張維明校補，江蘇古籍出版社 1999 年版，第 143 頁。
〔註35〕高啟：《高青丘集》卷十七，金檀輯注，徐澄宇、沈北宗校點，上海古籍出版社 1985 年版，第 763 頁。
〔註36〕凌郁之：《寒山寺詩話》前言，鳳凰出版社 2013 年版，第 1 頁。
〔註37〕葉昌熾：《寒山寺志》卷一，張維明校補，江蘇古籍出版社 1999 年版，第 1 頁。

集會活動、文學主張和詩文創作，對明末清初的文學發展也產生了重要影響，對此何宗美先生在《明末清初文人結社研究》中已有所論述。

復社的成立和發展與蘇州關係密切，其主要發起人和組織者張溥、張采是蘇州太倉人，時人稱為「婁東二張」；成立後社中錢謙益、吳偉業、徐枋、歸莊、顧炎武、吳兆騫、楊廷樞、陸世儀等一批重要成員都是蘇州人。而且，明崇禎二年復社正式成立的尹山大會和標誌著復社進入全盛時期的崇禎六年（1633）的虎丘大會，其舉辦地就在蘇州。尤其是崇禎六年的虎丘大會，可謂盛況空前，除南直隸外，山東、江西、山西、湖廣、福建、浙江等地的文人接到傳單後紛紛匯聚虎丘，「以舟車至者數千餘人。大雄寶殿不能容，生公臺、千人石，鱗次布席皆滿，往來絲織，遊於市者爭以復社會命名，刻之碑額，觀者甚眾，無不詫歎，以為三百年來，從未一有此也」〔註38〕。這次虎丘大會，是復社發展史上規模最大的一次全國性的集會活動。後來崇禎十年（1637）和十五年（1642），復社成員於虎丘又先後舉行兩次集會，儘管人數不如崇禎六年的虎丘大會多，可人員也是來自各地，影響也很大。明末，虎丘因復社大會而名振士林。清兵入關後，復社內部發生分化。一部分成員心繫前明勝朝，拒絕在異族統治下參加科舉和出仕為官，或遁跡山林，專心著述，或薙髮為僧，退隱不出，或直接起兵抗清，投身武裝鬥爭，甚至失敗後不屈而死。但另有部分成員由於各種複雜原因出仕清廷。不管是哪一類情況，明清易代後，因復社成員心中對虎丘大會的深刻記憶，虎丘被注入獨特的政治文化內涵，影響著詩文創作。

一、復社遺民詩人的虎丘書寫

邢昉，字孟貞，一字石湖，江蘇高淳人，生於明萬曆十八年（1590），卒於清順治十年（1653），明季諸生，少有詩名。明亡後，邢昉隱居家鄉石臼湖濱。復社成員入清後的遺民詩人中，邢昉是突出的一位，其人品行高潔，其詩自成一家。宋犖謂其「先生志潔行芳，皭然塵垢之外，幾與楚騷爭烈矣」〔註39〕，王士禎《池北偶談》云：「六合李侍郎敬，字退庵……論詩文一字不輕放過……實本朝一作手也。順治辛丑過揚州，予造謁舟中。因論近日布衣

〔註38〕陸世儀：《復社紀略》卷一，《東林本末（外七種）》，北京古籍出版社 2002 年版，第 231 頁。

〔註39〕宋犖：《石臼集序》，邢昉《石臼集》卷首，《清代詩文集彙編》第 5 冊，上海古籍出版社 2010 年版，第 399 頁。

詩，予舉程嘉燧、吳兆，公曰：『終須還他邢昉第一』」〔註40〕。

　　邢昉《石臼後集》中詩歌為入清後所作，卷三《十七夜集虎丘看月》〔註41〕
云：

> 嶙峋同一眺，孤月此仍圓。夜踏聽經石，秋當落木天。哀箏聲
> 斷續，高閣影嬋娟。野泊尋歸舫，淒清霜滿舷。

「十七夜」本是月圓之時，虎丘山上玩月者眾多，笙歌不絕，熱鬧非凡，但邢
昉所見所聞卻是「孤月」「落木」「哀箏」「霜滿舷」等淒清意象。《石臼後集》
卷四另有一首《六月望夜千人石觀月》〔註42〕：

> 生公臺下亂煙凝，又踏鐘聲此度登。共指中星當大火，豈知明
> 月似涼冰。繁華盡落三江水，一石猶傳六代僧。亦有危欄高百尺，
> 哀箏無數不堪憑。

六月十五的月圓之夜，詩人筆下卻依然是「亂煙」「哀箏」等意象，可見兩首
詩雖寫於不同時間，但詩人前後心境一致，都悲涼滿懷。這兩首詩的具體編年
待考，不過仔細品味「共指中星當大火，豈知明月似涼冰」之語，應指甲申國
變後南明王朝風雨飄搖、苟延殘喘的時局。將邢昉的這兩首詩，與其入清前《石
臼前集》中《劍池濯足歌》《少年虎丘行》《弗如再去吳門予亦先有虎丘看月之
訂乃贈以歌》《試劍石歌》等詩相對照，其中黍離之悲則更顯露無遺。例如《少
年虎丘行》有句云：「吳中趺盪繁華子，愛惜清明與上巳。虎丘分逐麗水行，
鶴澗遙通美人裏。畫舸珠簾涤水前，明眸皓齒各嫣然」〔註43〕，當時詩人眼中
的虎阜山塘是一派春光，詩人內心歡愉之情躍然紙上。同樣是遊虎丘，入清前
後詩中景致與心境卻如此迥異，這與明清易代有關，其中自然也有崇禎年間曾
舉行三次復社大會的虎丘地理環境帶給詩人的激發。

　　復社遺民詩人中，杜濬與邢昉相似，其入清前後對虎丘的文學書寫截然不
同。杜濬，原名昭先，字於皇，號茶村，湖北黃岡人，生於明萬曆三十九年
（1611），卒於清康熙二十六年（1687），明季為諸生。入清後，杜濬仿陶淵明

〔註40〕王士禛：《池北偶談》卷十三，靳斯仁點校，中華書局1982年版，第317頁。
〔註41〕邢昉：《石臼後集》卷三，《清代詩文集彙編》第5冊，上海古籍出版社2010
　　　　年版，第626頁。
〔註42〕邢昉：《石臼後集》卷四，《清代詩文集彙編》第5冊，上海古籍出版社2010
　　　　年版，第655頁。
〔註43〕邢昉：《石臼前集》卷三，《清代詩文集彙編》第5冊，上海古籍出版社2010
　　　　年版，第455頁。

易名為潛之舉，改詔先為潛，以示明志，不為清廷威逼利誘所動，拒不出仕，「可以仕而不仕三十年」〔註44〕，終身布衣。杜濬《松風寶墨記》〔註45〕中記載：

> 南京國子生吳郡顧苓，濬之老友也，所居塔影園去虎丘才數武，濬舟過虎丘，數往覓苓於園中。一日導濬啜茗於其草堂西偏之密室，仰視梁間懸一小匾，作「松風」二字，大不盈尺，端勁軒豁，非一時文士筆力所能及。濬心異之，以問苓。苓具告所以，則巍巍宸翰也。濬肅然下拜，伏地悲泣，良久不能起。自是以後，每過苓，輒先入室中，叩首已，然後與主人揖。

此文作於康熙十二年（1673年），距甲申之變已二十九年，杜濬對朱明王朝可謂忠心耿耿。

杜濬僑寓南京，曾數次到過蘇州虎丘，並與蘇州顧苓、楊補、金俊明等文士過從甚密，其《變雅堂遺集》中對此多有涉筆。另據杜登春《社事始末》記載，崇禎十五年（1642），壬午之春，鄭元勳、李雯主盟的第三次復社虎丘大會，杜濬也參加了〔註46〕。《變雅堂詩集》卷一《虎丘》作於明末杜濬來往蘇州期間，該詩開篇云：「眾樹勢插天，鬱然為虎丘。佳哉寺門路，步步登清秋。石骨四經緯，檻廊即綢繆。英雄氣飛揚，劍去池空留」〔註47〕，詩中洋溢著個儻豪邁之氣。但入清後，杜濬重遊虎丘，其感官與心情已大不相同。《變雅堂詩集》卷七《立春日過虎丘即事》〔註48〕云：

> 張公祠下停舟客，今日回舟復繫舟。行處冰霜催麗景，望中雲樹憶清秋。一瓢酒盡人同醉，六琯灰飛我尚浮。徙倚山塘情脈脈，寺門渾異昔年遊。

開篇所言「張公祠」，據顧祿《桐橋倚棹錄》記載：「張公祠，在綠水橋西，祀明應天巡撫國維……（張國維）建蘇州九里石塘及平望內外塘、長洲至和等

〔註44〕季振宜：《送杜於皇遂嬾亭序》，《變雅堂遺集》附錄一，《清代詩文集彙編》第37冊，上海古籍出版社2010年版，第342頁。

〔註45〕杜濬：《變雅堂文集》卷三，《清代詩文集彙編》第37冊，上海古籍出版社2010年版，第242頁。

〔註46〕杜登春：《社事始末》，中華書局1991年版，第7頁。

〔註47〕杜濬：《變雅堂詩集》卷一，《清代詩文集彙編》第37冊，上海古籍出版社2010年版，第278頁。

〔註48〕杜濬：《變雅堂詩集》卷七，《清代詩文集彙編》第37冊，上海古籍出版社2010年版，第322頁。

塘⋯⋯比歿，吳人立祠今所，並建坊表」〔註49〕，另據清顧詒祿《虎丘山志》記載：「『澤被東南』坊在山塘，為應天巡撫張國維立」〔註50〕。張國維不僅是治水有方、政聲卓著、受百姓愛戴的能吏，更是一位寧死不降清，以身殉國的英烈。據《明史》卷二百七十六記載，明弘光元年（1645）南京陷落後，張國維請朱元璋十四世孫魯王朱以海在紹興監國，堅守錢塘江南岸。翌年五月，張國維退守東陽。六月，張國維知大勢已去，救國無望，作絕命辭三章，從容赴水死，年五十有二。此詩首聯言「回舟復繫舟」，可見杜濬舟過虎丘時特意回船至張公祠，專程為憑弔而來。他憑弔的不僅是張國維，更是為清所滅的明王朝。時值立春，「行處冰霜催麗景」，此句既是寫景，也暗含時局之喻。隨著滿清定鼎天下，原本戰火紛亂、動盪不安的社會局勢逐步穩定，修生養息，恢復元氣，經濟重新發展。但表面安定的背後，是清王朝慘酷陰柔的統治行為。例如，順治一朝迭興「通海」「科場」「奏效」三大案獄，以威劫江南士人。另一方面，康熙十七年（1678），清廷招舉博學鴻儒，以籠絡天下名宿。雖「麗景」初現，但非「潤物細無聲」，而是「冰霜所催」。末句「寺門渾異昔年遊」，「渾異」一詞突出杜濬眼中虎丘的今昔巨變，杜濬所憶「昔年遊」應有其崇禎十五年參加復社虎丘大會的場景吧，昔日意氣風發之虎丘今已成觸目傷心之地。在「六琯灰飛」的時序輪替中，杜濬借醉消愁，感覺「浮」生若夢，其中又透出明清易代、江山巨變下士人內心的某種幻滅感。

　　杜濬另有一首入清後寫虎丘的詩，名《虎丘舊寓追憶張醒公、楊維斗、許孟宏、楊日補諸子》〔註51〕：

　　　　春水劍池平，香臺世外情。舊巢仍見燕，新葉不藏鶯。歲月司

　　來往，風塵老姓名。俊遊誰悉記，今雨誤前生。

此詩頷聯寫景的同時暗比時局，「舊巢」「新葉」之喻明眼人一看即知，「舊巢」指前明，「新葉」指滿清。「燕」「鶯」之喻也是一目了然。「今雨」原指天氣變化，此處應指甲申國變及入清後的種種變故。甲申之前，復社成員皆為懷想三代盛世、渴望經世致用的青年士子，但明清易代的暴風雨讓每個人的命運都遭遇巨大的轉折。無論是忠義不改，還是卑伏稱臣，抉擇雖不同，但所有人的「前

〔註49〕顧祿：《桐橋倚棹錄》卷四，王稼句點校，中華書局 2008 年版，第 287 頁。
〔註50〕顧詒祿：《虎丘山志》卷七，沈雲龍主編《中國名山勝跡志叢刊》第四輯，文海出版社 1975 年，第 145 頁。
〔註51〕杜濬：《變雅堂詩集》卷三，《清代詩文集彙編》第 37 冊，上海古籍出版社 2010 年版，第 305 頁。

生」為「今雨」所誤則是一樣的。以此詩言之，杜濬所追憶的四位友人入清後
都能堅守氣節。張屈，字醒公，長洲人，朱彝尊《明詩綜》卷七十四收錄其兩
首詩，所附小傳中說：「處士，鄉里私謚貞節先生」〔註52〕，可見其終身未仕，
入清後固守節操，為鄉人所敬仰。楊補，字無補，祖籍江西，年少時隨父遷居
蘇州，甲申國變後隱居鄧尉山中，拒不出仕，《乾隆長洲縣志》卷二十五有傳，
徐枋《居易堂集》卷六收錄《楊隱君曰補六十壽序》，卷十二收錄《楊無補傳》。
許元溥，字孟宏，長洲人，藏書家，自號「千卷生」，著名學者許自昌之子。他
曾是復社的重要成員，《乾隆長洲縣志》有傳：「崇禎庚午舉於鄉，不仕，卒，
友人私謚曰『孝文』」〔註53〕，可見也是風骨高潔的一介布衣。杜濬所憶四人中
除以上三位是入清後忠於明室、不仕新朝的遺民外，楊廷樞更是寧死不屈以身
殉國。楊廷樞，字維斗，長洲人，復社領袖。順治四年，楊廷樞因蘇松提督吳
勝兆反清事件被捕，不屈被殺。據徐秉義《明末忠烈紀實》記載，楊廷樞被捕
後，清軍曾剃髮勸降，廷樞對曰：「砍頭事小，剃髮事大」〔註54〕。另據《同治
蘇州府志》記載：「臨刑，大呼曰：『生為大明人……』。行刑者急揮刃，首墮於
地，復曰：『……死為大明鬼。』時年五十三，門人私謚『忠文先生』」〔註55〕，
可謂慷慨悲壯！瞭解杜濬所追憶的這四位老友的簡單生平後，再來考察此詩，
理解自然就更加深入了。此詩中「今雨」「前生」和「舊巢」「新葉」這兩組對
比，發人警醒。當時滿清統治已穩固，復明無望，但杜濬始終不忘前明，在他
眼中明、清是截然相反的兩段，此種心緒，體現在詩中即新舊、今前之強烈對
比，體現在人生抉擇中即「不作兩截人」（《與孫豹人書》）〔註56〕之原則。此詩
言近旨遠，感情沉鬱，內涵深厚，正如陳大章《抱節軒類記》中評價：「《變雅
堂詩》，思深力厚，每出一語，初若無奇，反覆吟誦，精味愈出」〔註57〕。趙杏

〔註52〕 朱彝尊編：《明詩綜》卷七十四，《影印文淵閣四庫全書》總第 1460 冊，臺灣
　　　 商務印書館 1986 年版，第 665 頁。

〔註53〕 李光祚修，顧詒祿等撰：《乾隆長洲縣治》卷二十四，《中國地方志集成·江蘇
　　　 府縣志輯》第 13 冊，江蘇古籍出版社 1991 年版，第 302 頁。

〔註54〕 徐秉義：《明末忠烈紀實》卷十六，張金莊點校，浙江古籍出版社 1984 年版，
　　　 第 355 頁。

〔註55〕 馮桂芬總纂，潘錫爵等分纂：《同治蘇州府志》卷八十一，《中國地方志集成·
　　　 江蘇府縣志輯》第 9 冊，江蘇古籍出版社 1991 年版，第 176～177 頁。

〔註56〕 杜濬：《變雅堂文集》卷四，《清代詩文集彙編》第 37 冊，上海古籍出版社 2010
　　　 年版，第 209 頁。

〔註57〕 錢仲聯主編：《清詩紀事》（一）明遺民卷，江蘇古籍出版社 1987 年版，第 323
　　　 頁。

根師亦指出：「茶村的興亡之慨，故國之思，流離之感，山水之興，貧困之遇，朋友之誼，發而為詩，志微噍殺，抑塞磊落，殊非溫柔敦厚的治世之音，而一歸於忠孝節義之正，確乎是『變而不失其正』之詩」〔註58〕，《變雅堂詩集》卷一有《同張醒公、楊無補、金孝章、邱令和、潘麟長虎丘遊眺作》，因此，此首《虎丘舊寓追憶張醒公、楊維斗、許孟宏、楊日補諸子》中所蘊含的「興亡之慨」「故國之思」「流離之感」「朋友之誼」等複雜深重的感情，不能不說是受到舊日好友遊覽之地──虎丘「山水之興」的激發。對於杜濬來說，虎丘山不只是一座普通的山丘，而是聯結故人和故國的記憶紐帶。當杜濬重登虎丘，回想起當年復社集會、歡聚虎丘的崢嶸歲月，而現實中荊棘銅駝，老友和自己因明清易代各身世飄零，他怎能不心生「俊遊誰悉記，今雨誤前生」的感慨？

　　我們再來看復社遺民詩人歸莊的虎丘詩。歸莊，字爾禮，號玄恭，崑山人，生於明萬曆四十一年（1613），卒於清康熙十二年（1673），歸有光之曾孫，明季諸生。當清兵攻陷崑山城時，其家中嫂子、侄兒女等多人罹難。身負家仇國恨，歸莊曾參加過抗清鬥爭，失敗後一度為僧，稱「普明頭陀」，入清後改名「祚明」，以示志向，「歸莊在清兵下江南時所作，是其詩中最有價值的部分，可以稱為崑山這段時期的史詩」〔註59〕。歸莊在《歷代遺民錄序》中對「遺民」概念作了精確的界定：「凡懷道抱德不用於世者，皆謂之逸民；而遺民則惟在廢興之際，以為此前朝之所遺也……故遺民之稱，視其一時之去就，而不繫乎終身之顯晦」〔註60〕。歸莊通過強調「遺民」與「逸民」區別，「以士人在廢興之際的出處選擇和政治態度作準的為『遺民』正名，使『遺民』成為具有更豐富政治文化意義的特殊社會群體，具備了『史』的價值」〔註61〕。歸莊是復社名士，曾參加過崇禎十五年壬午之春的復社虎丘大會，又曾寓居虎丘梅花樓，因此，他這種強烈的遺民意識與心緒也體現在入清後對虎丘的文學書寫中。例如其《虎丘山三首》（其二）〔註62〕云：

〔註58〕趙杏根：《杜陵布衣踞詞壇，白首罵座儻與蠻──論杜濬其人其詩》，《中國韻文學刊》2006年第1期。

〔註59〕趙杏根：《歸莊：亂世畫卷，堅貞氣節》，範培松、金學智主編《蘇州文學通史》第三冊，江蘇教育出版社2004年版，第959頁。

〔註60〕歸莊：《歸莊集》卷三，中華書局1962年版，第170頁。

〔註61〕劉紅娟：《明代遺民立場的嬗替──以歸莊為個案》，《甘肅社會科學》2008年第2期。

〔註62〕歸莊：《山遊詩》，《清代詩文集彙編》第42冊，上海古籍出版社2010年版，第4頁。

　　石名千人座，遊者何啻萬。明月吐山巔，有技無不獻。岡頭簫
鼓喧，樹底清歌曼。不知歌者誰？顏色頗柔嫩。倏忽人如牆，群蒸
氣殊潤。去之登高樓，索酒解疲困。風燈四面懸，火樹三更噴。繁
華亦已太，此世休深論。

此詩描寫中秋夜虎丘千人石賽曲的盛況，但歸莊對此顯然缺少興趣。對朝代更
替、歷史興衰的切膚之痛，讓歸莊在中秋節遊覽虎丘時，面對人流擁擠、簫鼓
喧騰的千人石，不由得發出「繁華亦已太，此世休深論」的歎息。而在《虎丘
山三首》（其三）〔註63〕中，歸莊對此有更加直接沉痛的表現：

　　讀書仰蘇樓，憶在歲壬午。越今廿八年，山川已易主。禍難不
可言，痛定更悽楚。此身未可死，安頓無處所。人羨我遨遊，不知
我心苦。只今來虎丘，稍以抒愁緒。服飾及締構，景象豈堪睹。聞
月增悲欷，始信非虛語。更遇舊館僧，訝我頗如許。含悽不能言，
入舟淚如雨。

由此詩可知《虎丘山三首》作於壬午年（1642）之後二十八年，即康熙九年
（1679）。劫難過後，虎丘山逐漸恢復往日熱鬧，景致依舊，但江山易主，於
是在以遺民自居的歸莊眼中，這些都只能令其愈發悲傷。陸世儀《贈崑山歸元
恭序》云：「惟夫元恭，今之所謂大賢人也……以申酉之變痛心家國，遂絕意
仕進，遁跡山水之間，往往佯狂痛哭，人比之謝皋羽」〔註64〕。歸莊《吳門唱
和詩序》亦云：「吾知諸君子雖即事賞心，亦必撫時增感，故流連景物之篇，
往往得楚聲焉」〔註65〕，表面評說他人詩作，實則自道。歸莊重遊虎丘，面對
舊時亭臺，回想起二十八年前的復社虎丘大會，時過境遷，物是人非，不禁悲
從中來，淚如雨下。

　　入清後，復社遺民詩人在登覽虎丘時表達明清易代之悲是一種普遍現象，
再如彭孫貽的《舟經虎丘》〔註66〕：

　　憶昔樓船泛古塘，山川人事各蒼茫。明湖自抱孤城轉，衰柳何

〔註63〕歸莊：《山遊詩》，《清代詩文集彙編》第42冊，上海古籍出版社2010年版，
　　　　第4頁。
〔註64〕陸世儀：《桴亭先生文集》卷四，《清代詩文集彙編》第36冊，上海古籍出版
　　　　社2010年版，第50頁。
〔註65〕歸莊：《歸玄恭遺著》，《清代詩文集彙編》第42冊，上海古籍出版社2010年
　　　　版，第58頁。
〔註66〕彭孫貽：《茗齋集》卷四，《清代詩文集彙編》第51冊，上海古籍出版社2010
　　　　年版，第410頁。

如客鬢長。廢苑亂蟬鳴響屧，荒丘無虎泣干將。扁舟一過添惆悵，
故國秋風水蓼傍。

彭孫貽出生於明朝文武世家，祖輩在明朝皆列高位，甲申之變改變了他的家族
命運，彭孫貽的多位伯父及族兄弟在戰亂中喪生，其父彭期生在抗清戰爭中殉
國。入清後，彭孫貽蔬食布衣二十餘年，尚氣節，終身不仕清，卒後門人私諡
為「孝介先生」。據杜登春《社事始末》記載，彭孫貽也曾參加過崇禎十五年
春的虎丘大會，詩中「憶昔樓船泛古塘」應指此事。「衰柳」「廢苑」「亂蟬」
「荒丘」「秋風」「水蓼」等意象無不顯示其「故國」之思的哀痛心情，詩句「山
川人事各蒼茫」中更是隱含身世、國事之悲。

又如潘檉章《和祁奕喜寒食風雨登虎丘小樓次韻》〔註67〕：

新煙不起舊池臺，積雨空山莽未開。千古吳王神劍在，一朝越
國客星來。春衣補綻逢三月，旅食棲遲判百杯。綿上高風誰借問，
龍蛇心事總堪哀。

尾聯「綿上高風誰借問」一句中用春秋時期介子推隱退綿上山的典故，對出仕清
廷的復社成員進行委婉的詰問。「龍蛇」指向入清後出處不同的復社成員，但不
管出仕還是退隱，復社成員的內心都有無法言說的悲哀。清康熙二年（1663年），
潘檉章因莊廷鑨明史案牽連，竟被凌遲處死，這無疑是當時士人更大的悲哀了。

又如黃宗羲的《同周子潔、文與也、裘殷玉、芝兒至虎丘遇蔡九霞、張茂
深》〔註68〕：

衰年無復遊山志，何意重來到虎丘。只此枯木寒鴉景，偏宜修
琴買藥流。相親卻為黨人後，歷歲已多絳縣儔。勝地不須多感慨，
真娘有墓且題留。

據清黃炳垕撰《黃梨洲先生年譜》記載，康熙二十九年（1690）三月，黃宗羲
「往蘇州弔劉龍洲先生墓，同周子潔、文與也、門士裘殷玉遊虎丘，遇蔡九霞、
張茂深，賦詩一章，五月始返」〔註69〕。黃宗羲當時已經八十一歲高齡，重登
虎丘，眼中景致一片蕭瑟，但詩中卻稱為「勝地」，究其原因，恐怕是因為復

〔註67〕潘檉章：《觀物草廬焚余稿》，《清代詩文集彙編》第 98 冊，上海古籍出版社
　　　　2010 年版，第 521～522 頁。
〔註68〕黃宗羲：《南雷詩歷》卷五，《清代詩文集彙編》第 33 冊，上海古籍出版社 2010
　　　　年版，第 417 頁。
〔註69〕黃炳垕：《黃梨洲先生年譜》，《北京圖書館藏珍本年譜叢刊》第 69 冊，北京
　　　　圖書館出版社 1999 年版，第 618 頁。

社大會為虎丘注入了非同一般的歷史內涵。黃宗羲年輕時曾起兵抗清，年過八旬再度登覽虎丘，不由迴響起復社往事，感慨萬千。當時清廷文網已密，詩人對自己的具體心緒並未詳說，但通過「黨人」一詞我們還是能感受到其內心對復社往事的念念不忘。

二、復社仕清詩人的虎丘書寫

正如潘檉章所言：「龍蛇心事總堪哀」，入清後即使是那些出仕清廷的復社成員，其詩歌中對於虎丘的文學書寫，也都或隱或現地流露出哀悔之痛。

王崇簡，字敬哉，號敬齋，順天府宛平人，生於明萬曆三十年（1602），卒於清康熙十七年（1678）。明崇禎十六（1643）八月進士，清順治三年（1646）補選庶吉士，充任《明實錄》纂修官，累官至禮部尚書，加太子太保，謚「文貞」。王崇簡與復社首領張溥、楊廷樞、姜埰等人相熟，其《青箱堂詩集》卷三中《錢孚於留談信宿，偕至金閶，徐闇公、宋上木相待數日，招飲舫中，張天如、無近並至》《同錢孚於坐張天如、無近虎丘客舍，月夜解纜，未及訪錢牧齋、許石門兩先生，週二為、許孟宏、張草臣、朱雲子、楊維斗、周逸休諸子》作於庚辰年，即明崇禎十三年（1640）。卷四中有《寄悲》六首，作於甲申年（1644），當時詩人偕家口流寓南方，詩題後自注云：「甲申之變自春徂秋，潛山隱水棲遲一方，夢斷魂驚趑趄長途，心前步後歌以當泣，慚無繚繞之音謠以抒憂，聊寄悲悽之句」〔註70〕，可見明朝覆亡時其內心之悲痛。

《青箱堂詩集》卷四另有《夜過金閶袁特丘過訪招同姜如圃、如農、如須小集，劉向臣、錢幼光並至》〔註71〕：

> 艱危天下事，放艇晚雲濱。離亂何今日，招攜有故人。披裘煙
> 水闊，岸憒笑談真。握手惟呼酒，悲歌難復陳。

此詩作於乙酉年，即清順治二年（1645），據《青箱堂文集》後所附《年譜》記載：「乙酉……四月至蘇州、嘉定……八月出汾湖，幾為鎮兵所厄，抵蘇州，兒婦金卒舟中，是月二十五日也」〔註72〕。詩人泊舟虎阜山塘，與姜埰、姜垓

〔註70〕王崇簡：《青箱堂詩集》卷四，《清代詩文集彙編》第 16 冊，上海古籍出版社
　　　　2010 年版，第 382～383 頁。

〔註71〕王崇簡：《青箱堂詩集》卷四，《清代詩文集彙編》第 16 冊，上海古籍出版社
　　　　2010 年版，第 390 頁。

〔註72〕王崇簡：《青箱堂文集》附錄《年譜》，《清代詩文集彙編》第 17 冊，上海古籍
　　　　出版社 2010 年版，第 200 頁。

等人聚會，「艱危」「離亂」的時局下，眾人「談笑」復「悲歌」，內心之痛可見一斑。《青箱堂詩集》卷六另有《姜如須遯居虎丘卻寄（二首）》，其一云：

> 三年吳下夢，再辱袖中書。旅食何為計，依人孰與居？雙扉藏薜荔，短艇入菰蘆。惻促難回首，亭皋落木初。〔註73〕

此詩作於己丑年，即順治六年（1649），此時王崇簡已出仕清廷，姜如須即姜垓，入清不仕，「以仁義忠信為旨」〔註74〕。姜垓寄給王崇簡的書信因缺乏資料而內容不詳，王崇簡展讀故友書信，回想起乙酉年虎丘聚會的時光，今昔對比，不禁發出「惻促難回首」的感慨，可見其雖然出仕，但對往事難以忘懷，心中縈繞著愧疚慚悔之情。

明崇禎十六年王崇簡進士及第後，還沒來得及授官，不到半年明朝即覆亡，可以說是未食明朝俸祿，仕清後官場順遂，康熙三年（1664）以原官致仕，晚年生活安逸，他在回顧甲申之變時，甚至認為：「由今日以計異日，此亦勢之所必至」〔註75〕（《青箱堂夏秋夕集記》），其對待滿清統治的心態已有變化。而相比之下，曾在明朝擔任翰林院編修、左庶子等職，並受到崇禎皇帝賞識的復社鉅子吳偉業，終其一生，始終對自己被迫仕清一事耿耿於懷。

吳偉業，字駿公，號梅村，太倉人，生於明萬曆三十七年（1609），卒於清康熙十年（1671）。明崇禎四年（1631）一甲二名進士，清順治十年（1653）秋以薦強詔入京，授秘書院侍講，後遷國子監祭酒，順治十三年（1656）底丁母憂辭，南歸以終。吳偉業在仕清前，因其為詩壇巨匠，又是復社領袖張溥的弟子、「十哲」之一，在士人心中享有崇高的地位，被目為「復社黨魁」。清順治九年（1652），吳偉業作《致雲間同社諸子書》，調和慎交與同聲兩社的矛盾，得到廣泛響應。翌年上巳日，兩社大會於蘇州虎丘，奉吳偉業為宗主。《梅村家藏稿》中有《癸巳春日禊飲社集虎丘即事四首》記載此事，現錄其中二首：

> 其一
> 楊柳絲絲遍禁煙，筆床書卷五湖船。青溪勝集仍遺老，白恰高談盡少年。笋屐鶯花看士女，羽觴冠蓋會神仙。茂先往事風流在，

〔註73〕王崇簡：《青箱堂詩集》卷四，《清代詩文集彙編》第16冊，上海古籍出版社2010年版，第423頁。
〔註74〕錢仲聯主編：《清詩紀事》（一）明遺民卷，江蘇古籍出版社1987年版，第502頁。
〔註75〕王崇簡：《青箱堂文集》卷六，《清代詩文集彙編》第17冊，上海古籍出版社2010年版，第55頁。

重過蘭亭意惘然。

　　其二

　　蘭臺家世本貽謀，高會南皮話昔遊。執友淪亡驚歲月，諸郎才
調擅風流。十年故國傷青史，四海新知笑白頭。修禊只今添俯仰，
北風杯酒酹營丘。〔註76〕

　　其一中「茂先往事風流在」句指崇禎六年張溥組織復社虎丘大會的盛事，《吳
梅村編年詩箋注》該詩題後引《壬夏雜鈔》云：「癸巳春，同聲、慎交兩社，
各治具虎丘，申訂九郡同人，至者五百人。先一日慎交為主……次一日同聲
為主……凡以繼張西銘虎丘大會」〔註77〕，兩社集會在組織形式上有意模仿
當年復社虎丘大會，這應該是出自吳偉業的建議，可見當年復社虎丘大會對
其影響非常深刻。詩中「遺老」「故國」「驚歲月」「北風杯酒酹營丘」等詞句
透露出明清鼎革後，面對故友淪亡、山河易主的現實，吳偉業內心的哀痛。
清劉獻廷《廣陽雜記》記載：「順治間，吳梅村被召，三吳士大夫皆集虎丘會
餞。忽有少年投一函，啟之，得絕句云：『千人石上坐千人，一半清朝一半明。
寄語婁東吳學士，兩朝天子一朝臣。』舉座為之默然」〔註78〕，此說法影響
甚廣，但並非事實。順治十年（1653）上巳日，同聲、慎交兩社大會於蘇州
虎丘時，吳偉業仍舊是遺民身份，故詩中自稱「遺老」，其收到清廷詔書被迫
出仕是在該年秋天，對此史實葉君遠先生在《吳梅村與「兩社大會」》〔註79〕
一文中已有考證，此處不再贅述。顧公燮《丹午筆記》中也有對類似無名氏
詩歌的記載。我們從中可以看出當時士人對後來吳偉業出仕清廷的失望與不
滿，其實吳偉業自己內心又何嘗不悔恨糾結呢？其《梅村家藏稿》卷十三有
《虎丘中秋新霽》〔註80〕：

　　萬籟廣場合，道人心地平。天留今夜月，雨洗去年兵。歌管星
河動，禪燈風露清。淒涼閭闔墓，斷塹起松聲。

〔註76〕吳偉業：《梅村家藏稿》卷六，《清代詩文集彙編》第29冊，上海古籍出版社2010年版，第43頁。
〔註77〕吳偉業：《吳梅村編年詩箋注》卷五，程穆衡箋注，楊學沆補注，民國十八年刊本。
〔註78〕劉獻廷：《廣陽雜記》卷一，汪北平、夏志和標點，中華書局1957年版，第10頁。
〔註79〕葉君遠：《吳梅村與「兩社大會」》，《甘肅社會科學》2008年第1期。
〔註80〕吳偉業：《梅村家藏稿》卷十三，《清代詩文集彙編》第29冊，上海古籍出版社2010年版，第76頁。

清程穆衡《吳梅村編年詩箋注》將此詩編入卷九，該卷「起丁酉還家後，至吳郡之作」〔註81〕，丁酉年即順治十四年（1657），詩中「雨細去年兵」指順治十七年（1659）鄭成功北伐失敗事件，故此詩作於順治十八年（1660），由此可知吳偉業內心其實反對清廷的異族統治，曾對鄭成功北伐抱有希望。中秋節虎丘山上萬籟喧騰，歌管嘈雜，面對如此熱鬧的氣氛，吳偉業卻言「淒涼闔閭墓」，其內心亡國之痛以及被迫仕清的哀苦表露無遺。吳偉業另有一首《夜遊虎丘八首·劍池》〔註82〕：

> 百尺靈湫風雨氣，星星照出魚腸字。轆轆夜半語空中，無人解識興亡意。

據清顧師軾《梅村先生年譜》，此詩作於「康熙三年甲辰」〔註83〕（1664）。與《虎丘中秋新霽》相比，吳偉業此詩中對明亡之哀的表述已經隱晦很多，只有「無人解識興亡意」一句語帶雙關，表面指闔閭之後夫差敗於句踐，吳國從此滅亡，實則指朱明王朝之亡於滿清。聯繫順治十八年（1661）的「哭廟案」「通海案」「奏銷案」，以及康熙二年（1663）的「明史案」等事件，我們不難體會清廷日漸嚴密的文網下吳偉業內心的悲哀與驚懼，自然就能理解其詩歌表述方式由顯到隱的轉變。蔣寅先生謂吳偉業是由明仕清的所謂「失節」文士中懺悔型心態的代表人物，「他生命殘餘的時間，就成了羞恥感不斷拷問靈魂的精神煉獄。這段精神磨難的記錄，保存在《梅村家藏稿》後集中，觸目是悽愴入骨的痛思，字字酸楚的悔恨」〔註84〕，此種心緒在《虎丘中秋新霽》和《夜遊虎丘八首·劍池》這兩首詩中也有透露。

再如周茂源《同吳梅村祭酒虎丘閒步遇姚文初孝廉為頭陀》〔註85〕：

> 幅巾方杖步林丘，攜我生公臺下游。曩為寫經曾再宿，近因行藥且三休。晴春放眼繁花麗，喪亂驚心老淚流。皓首投空何處客，

〔註81〕吳偉業：《吳梅村編年詩箋注》卷九，程穆衡箋注，楊學沆補注，民國十八年刊本。

〔註82〕吳偉業：《梅村家藏稿》卷二十，《清代詩文集彙編》第29冊，上海古籍出版社2010年版，第101頁。

〔註83〕顧師軾：《梅村先生年譜》，《清代詩文集彙編》第29冊，上海古籍出版社2010年版，第280頁。

〔註84〕蔣寅：《懺悔與淡忘：明清之際的貳臣人格》，《徐州工程學院學報》（社會科學版）2012年第2期。

〔註85〕周茂源：《鶴靜堂集》卷十一，《清代詩文集彙編》第49冊，上海古籍出版社2010年版，第138頁。

相逢還唱白浮鳩。

周茂源，字宿來，清順治六年（1649）進士，官至浙江處州知府，順治十八年
（1661）受到江南奏銷案的影響，被罷官。詩題中「頭陀」即姚宗典，字文初，
長洲人，同為復社成員，明崇禎十五年（1642）舉人，明亡後隱居山中，其父
姚希孟乃文震孟外甥。此詩應作於周茂源落職後。周、吳兩位曾出仕清廷，而
姚宗典明亡後隱居不仕，且已出家為僧，三位昔日復社成員入清後出處、境遇
不同，恰好在虎丘重逢，故人故地，此情此景，怎不讓人感慨唏噓？

三、「以樂景寫哀」

　　以上兩類復社成員入清後對虎丘的文學書寫，都帶有強烈的主觀感情。詩
人登覽虎丘，不管是面對巖壑林泉之幽，還是面對中秋賞月之盛，筆下均是沉
痛悲涼之哀。王夫之《薑齋詩話》云：「以樂景寫哀，以哀景寫樂，一倍增其
哀樂」〔註86〕，這句話是對作家創作文學作品時主觀能動性的最好說明。復社
成員入清後虎丘詩中這種普遍的「以樂景寫哀」的表現手法，根本原因在於其
內心之「哀」。地理與文學之間的關係，並不是地理決定論。正如王國維《人
間詞話》所云：「以我觀物，故物皆著我之色彩」〔註87〕，從本書所述文學微
區位論的視域出發，一個地區的文學微區位條件固然能影響作家的詩文創作
內容，但是，作家主觀的情緒、審美、學識等文學微區位因子能夠反作用於客
觀的地理資源，這地理資源當然包括各種物象和事象。

　　這種「以樂景寫哀」的藝術手法並不局限於復社遺民詩人的虎丘詩，在
其他遺民詩人的寫景詩中也有所體現。例如王鑨《寄姑蘇心月上人》云：「湖
邊雪後好相待，剩水殘山共白頭」〔註88〕，余懷《減字木蘭花‧初夏遊靈巖
山下俞氏庵》（其二）云：「芳草斜陽，剩水殘山總斷腸」〔註89〕，彭而述《百
花洲》云：「剩水殘山秋一碧，蒼鷹飛盡老狐眠」〔註90〕。異族入主中原，國

〔註86〕王夫之：《姜齋詩話箋注》卷一，戴鴻森箋注，人民文學出版社 1981 年版，第
　　　　10 頁。

〔註87〕王國維：《人間詞話》卷上，黃霖等導讀，上海古籍出版社 1998 年版，第 1
　　　　頁。

〔註88〕王鑨：《大愚集》卷二十四，《清代詩文集彙編》第 24 冊，上海古籍出版社 2010
　　　　年版，第 706 頁。

〔註89〕余懷：《玉琴齋詞》，《清代詩文集彙編》第 57 冊，上海古籍出版社 2010 年版，
　　　　第 457 頁。

〔註90〕彭而述：《讀史亭詩集》卷十五，《清代詩文集彙編》第 22 冊，上海古籍出版
　　　　社 2010 年版，第 100 頁。

破家亡，山水在詩人眼中於是皆為殘剩。對於明清鼎革之際詩歌中出現大量「殘山剩水」的文學現象，楊念群先生在著作《何處是「江南」？——清朝正統觀的確立與士林精神世界的變異》之第一章「『殘山剩水』之喻與清初士人的『出處』選擇」中有詳細深入的討論，他指出：「『殘山剩水』在清初往往寄託著晚明士人一種難以抑制的強烈歷史悲情」，「以至於這種隱喻會從尋常景致擴散到其他的境遇中……甚至有些原來作為詩酒唱酬的景致，也被遺民用作了祭奠忠魂的場所」〔註91〕，從文學微區位論的視域來看，「殘山剩水」作為一種「隱喻」，正體現了作家在創作時作為文學微區位因子的主觀能動作用。

　　不過，虎丘作為崇禎年間聲聞海內的數次復社大會的舉辦地，其所蘊含的政治、歷史文化內涵是其他地區所沒有的，對文學的影響也是巨大。何宗美先生指出：「復社在吳中地區文學活動的活躍、興盛，對明清之際該地區文學的發展起了重要的推動作用。從某種意義上來說，蘇州成為文學的中心，復社的促進之功絕不可忽視」〔註92〕，具體來說，復社虎丘大會也推動了清代虎丘地區的文學發展，對其成為清代蘇州空間系統下的文學樞紐地位有著重要的促進作用。復社虎丘大會的影響一直延續到清末。1909 年 11 月，陳去病、柳亞子、朱錫梁等人在虎丘張國維祠聚會，宣告南社正式成立。南社之所以選擇在虎丘舉辦成立大會，開展第一次雅集，正是因為受到復社的影響。

第三節　「此地昔賢多」：清代作家對虎丘地區歷史名蹟的文學書寫

　　虎丘山上古蹟眾多，正如孔尚任《飲虎丘劍池上同端梅庵黃文岩》所云：「此地昔賢多，醉酒發猛醒」〔註93〕，闔閭墓、劍池、短簿祠、生公講臺、真娘墓、五人墓等名蹟，吸引清代作家紛紛前往遊覽。

　　同為遊覽，作家與一般市民不同。一般市民遊覽追求的是熱鬧的人氣，注

〔註91〕楊念群：《何處是「江南」？——清朝正統觀的確立與士林精神世界的變異》（增訂版），北京三聯書店 2017 年版，第 30、32 頁。

〔註92〕何宗美：《載酒徵歌，交遊文物——復社文學活動及其影響》，《文藝研究》2006 年第 5 期。

〔註93〕孔尚任：《湖海集》卷五，《清代詩文集彙編》第 174 冊，上海古籍出版社 2010 年版，第 591 頁。

重耳目感官刺激，王昊《中秋虎丘即事六首》（其一）即云：「山塘七里月如霜，夜夜笙歌鬧石場。多少追遊花酒地，更無人肯弔吳王」〔註94〕，褚逢椿《桐橋倚棹錄序》亦云：「往時遊跡盛於中秋，今則端午先後數日，畫舫珠簾，人雲汗雨，填流塞渠……然求其訪今弔古，考寺觀之創修，橋樑之建置，園林之興替，祠墓之存亡，百無一二人，蓋所遊者在此，而所樂者在彼也」〔註95〕，這「彼」「此」之間的側重即凸顯出一般市民遊覽時的耳目之欲。而作家遊覽則往往超越人文地理資源的物質層面，注重尋訪與名蹟相關的故實，感受名蹟所蘊含的文化內涵，從而進入內在的文化空間。這種輕物質、重精神的文人遊覽主要表現在兩個方面。

　　一是在名蹟現場涵泳前人所寫的相關詩文。尤侗《修虎丘迴廊記》即云：「虎丘絕岩聳壑，茂林深篁，為江左丘壑之表，其最奇者無如劍池、千人石，他若梅花樓、小吳軒、五臺山、平遠堂、千頃雲、小竹林諸勝，雖一泉一石一草一樹，皆有名士高人登臨題詠之跡，故足樂也」〔註96〕。即使原本平凡無奇的草木泉石，一經前賢題詠，也就具有不同尋常的文化內涵，能引發後來作家的文學興趣。這種性質的遊覽在前述楓橋詩歌中有非常典型的體現。

　　二是感受名蹟所蘊藏的歷史興亡、忠孝節義等精神內涵。徐乾學《虎丘山志序》即云：「茲山之有聞於世也，舊矣。其間洞壑巉巖，林巒秀削，好事者僅視為遊宴之地，嘉山美樹舉湮沒於聲歌酣飲之中。……今觀伊人是書，事蹟則存其真者，蹖駮者不錄，文賦則載其雅者，誕謾者不錄。山川景物亦嘗廣搜博採，以附古者登高作賦之遺，然聊為茲山備掌故耳。惟遇古今奇偉節烈之士及一切名賢理學幽翳不傳之區，如唐顏魯公、宋尹和靖諸剩跡，不惜鉤深摘隱，大書特書，若惟恐忠孝之或絕於人間，而大道一日不彰於天下也。」〔註97〕在很多文人墨客眼中，遊覽不再是一種簡單的休閒娛樂活動，而是茲事體大，關係到讀書人的修身養性和歷史文化的傳承。因此，清代作家在選擇虎丘地區的地理資源進行文學書寫時，表現出一種明顯的傾向，即更加偏愛闔閭墓、真娘

〔註94〕王昊：《碩園詩稿》卷十一，《清代詩文集彙編》第 102 冊上海古籍出版社 2010年版，第 69 頁。

〔註95〕顧祿：《桐橋倚棹錄》，王稼句點校，中華書局 2008 年版，第 241 頁。

〔註96〕尤侗：《西堂雜組三集》卷六，《清代詩文集彙編》第 65 冊，上海古籍出版社2010 年版，第 268 頁。

〔註97〕徐乾學：《憺園文集》卷二十一，《清代詩文集彙編》第 124 冊，上海古籍出版社 2010 年版，第 531 頁。

墓、五人墓等文化個性突出的地理資源。與之相比，一些地理資源雖然外形醒目，但因為並不具有獨特的歷史文化內涵，於是並不受到作家的青睞。例如雲岩寺塔，雖然高聳於虎丘山巔，但罕有作家對其展開單獨的文學書寫，即使如宋宗元《登雲岩寺浮圖》〔註 98〕：

> 一覽吳城小，層梯信陟攀。白堤花外樹，元墓雨中山。劍氣沉泉冷，鐘聲入□閒。不須重聽法，即此透禪關。

顯然詩人也未將書寫的重心放在雲岩寺塔上，而是側重描寫登塔後所見所聞。

因此，作家遊覽名蹟後創作詩文，一般總愛「攄懷舊之蓄念，發思古之幽情」〔註 99〕（班固《西都賦》）。梳理清代作家關於虎丘地區名蹟的詩文，我們不僅能看到虎丘地區文學微區位條件對文學的影響，同時也能看到體現作家主觀能動性的文學微區位因子與虎丘地區地理資源內容特徵結合後對文學的影響。這兩方面的影響共同作用，形成了虎丘地區詩文既有整體共性，也有個體差異的面貌。

一、闔閭墓與劍池

虎丘原本只是一座矮小平緩的丘陵，之所以名揚天下，唐初歐陽詢等編纂《藝文類聚》時甚至將虎丘山與崑崙山、華山、橫山、廬山、太行山等崇山峻嶺同列，主要是因為虎丘山埋葬有春秋時期霸主吳王闔閭之墓。關於虎丘葬有闔閭墓的說法，原本只見於《越絕書》《史記》《吳越春秋》《吳地記》等史書記載，但一直沒有直接的現實證據，直至明中葉，終於有了突破性的發現。明正德六年（1511），歲在辛未，時值臘月，劍池水破天荒地幹了，池底呈露，王鏊、唐寅等人同遊虎丘，下探池底。事後，王鏊特意寫了一篇《弔闔閭賦》，其中有句：「歲正德之協洽兮，劍池忽焉其枯涸。何昔日之瀰淪兮，今山徑之磽確。伊水旱之常數兮，非予人之所度。石谽谺而雙敞兮，類墓門之頹駁。」〔註 100〕這個池底墓門當時即被認為是闔閭墓的入口。此發現令蘇州城一時轟動，人們紛紛去虎丘探奇。文徵明也去了，並賦詩一首記錄此事，詩題為《虎丘劍池相傳深不可測，舊志載秦皇發闔閭墓鑿山求劍，鑿處遂成深澗。王禹偁

〔註 98〕宋宗元：《網師吟草》甲集卷下，《清代詩文集彙編》第 316 冊，上海古籍出版社 2010 年版，第 648 頁。

〔註 99〕蕭統編：《文選》卷一，李善注，上海古籍出版社 1986 年版，第 5 頁。

〔註 100〕王鏊：《震澤集》，《四庫全書》第 1256 冊，上海古籍出版社 1987 年版，第 121 頁。

作〈劍池銘〉嘗辨之。正德辛未冬，水涸池空，得石闕，中空不知際。余往觀之，賦詩貽同遊者，和而傳焉》〔註101〕。明陸粲《庚巳編》卷二「劍池」條對此事也有記載。另外，次年初長洲縣令吾翕等蘇州地方官員也趕到現場查勘，並在劍池岩壁上留下摩崖石刻，以志此事：「長洲令吾翕、吳令胡文靜、崑山令方豪，聞劍池枯，見吳王墓門，偕往觀焉。萬年深閟，一旦為人所窺，豈非數耶？命掩藏之。正德七年上元前一日誌。」〔註102〕。因此，入清以後世人已經很清楚虎丘確是闔閭墓，劍池為人工開鑿，甚至當時產生了一句「假虎丘」的流行語，意思即指虎丘不是真山，而是一座闔閭墓。

李楷《再遊虎丘記》云：「吳之武功則斷以闔廬為盛」〔註103〕，闔閭墓作為蘇州最為重要的古蹟，吸引著作家紛紛前往登山覽景，並創作詩文。在眾多詩文中，憑弔吳王霸業、感慨歷史盛衰，自然也就成為被反覆書寫的首要主題。例如邢昉《劍池濯足歌》〔註104〕：

> 六月十五日正午，艤舟揮汗汗如雨。虎丘巉岩已攀陟，劍池窈窕誰斤斧。仰觀翠壁生蒼煙，轆轤千尺引寒泉。下有闔閭干將之寶劍，上有莓苔剝蝕之字元符年。懸崖倒垂松與栝，掩映日溜鳴濺濺。解衣濯足當澗立，炎歊忽失心陶然。劍池之劍何悠悠，此地曾悲麋鹿遊。眼前所得已快意，何必長臨萬里流。

劍池摩崖石刻眾多，其中東石壁上有北宋年間石刻，落款年月為「元符三年四月三十日」〔註105〕，故詩中「元符年」應指此處石刻。「麋鹿遊」典故出自《史記·淮南衡山列傳》：「王坐東宮，召伍被與謀，曰：『將軍上。』被悵然曰：『上寬赦大王，王復安得此亡國之語乎！臣聞子胥諫吳王，吳王不用，乃曰：『臣今見麋鹿遊姑蘇之臺也。』今臣亦見宮中生荊棘，露霑衣也。』」〔註106〕

〔註101〕 曹學佺編：《石倉歷代詩選》，《四庫全書》第1394冊，上海古籍出版社1987年版，第74頁。

〔註102〕 李根源：《吳郡西山訪古記·虎丘金石經眼錄》，《中國名山勝跡志叢刊》第9冊，文海出版社1971年版，第140頁。

〔註103〕 李楷：《河濱文選》卷六，《清代詩文集彙編》第34冊，上海古籍出版社2010年版，第202頁。

〔註104〕 邢昉：《石白前集》卷三，《清代詩文集彙編》第5冊，上海古籍出版社2010年版，第445頁。

〔註105〕 李根源：《吳郡西山訪古記·虎丘金石經眼錄》，《中國名山勝跡志叢刊》第9冊，文海出版社1971年版，第132頁。

〔註106〕 司馬遷：《史記》，裴駰集解，司馬貞索引，張守節正義，中華書局1982年版，第3085頁。

故後代用「鹿走蘇臺」來比喻國家敗亡，宮殿荒廢。春秋時期的闔閭墓、劍池，再加上北宋時期的摩崖石刻，這些穿越歷史的遺跡讓詩人感受到朝代興替。詩歌題為《劍池濯足歌》，末句云「何必長臨萬里流」，詩人於此化用了西晉左思《詠史八首》（其五）的詩句：「濯足萬里流」〔註107〕，雖然詩人云「眼前所得已快意」，但讀者依然可以感知其內心潛藏的滄桑。

再如顧文淵《劍池》〔註108〕：

　　空鑄三千劍，藏來碧壙深。鐵花延石罅，霜葉照潭心。虎自當年踞，龍曾半夜吟。俯窺余伯氣，毛骨冷森森。

詩歌語言簡潔凝練，將描寫劍池風景與敘寫闔閭墓歷史融為一體，虛實結合，讀來生氣凜冽。而開篇一個「空」字，暗寓作者史論。

又如石韞玉《劍池》〔註109〕：

　　劍者一人敵，帝王不為寶。胡為闔閭殉墓中，遂使秦人坐幽討。鑿成雙崖若壁立，其深千尺不可考。清泉一泓渟石中，淵然不著纖蘋藻。崖間藤蘿生紫花，凌空影向波心倒。其巔架石為飛梁，輔以朱欄鉤了鳥。轆轤雙綆垂銀床，軍持上下無昏曉。孤桐百尺旁無枝，綠雲羃羅晴簷繞。雲泉風壑字如斗，謖謖松風出林杪。我聞平津之劍化為龍，此劍豈肯埋荒草。祖龍求之等刻舟，當時有無事亦渺。而今劍亡人亦亡，楚弓得失誰終保？唯有山中入定僧，聽水聽風秋夢好。

此詩以描繪崖壁形制、雙井石樑、周圍草木、摩崖石刻等劍池景致為主，同時結合秦始皇尋劍傳說，貼切生動，虛實相映。結尾敘事兼史論，餘韻悠長。

又如何焯《劍池》〔註110〕：

　　東遊未擬即還家，破冢猶思出鏌邪。止欲收兵窮地下，肯將亡國戒前車。此時風起方蹲虎，何處雲飛已斷蛇。深錮三泉終被發，滈池仍學劍池窪。

〔註107〕蕭統編：《文選》卷二十一，李善注，上海古籍出版社1986年版，第990頁。
〔註108〕顧文淵：《海粟集》卷五，《清代詩文集彙編》第171冊，上海古籍出版社2010年版，第585頁。
〔註109〕石韞玉：《獨學廬初稿》卷一，《清代詩文集彙編》第447冊，上海古籍出版社2010年版，第20頁。
〔註110〕何焯：《義門先生集》卷十二，《清代詩文集彙編》第207冊，上海古籍出版社2010年版，第259頁。

此詩獨闢蹊徑，並未對劍池實景作過多描述，而是將敘述重點放在傳說中曾至虎丘劍池尋劍的秦始皇身上，對窮兵黷武、專制統治以至亡國的歷史現象發表評論。

　　除以上所舉數例外，謝泰宗、毛晉、潘耒、顧嗣立等人詩文集中均有對劍池的吟詠，在寫作手法上基本是寫景與論史相結合，借闔閭墓埋劍、秦始皇尋劍等故事來發表歷史興亡的觀點和感慨。

二、生公講臺等生公遺跡

　　竺道生是晉宋之際的著名高僧，是「佛教由印度傳統轉向中國傳統的核心人物」〔註111〕，生前身後均為僧俗所重。竺道生與虎丘有一段淵源，據《高僧傳》記載，竺道生「初投吳之虎丘山，旬日之中，學徒數百。其年夏，雷震青園佛殿，龍陟於天，光影西壁，因改寺名號曰龍光」〔註112〕。虎丘山上有多處與竺道生有關的名蹟，例如生公講臺、千人石、點頭石、白蓮池、生公池等。清代作家遊覽虎丘時，總不免探訪高僧遺跡，創作詩文。例如徐士俊《生公石》〔註113〕：

> 昔余遊虎丘，見此石猶立。世不識生公，但識生公石。法堂草漸深，了義無從出。愧彼匪石者，鬚眉盡燕沒。袍笏頂禮之，石言終嘿嘿。卻尋雨花臺，磊磊燦五色。

再如石韞玉《生公講臺》〔註114〕：

> 曾說真如法，今存開士居。天花飄講席，山鬼嘯林藪。護法非無虎，聽經亦有魚。荒臺方丈地，幾度劫灰餘。

又如宋琬《點頭石》〔註115〕：

> 生公拄杖化龍孫，石上空留棒喝痕。莫怪點頭無一語，能言端已落旁門。

〔註111〕盛寧：《中國佛教的尋根與自立——以竺道生涅槃思想研究為中心》，浙江大學，2017年博士學位論文，第14頁。

〔註112〕釋慧皎：《高僧傳》卷七，湯用彤校注，湯一玄整理，中華書局1992年版，第256頁。

〔註113〕徐士俊：《雁樓集》卷四，《清代詩文集彙編》第17冊，上海古籍出版社2010年版，第254頁。

〔註114〕石韞玉：《獨學廬初稿》卷一，《清代詩文集彙編》第447冊，上海古籍出版社2010年版，第19頁。

〔註115〕宋琬：《安雅堂未刻稿》卷五，《清代詩文集彙編》第45冊，上海古籍出版社2010年版，第100頁。

又如顧文淵《千人石》〔註116〕：

　　　　兜率空中見，盤陀粟裹藏。盡容千眾坐，能攝百燈光。花塔孤
　　撐月，珠林巧避霜。此時觀世界，心地自清涼。

又如毛晉《虎丘十詠追和虛堂禪師韻·白蓮池》〔註117〕：

　　　　鶴夢池邊舊講臺，泉寒不復見花開。只因曾說蓮花偈，香氣常
　　從句裹來。

　　生公石、點頭石、千人石、白蓮池等原本僅是普通的泉石，因竺道生而
具備了佛教的文化內涵，在作家眼中別具佛理禪意。因此，這些詩所重並非
描寫泉石之勝，而是圍繞生公聚石為徒、講經說法、頑石點頭、蓮池生花的
故事開展敘述。與自然地理資源相比，人文地理資源為作家提供了一份內在
的精神空間，作家的文學書寫由此能超越現實物質，進入到一個意義生成的
高度。

三、真娘墓

　　真娘是唐時吳中名妓，「傳云本姓胡，父母雙亡，墮入青樓，擅歌舞書
畫，守身如玉。後因反抗鴇母壓迫，投環自盡……因墓遍栽花卉，號稱『花
冢』，冢畔一石，鑿『香魂』二字」〔註118〕。據唐范攄《雲溪友議》卷中「譚
生刺」條記載：「真娘者，吳國之佳人也，時人比於蘇小小，死葬吳宮之側。
行客感其華麗，競為詩題於墓樹，櫛比鱗臻。有舉子譚銖者，吳門秀逸之士
也，因書絕句以貽後之來者。睹其題處，經遊之者稍息筆矣。詩曰：『武丘
山下冢壘壘，松柏蕭條盡可悲。何事世人偏重色，真娘墓上獨題詩』」〔註119〕。
唐陸廣微《吳地記》亦云：「寺側有貞娘墓，吳國之佳麗也。行客才子多題
詩墓上。有舉子譚銖作詩一絕，其後人稍稍息筆」〔註120〕。由此可知，真
娘墓在唐代即已引發文人墨客遊覽虎丘時的文學創作熱情，李紳、白居易、
劉禹錫、李商隱、羅隱等皆有詩。清陳鑛《重修真娘墓記》亦云：「常閱《虎

〔註116〕顧文淵：《海粟集》卷五，《清代詩文集彙編》第 171 冊，上海古籍出版社 2010
　　　　年版，第 585 頁。
〔註117〕毛晉：《和古人詩卷》，《清代詩文集彙編》第 12 冊，上海古籍出版社 2010 年
　　　　版，第 527 頁。
〔註118〕陸廣微：《吳地記》「虎丘山」條注釋十一，曹林娣校注，江蘇古籍出版社 1999
　　　　年版，第 66 頁。
〔註119〕範攄：《雲溪友議》卷中，古典文學出版社 1957 年版，第 42 頁。
〔註120〕陸廣微：《吳地記》，曹林娣校注，江蘇古籍出版社 1999 年版，第 63 頁。

丘志》，有所謂真娘墓者，自唐宋以來，諸名士各有題詠，幾與昭君之青冢、太真之馬嵬並傳。蓋物貴於所絕。真娘以絕代紅顏，沒而葬於勝地，宜其流遠，感詠者跡相接也」〔註121〕。將真娘與王昭君、楊貴妃相提並論絕非誇大其詞，清徐震《美人譜》即云：「美人遺跡，有足令銷魂者：浣紗石、響屧廊、琴臺、青冢、蒲東、燕子樓、蘇小墓、貞娘墓。」〔註122〕真娘墓之所以能引發眾多文人的創作興趣，一方面是因為真娘姿容絕豔、「歌舞有名」卻少年早逝，「一株繁豔春城盡」（李紳《真娘墓》），容易引發文人憐香惜玉的心理；另一方面是因為真娘雖墮落青樓，卻能堅守貞操，乃至以死抗爭，其高潔的品性令人欽佩動容。

清代作家對真娘墓的詩詠基本以真娘本事為基礎，歎息青春，感慨生命。例如陳維崧的詞作《側犯第二體·真娘墓和扶荔詞韻》〔註123〕：

> 碧闌干外，小墳一點衰桃靦。淒咽。剩彩袂、飛灰化蝴蝶。靈旗飄復偃，社火明還滅。芳骨約西子，吳天訴潭月。 三生事，五更風，陣陣錫簫歇。耳邊怯。怕枝頭、又到啼紅鴂。昨夜聽歌，石場如雪。夜臺猶卸，玉簪偷節。

詞中將真娘與西施相比，現實與想像穿插，哀婉淒豔。再如顧文淵《真娘墓》〔註124〕：

> 一抔埋粉黛，千載謝紛華。豔骨銷為土，香魂托在花。名傳歌舞地，影落畫圖家。始信風情別，無人號狹邪。

又如石韞玉《真娘墓》〔註125〕：

> 三字豐碑樹墓門，落花和雨殉香魂。掃眉才子知何處，一發青山鏡裏痕。

石韞玉和顧文淵都用「香魂」一詞來形容真娘，表達對其堅貞品性的敬意，石韞玉更是稱其為「掃眉才子」，肯定其出眾的才華。又如畢沅《虎丘雜詩四首》

〔註121〕 陸肇域、任兆麟編纂：《虎阜志》卷三，張維明校補，古吳軒出版社 1995 年版，第 225 頁。

〔註122〕 王晫、張潮編纂：《檀幾叢書》卷三十，康熙三十四年刊本。

〔註123〕 陳維崧：《湖海樓詞集》卷五，《清代詩文集彙編》第 96 冊，上海古籍出版社 2010 年版，第 279 頁。

〔註124〕 顧文淵：《海粟集》卷五，《清代詩文集彙編》第 171 冊，上海古籍出版社 2010 年版，第 586 頁。

〔註125〕 石韞玉：《獨學廬初稿》卷一，《清代詩文集彙編》第 447 冊，上海古籍出版社 2010 年版，第 19 頁。

（其三）〔註126〕：

　　　　花開笑靨柳低眉，二月中旬日落遲。我自傷春春不管，真娘墓
　　畔立多時。

又如楊羲《真娘墓》〔註127〕：

　　　　西陵葬蘇小，虎阜瘞真娘。魂已三生斷，名猶兩地香。惜春癡
　　蛺蝶，尋夢野鴛鴦。欲問六朝事，桃花笑夕陽。

詩人將真娘與蘇小小並置而論，仍未脫唐《雲溪友議》中的說法。

　　此類關於真娘墓的詩歌一般都寫景、抒情與議論兼具，作家於真娘墓前觸
景生悲，吟詠流連，感歎不已，透露出深切的同情。

　　清代眾多書寫真娘墓的詩歌中，尤其值得注意的是吳兆騫《虎丘題壁二十
絕句》中的一首詩。吳兆騫生於明崇禎四年（1631），字漢槎，吳江松陵人，
出身名門望族，穎悟早慧，才華出眾，潘耒《寄懷吳漢槎表兄》謂其「係本尚
書孫，門閥高東吳。七歲參玄文，十歲賦京都。竟體被芳蘭，搖筆千驪珠。凌
顏而轢謝，此才今則無」〔註128〕。吳兆騫與宜興陳維崧、華亭彭師度，曾被
吳偉業譽為「江左三鳳凰」，一時名噪天下。但順治十六年（1659），吳兆騫因
丁酉（1657）江南科場案遭人構陷，被遣戍黑龍江寧古塔，在冰天雪地的塞外
生活達二十三年之久，歷盡人間辛酸。後好友顧貞觀為其求援於納蘭性德，經
性德父明珠營救，於康熙二十年（1681）得以贖還。南歸後三年而卒。據李興
盛先生《江南才子塞北名人吳兆騫年譜》，《虎丘題壁二十絕句》作於順治十四
年（1657）。根據詩中「愁對吳閶江水春」「薄命不如春燕子」「蛾眉欲畫怨春
風」「滿目東風散柳絲」等語，我們可以進一步推斷此組詩作於順治十四年春
天。該年「十二月，兆騫以南闈科場案中被仇人誣陷得罪而奉命入京，接受審
查與參與複試」〔註129〕，故此組詩作於吳兆騫江南科場案發之前，誠如陳去
病《五石脂》云：「漢槎又嘗有絕句二十首……語雖出自戲筆，而實兆科場之

〔註126〕畢沅：《靈岩山人詩集》卷二十一，《清代詩文集彙編》第 369 冊，上海古籍
　　　　出版社 2010 年版，第 534 頁。
〔註127〕楊羲：《硯隱詩存》卷二，《清代詩文集彙編》第 621 冊，上海古籍出版社 2010
　　　　年版，第 732 頁。
〔註128〕潘耒：《遂初堂詩集》卷三，《清代詩文集彙編》第 170 冊，上海古籍出版社
　　　　2010 年版，第 55 頁。
〔註129〕李興盛主編：《江南才子塞北名人吳兆騫年譜》，黑龍江人民出版社 2000 年
　　　　版，第 53 頁。

獄，籲亦奇矣」〔註130〕。

在《虎丘題壁二十絕句》前有一長段序言，茲錄於下：

> 妾劉素素，豫章人也。少隨阿母育於外氏，長姊倩娘雅工屬文，刺繡之暇，每教妾吟詠，自是閨閣之中屢多酬和。丁亥之歲，姊年十八，嫁於某氏，妾時十六，發始總額，阿母以妾許聘於同郡熊生，生一時貴公子也。是年豫章大亂，妾隨母氏避亂山中，繼而北兵肆掠，遂陷穹廬，痛母姊之各分，念家山之入破，肝腸寸斷，血淚雙垂，薄命如斯，真不減土梗浮萍。今歲某從役浙中，彼人以戎事滯跡白門，因停舟吳閶門外，以俟其來。兀坐篷窗，百愁總集，因覓紙筆作絕句二十首，以寫其哀怨之思。夜半詩成，竊與侍婢泛舟虎丘，弔真娘之墓，因黏詩寺壁，欲與吳下才人共明妾意。嗟乎，峽裏猿聲，鏡中鸞影，千古哀情在此詩矣。

從這段序言可知，吳兆騫不僅以女子口吻創作了《虎丘題壁二十絕句》，而且在詩歌之外特意虛構了一個名叫劉素素的豫章女子，自述身世遭遇及創作緣由。對此，趙杏根師指出：「以女子口吻作詩作詞，這在我國文學作品中是常見的，但是，虛構情節，假託一女子寫詩歌，將小說筆法引進詩歌創作，這在以前還是極少的」〔註131〕。既是「小說筆法」，故吳兆騫可以不受真實事件的局限，根據創作需要而虛構，但為達到動人的藝術效果，其虛構要儘量顯得真實，要符合女子在當時局勢、境遇下的心理、語氣，同時兼顧地理因素。因此通過分析吳兆騫在《虎丘題壁二十絕句》中的虛構，我們正可以挖掘地理因素對詩歌潛在的深層影響。

首先，在序言中，虛構的豫章女子劉素素在「北兵肆掠，遂陷穹廬」的時局下，「今歲某從役浙中，彼人以戎事滯跡白門，因停舟吳閶門外，以俟其來」，吳兆騫如此設計，並特地交代「浙中」「白門」和「吳閶門外」的地名，應是考慮到虎丘地區為經運河由南京至浙中的必經之路，這種安排合情合理。另外，泊舟閶門外，順便夜遊虎丘，題詩寺壁，這對文人墨客來說也是尋常事情，容易被人取信。由此我們可以看出，在吳兆騫虛構女子劉素素題詩虎丘時，虎丘地區的交通區位特徵發揮了無形的影響。

〔註130〕陳去病：《五石脂》，江蘇古籍出版社1985年版，第277頁。
〔註131〕趙杏根：《吳兆騫：江南才子，塞北名人》，範培松、金學智主編《蘇州文學通史》第三冊，江蘇教育出版社2004年版，第964頁。

　　其次，從二十首詩的具體內容來看，其中「南昌」「烏孫」「榆關」「豫章」
「武昌」「潯陽」「漳門」「滕王閣」「鐵柱宮」「邊城」「隴頭」「關山」等地名
均與虎丘無關，只是虛構的豫章女子劉素素對少時故鄉家山和劫後邊城飄零
的回憶，以此抒發身世之哀、思鄉之苦。但唯一的例外是，這組詩中的第十五
首寫到了真娘墓。現將該詩錄於下：

　　　　深深芳草葬紅顏，滿地飛花染淚斑。莫道真娘多薄命，猶勝青

冢在陰山。〔註132〕

虎丘山古蹟名勝眾多，吳兆騫卻讓自己虛構的女子劉素素在《虎丘題壁二十
絕句》中一概不寫，獨寫真娘墓，並在序言中特意點明「弔真娘之墓」，這
足見是其有意的設計。細思其原因，應該是因為闔閭墓、劍池、生公講臺、
千人石、試劍石、養鶴澗、仰蘇樓等古蹟無助於虛構的女子劉素素自述「土
梗浮萍」般的悲慘遭遇，唯有真娘與劉素素同為女子，均身世不幸，自然能
引發泊舟虎丘的劉素素的感同身受。而且，與一般詩人感慨真娘紅顏薄命的
立意相比，吳兆騫借助虛構中豫章女子劉素素被掠至邊關、與親人分離的遭
際，對真娘墓寫出了新意。此詩前兩句中劉素素通過描寫真娘墓前芳草落花
之景，表達對真娘的憑弔之情，同時也抒發自己內心的哀苦；後兩句劉素素
將真娘與遠嫁他鄉、埋骨陰山的王昭君相比，突出真娘不幸之幸，實際上也
是暗喻自己被迫為北人婦、遠離家鄉的淒涼身世。有序言作鋪墊，劉素素此
番感慨顯得自然貼切、悲愴哀怨，讀來令人動容。而吳兆騫在此詩中的這種
「小說筆法」，確實很成功，據陳去病《五石脂》記載：「漢槎又嘗有絕句二
十首……託名豫章女子劉素素，乘夜題之虎寺壁。厥明，諸文士見之，咸甚
驚異，以為真閨閣中筆也，一時和者殊眾」〔註133〕。吳兆騫在託名虛構之
初，想必已經預見到了借真娘故事來寫劉素素身世的藝術效果，故其在眾多
虎丘古蹟中唯獨選擇真娘墓。這種巧妙的藝術構思，固然離不開吳兆騫情富
才多、銳意出新的文學才華，但也需要真娘墓獨特的人文內涵為其提供借景
設事、因景造情的創作可能。

　　《虎丘題壁二十絕句》收錄於《秋笳集》卷五，侯研德在該卷序言中謂「漢
槎吳季子……與予遇於虎阜，抵掌莫逆，遂出詩編，屬余弁語……凡感時恨別、

〔註132〕吳兆騫：《秋笳集》卷五，《清代詩文集彙編》第122冊，上海古籍出版社2010
　　　　年版，第287頁。
〔註133〕陳去病：《五石脂》，江蘇古籍出版社1985年版，第277頁。

弔古懷賢、流連物色之制，莫不寄趣哀涼，遺音婉麗，情盛而聲葉……今日獨
與季子談山河之變遷，數風雲之滅沒，燈炧酒闌，騷屑偃塞，其能無樂極而哀
來，婆娑而弔影」〔註134〕。《虎丘題壁二十絕句》中的豫章女子劉素素題詩虎
丘之事雖為吳兆騫虛構，但實有所指，趙杏根師指出：「明朝過來的知識分子，
原來早就準備在明王朝做官，但是，這時候卻不得不改變節操，出來應清王朝
的科舉考試，做清王朝的官，而又得不到清王朝應有的尊重，心情之複雜、哀
痛可知。因此，詩中女子的遭遇和心態，正是當時許多知識分子的絕妙寫照，
吳兆騫本人也是如此」〔註135〕，是為的論。從此視角出發，再來看序中所言
「哀怨之思」「千古哀情」「欲與吳下才人共明妾意」等語，就能明白吳兆騫實
際上是借虛構的女子劉素素之口來道出當時士林心情。正如嚴迪昌先生在《清
詩史》「緒論之一」所言：「一種前所少有的舊巢覆破、新枝難棲的惶惑、驚悸、
幻滅、失落之感，伴隨憤激、悲慨、哀傷、寒苦等心緒，纏繞緊裹著南北各層
面的知識之士」〔註136〕，此詩之所以能激起詩人的普遍共鳴，「和者殊眾」，
其根本原因應在於此。

　　另外，虎丘每日遊客絡繹不絕，將此組詩黏於寺壁，很容易就能引起廣泛
的好奇、關注與傳誦，從文學傳播的角度來看，此舉應該也是吳兆騫的用心設
計，其有意借虎丘地利來擴大此詩的影響力。

四、五人墓和葛賢墓

　　五人墓和葛賢墓位於山塘街上青山綠水橋畔，兩者緊鄰，葛賢墓在五人
墓西側。葛賢與五人具體事蹟前已有述。葛賢領導蘇州織工驅殺稅官事件發
生在明萬曆二十九年（1601），顏佩韋等五人反抗魏閹專權、擊殺緹騎事件
發生在明天啟六年（1626）。葛賢被關押十二年後，於明萬曆四十一年（1613）
遇赦得釋，其「高五人之風，廬於墓側」〔註137〕，為五位義士守墓，明崇
禎三年（1630）去世後，蘇州人將其葬於五人墓旁。葛賢和五人不畏強暴、
義薄雲天，受到蘇州百姓的敬仰，其事蹟廣為傳頌。葛賢生前即已受到蘇州

〔註134〕吳兆騫：《秋笳集》卷五，《清代詩文集彙編》第122冊，上海古籍出版社2010
　　　　年版，第269～270頁。
〔註135〕趙杏根：《吳兆騫：江南才子，塞北名人》，範培松、金學智主編《蘇州文學
　　　　通史》第三冊，江蘇教育出版社2004年版，第964頁。
〔註136〕嚴迪昌：《清詩史》，人民文學出版社2011年版，第5頁。
〔註137〕顧祿：《桐橋倚棹錄》卷五，王稼句點校，中華書局2008年版，第304頁。

百姓的頌揚，被呼為「葛將軍」，去世後里人為其「立廟虎丘東山，名東山副司廟」〔註 138〕。葛賢在民間甚至被神化，據宋懋澄《葛道人傳》記載：「道人既自誣服，兵使者杖之瀕死。吳民感其義，無不流涕，咸謂聖怒莫測，必無生理，皆稱葛將軍，擬其死而為神，鏤畫圖賽之」〔註 139〕。錢謙益撰有《葛將軍歌》，其詩題後自注亦云：「吳人葛誠以蕉扇招市人殺稅監參隨，吳人義之，呼為葛將軍。誠未死時，江淮間舟舩賽，祭之輒有驗」〔註 140〕，可見對葛賢的神化已經從蘇州傳播至江淮地區。顏佩韋等五人就義後也聲譽日隆。復社首領張溥撰《五人墓碑記》，後被選入《古文觀止》，其中云：「凡四方之士無不有過而拜且泣者，斯固百世之遇也」〔註 141〕。明崇禎七年（1634），狀元文震孟倡議募助撫恤五人後裔，並撰《五人義助疏碑》，其中云：「此五人者，非特有救善類，抑有功於社稷矣」〔註 142〕。明末清初吳縣李玉撰《清忠譜》傳奇，其中就有對五人抗暴鋤奸、見義勇為事蹟的表現和歌頌，風靡一時，家喻戶曉。入清後五人也受到清政府的旌表，「乾隆年間，奉特旨欽旌，送五人復聖祠從祀」〔註 143〕。

五人和葛賢事蹟聞名遐邇，清代作家在詩歌中對五人墓和葛賢墓自然多有書寫。茲列數首於下：

> 奄寺專朝政，東林士氣孤。毒痎流海澨，義憤激屠沽。一死成奇節，千秋感懦夫。祠堂崇享祀，可慰鬼雄無。
>
> ——王元文《五人墓》〔註 144〕

> 奮臂一呼起，萬人揮手同。萬人仍散盡，諸子是豪雄。即毀生祠地，而彰俠烈風。何年得高士，穿冢學梁鴻。

〔註 138〕顧震濤：《吳門表隱》卷八，甘蘭經等校點，江蘇古籍出版社 1999 年版，第109 頁。

〔註 139〕宋懋澄：《九籥集・九籥別集》卷四，王利器校錄，中國社會科學出版社 1984年版，第 289 頁。

〔註 140〕錢謙益：《牧齋初學集》卷十，《清代詩文集彙編》第 1 冊，上海古籍出版社2010 年版，第 270 頁。

〔註 141〕陸肇域、任兆麟編纂：《虎阜志》卷三，張維明校補，古吳軒出版社 1995 年版，第 246 頁。

〔註 142〕徐文高編著：《山塘鉤沉錄》，上海古籍出版社 2002 年版，第 36 頁。

〔註 143〕顧公燮：《丹午筆記》，蘇州博物館等編，江蘇古籍出版社 1985 年版，第 75頁。

〔註 144〕王元文：《北溪詩集》卷五，《清代詩文集彙編》第 377 冊，上海古籍出版社2010 年版，第 665 頁。

——孫原湘《五人墓》〔註145〕

一擊快神人，風波減搢紳。朝廷庇姦佞，市井護忠臣。古樹怒穿屋，孤花颭向春。此中傳未易，慘死莫深論。

——顧日新《五人墓》〔註146〕

滿朝皆魏黨，到處建生祠。一擊風雲變，五人肝膽奇。殺身隨吏部，埋骨傍要離。千古英靈在，同聲罵義兒。

——楊羲《五人墓》〔註147〕

豈盡民無賴，其如事不平。朝臣紛就逮，廠騎太橫行。小挫群兇焰，可憐一死輕。顏楊周沈馬，槁葬此題名。

——殷兆鏞《五人墓》〔註148〕

將軍賽罷尚生還，氣折貂璫亦等閒。遮莫吳風誇綺麗，精靈相望白堤間。

——彭定求《九月四日舟過山塘作詩四首·葛賢墓》〔註149〕

此類詩歌最為普遍，主要根據歷史事件展開敘述，抨擊魏閹逆黨，歌頌英雄千古義風。但此類詩歌往往就事論事，顯得略為單薄而缺乏新意，比較之下，陳維崧的《賀新郎·五人之墓再用前韻》〔註150〕則更加厚重有力：

古碣穿雲罅。記當年、黃門詔獄，群賢就鮓。激起金閶十萬戶，白梃霜戈激射。風雨驟、冷光高下。慷慨吳兒偏嗜義，便提烹、談笑何曾怕。抉吾目，胥門掛。　銅仙有淚如鉛瀉。悵千秋、唐陵漢隧，荒寒難畫。此處豐碑長屹立，苔繡墳前羊馬。敢輕易、霆轟電打。多少道傍卿與相，對屠沽、不愧誰人者。野香發，暗狼藉。

〔註145〕 孫原湘：《天真閣集》卷一，《清代詩文集彙編》第 464 冊，上海古籍出版社 2010 年版，第 9 頁。

〔註146〕 顧日新：《寸心樓詩集》卷十一，《清代詩文集彙編》第 473 冊，上海古籍出版社 2010 年版，第 96 頁。

〔註147〕 楊羲：《硯隱詩存》卷二，《清代詩文集彙編》第 621 冊，上海古籍出版社 2010 年版，第 732 頁。

〔註148〕 殷兆鏞：《齊莊中正堂詩鈔》卷三，《清代詩文集彙編》第 623 冊，上海古籍出版社 2010 年版，第 70 頁。

〔註149〕 彭定求：《南畇詩稿》卷七，《清代詩文集彙編》第 167 冊，上海古籍出版社 2010 年版，第 71 頁。

〔註150〕 陳維崧：《湖海樓詞集》卷十九，《清代詩文集彙編》第 96 冊，上海古籍出版社 2010 年版，第 432 頁。

這首長調上闋敘事，下闋議論，音節鏗鏘，用詞凜然，鋒芒犀利，可謂淋漓道出五位義士之精神，氣干雲霄。而且，陳維崧在詞中將五人比作伍子胥，將五人墓與「唐陵漢隧」、五人與卿相對比，再加上運用金銅仙人的典故，充分凸顯五人的慷慨大義，拓展了詞的意義空間和想像空間，正如陳廷焯所稱：「迦陵詞氣魄絕大，骨力絕遒」〔註151〕。

　　嚴迪昌先生評論陳維崧的《賀新郎·五人之墓再用前韻》云：「這類『大題目』之詞作，也最能顯示他縱橫雄辯的史論家的氣勢和目光」〔註152〕。確實，此詞的氣魄一方面來自於陳維崧飛揚的才華，另一方面也與五人墓的「大題目」有關。抗暴鋤奸、捨生取義的壯舉作為「大題目」，激發一些作家在書寫五人墓、葛賢墓時，不約而同地選擇了七言歌行體。關於歌行體，明徐師曾《文體明辨序說》有一精闢定義：「放情長言，雜而無方者曰『歌』；步驟馳騁，疏而不滯者曰『行』；兼之者曰『歌行』」〔註153〕，清田雯《古歡堂集》論及七言古詩時亦云：「大約作七古與他體不同，以縱橫豪宕之氣，逞夭矯馳驟之才，選材豪勁，命意沉遠，其發端必奇，其收處無盡，音節琅琅，可歌可聽」〔註154〕。於是，篇幅不限、形式自由、韻律靈活的七言歌行成為清代作家抒寫五人和葛賢英雄事蹟最合適的詩體，其中不乏佳作。例如錢謙益的《葛將軍歌》〔註155〕：

　　　　葛將軍，萬夫雄，我昔遇之婁水東。魋顏虎鼻眉目古，蕉扇颯拉吹秋蓬。死骨穿近五人家，生魂嘯動五兩風。葛將軍，今死矣，權奇俶儻誰與擬。生惜不逢漢武帝，鴻漸之翼困閭里。犬臺宮中應召見，上林牧羊蹣草履。君不見，車丞相，宮殿出入乘小車，亦是上書一男子。

此詩以七言為主，雜以三言，語辭雄闊，氣象崢嶸，很好地展現了葛賢的豪傑氣概。

〔註151〕陳廷焯：《白雨齋詞話》卷三，杜未末校點，人民文學出版社1959年版，第71頁。
〔註152〕嚴迪昌：《清詞史》，人民文學出版社2011年版，第181頁。
〔註153〕徐師曾：《文體明辨序說》，羅根澤校點，人民文學出版社1962年版，第104頁。
〔註154〕田雯：《古歡堂集》卷十七，《影印文淵閣四庫全書》總第1324冊，臺灣商務印書館1986年版，第201頁。
〔註155〕錢謙益：《牧齋初學集》卷十，《清代詩文集彙編》第1冊，上海古籍出版社2010年版，第270頁。

錢謙益論詩標舉「別裁偽體，轉益多師」〔註 156〕（《曾房仲詩敘》），朱則傑先生在《清詩史》中指出：「錢謙益的詩歌理論有一個核心，就是『變』」〔註 157〕。這「變」也體現在錢謙益的詩歌風格上，程嘉燧在《牧齋先生初學集序》中即謂其詩風「奇怪險絕，變幻愈不可測」〔註 158〕。錢謙益才大學博，善於根據書寫對象的情貌特徵選擇合適的詩歌體裁和風格，例如其《牧齋初學集》卷十九中《桃源庵小樓坐雨看天都峰瀑布作》《天都瀑布歌》《初十日從文殊院過喝石庵到一線天下百步雲梯徑蓮花峰憩》《登始信峰回望石筍矼》《十一日由天都峰趾徑蓮花峰而下飯慈光寺抵湯口》等一組登覽黃山時所作的詩歌都是歌行體，刻畫奇險，魄力雄渾，與雄偉壯麗的黃山風景相稱，歷來為人讚歎。此處錢謙益採用歌行體書寫葛賢墓，應該也是其根據葛賢英雄事蹟，再結合歌行體特色的有意選擇。

再如袁枚的《五人墓》〔註 159〕：

> 冤云四垂風莽莽，銀鐺鐵鎖閶門響。閶門側目耳向天，天語不聞聞東廠。東廠逮者周先生，人不識面聞其名。九重天子詔安在，阿儂此處難橫行。李陽老拳一揮臂，萬手如星撒平地。破柱難探逆豎頭，披枝且奪元兇氣。萬人散盡五人存，顏馬周楊市井民。戴頭笑見高皇帝，干卿何事徒紛紛！從此緹騎不敢狂，九千歲事旋消亡。收回匕首知何限，抵得彈章更幾行。君不見，漢孫斌奮拳格殺單超吏，竟救興先徒朔方。又不見，唐五王上陽宮裏相扶將，不與同福同其殃。當時高冠若箕數十輩，子姓跪起如奴忙。豈無麒麟三丈護華表，早已潛沃蹲牛羊，何人肯奠酒與漿？五墳累累春淒淒，三月草長蝴蝶飛。可惜梁鴻生太早，只知穿冢傍要離。

此詩長達二百四十九字，以七言為主，雜以三言、九言、十言，長短錯落，節奏暢快。開篇連用三處頂真手法，使全詩起勢酣暢，正所謂「發端必奇」；中間兩句「戴頭笑見高皇帝，干卿何事徒紛紛」，傳神寫出五人英雄氣概；結尾

〔註 156〕錢謙益：《牧齋初學集》卷三十二，《清代詩文集彙編》第 1 冊，上海古籍出版社 2010 年版，第 498 頁。

〔註 157〕朱則傑：《清詩史》，江蘇古籍出版社 2000 年版，第 40 頁。

〔註 158〕錢謙益：《牧齋初學集》卷首，《清代詩文集彙編》第 1 冊，上海古籍出版社 2010 年版，第 156 頁。

〔註 159〕袁枚：《小倉山房詩集》卷十二，《清代詩文集彙編》第 339 冊，上海古籍出版社 2010 年版，第 434 頁。

將五人比作春秋時期吳國著名的刺客要離，凸顯其忠肝義膽，賦予五人之死崇高的歷史地位，正所謂「收處無盡」。袁枚作詩主「性靈」，下筆往往脫口而出，不加修飾，通俗曉暢，明白如話，有時甚至調侃、挪揄而不免油滑，此首《五人墓》雖語言淺近，但通篇一氣呵成，大義凜然，元氣淋漓，展現袁枚「遊戲詩」〔註160〕〔洪亮吉《道中無事偶作論詩截句二十首》（其十三）〕之外慷慨任氣的一面。類似《五人墓》的詩歌在袁枚集中並不多見，這應該是因為袁枚遊覽五人墓，睹物思人，五人大義令其血脈賁張，於是發為歌行，是其當時境地之下「心之聲也，性情所流露者也」〔註161〕（《答何水部》）。

又如尤侗《弔五人墓詩贈顏大郎佩韋》〔註162〕：

> 吁嗟乎！予讀史至熹宗末，喟然太息而低徊。天地閉，山川摧，豺狼臥，麒麟埋，俊及廚顧一時災。亦有吾鄉史部稱清才，檻車東廠胡為來。督郵閉舍伏床泣，江南萬里慘陰霾。於時五人出，奮臂一呼生風雷，擊賊遂用司農笏，報仇如投浪沙椎，常山之後舌猶在，首以大義感同儕。雖死能令奸膽落，宇宙生氣為之開。笑從周公遊地下，人間黃鳥歌空哀。至今神靈魂魄毅，碧血光芒射蒿萊。名字當列忠臣傳，不與古之遊俠偕。他年吾執太史簡，一筆以闡千秋懷。匹夫杖節尚如此，沐猴冠者真塵埃。亂臣賊子滿天下，安得斯人挽波頹。為我過武丘而登其臺，試問昔日冰山安在哉？惟有五人之墓鬱崔嵬。

與錢謙益和袁枚之詩相比，尤侗此詩中個人的感情色彩更為強烈。全詩以「吁嗟乎」的哀歎開篇，詩中既有對五位義士的高聲謳歌，也有對朝廷當局的猛烈抨擊。《西堂剩稿》中此詩後有尤侗自注：「康熙己未，予備官史局，因撰周順昌傳，五人者附焉。他年之語不負約矣。刪詩至此自注」〔註163〕，可見此詩作於明崇禎年間，當時尤侗對腐朽沒落的朱明王朝多有不滿，詩中「豺狼」「沐猴冠」「亂臣賊子」應皆有所指。怒沐猴而冠的「亂臣賊子」，感奮乎百世的五

〔註160〕洪亮吉：《洪亮吉集》，劉德權點校，中華書局 2001 年版，第 1245 頁。
〔註161〕袁枚：《小倉山房尺牘》卷七，《清代詩文集彙編》第 340 冊，上海古籍出版社 2010 年版，第 787 頁。
〔註162〕尤侗：《西堂剩稿》卷上，《清代詩文集彙編》第 65 冊，上海古籍出版社 2010 年版，第 315 頁。
〔註163〕尤侗：《西堂剩稿》卷上，《清代詩文集彙編》第 65 冊，上海古籍出版社 2010 年版，第 315 頁。

人「大義」，置身「豺狼臥，麒麟埋」的混亂時局，詩人內心的憤懣不平之氣於是發為歌行。尤侗論詩曾云：「詩之至者，在乎道性情。性情所至，風格立焉，華采見焉，聲調出焉」〔註164〕（《曹德培詩序》），該首《弔五人墓詩贈顏大郎佩韋》正是對此詩論最好的體現。

除以上三首外，清代詩文集中還有不少書寫五人墓的歌行體詩歌，例如吳景旭《五人之墓》（《南山堂自訂詩》卷三）、彭孫貽《五人墓下作》（《茗齋初集》卷一）、邵長蘅《五人墓行》（《青門簏稿》卷三）、方熊《五人墓》（《繡屏風館詩集》卷二）、趙允懷《五人墓》（《小松石齋詩集》卷一）、曾熙文《五人墓》（《明瑟山莊詩集》卷三）等，無不音節琅琅，意氣鼓蕩。眾多作家紛紛選擇歌行這種特定的詩體來書寫五人墓和葛賢墓，此現象在蘇州文學地理中獨一無二。這不能不說與五人墓和葛賢墓所蘊含的廣為人知的英雄事蹟以及感奮人心的歷史文化內涵有關。歌行體本就應該「選材豪勁」，適合「放情長言」，於是詩體和人文地理資源相得益彰。由此我們也可以看到，地理對文學的作用是多維度、多層面的，不僅影響創作內容，也影響作家的形式選擇和作品風格。戴偉華先生在論述唐詩創作分布的意義時就指出：「詩歌創作地點的變化，其特徵是記錄了文人空間移動形成的運動軌跡，即移入場和移出場的轉換。文人活動地點的變換不僅改變描述的對象，其風格也隨之發生變化」〔註165〕。

另外，清初有些作家書寫五人墓時，除對五人事蹟的敘寫外，同樣對明清易代之悲別有寄託。茲舉二例：

> 意氣輕軀命，自古多有之。忠臣歸死日，壯士殺身時。持頭謝知己，藏血見男兒。月明多慘淡，空望義人碑。
>
> ——王時敏《過五人墓》〔註166〕

> 涼風天末動秋痕，豈可登山無友昆。垂帶猶然思士女，贈衣誰復過王孫。橋西載酒還同舫，山下尋花剩幾盆。悵望五人松柏路，淒涼明月照高原。

〔註164〕尤侗：《西堂雜組三集》卷三，《清代詩文集彙編》第65冊，上海古籍出版社2010年版，第236頁。

〔註165〕戴偉華：《地域文化與唐代詩歌》，中華書局2006年版，第64～65頁。

〔註166〕王時敏：《滅庵公詩存》一卷，《清代詩文集彙編》第7冊，上海古籍出版社2010年版，第651頁。

——馬世俊《同友人登虎丘過五人墓》〔註167〕

此二詩中「月明多慘淡」「淒涼明月照高原」句實際所指，明眼人皆知其意。「忠臣歸死」「壯士殺身」，對前朝感念不忘的詩人面對明清鼎革的殘酷現實，也只能「空望」「悵望」。改朝換代的時局下，詩人面對五人墓，讀出了更加悲痛、沉重和複雜的歷史內涵。

五、慕李軒、懷杜閣、思白堂和仰蘇樓

虎丘山名勝古蹟眾多，人文內涵豐饒，負載著千餘年的歷史積澱，歷代文人墨客到蘇州不免登臨遊覽、憑弔先賢，並創作詩文，其中不乏一些文壇巨擘的佳篇名作。這中間最為著名的當屬李白、杜甫、白居易、蘇軾四位。現對四人與虎丘山的淵源作一簡單敘述。

據宋曾鞏《李太白文集後序》，李白曾先後兩次入吳，第一次在入長安前，「南遊江淮……入吳」，第二次在被賜金放還後，「南遊淮、泗，再入吳」〔註168〕。李白入吳期間，曾創作《蘇台覽古》《烏棲曲》等詩歌。雖然收入《文苑英華》的《虎丘山夜宴序》經當代學者考證，已確認實際為獨孤及之文〔註169〕，但清代文人當時尚認為這是李白的作品。在這篇序中，作者等八人在春天聚會虎丘山上，「琴壺以宴友朋，嘯歌以展霞月」，從白天一直暢飲到夜晚，「賓主醉止，狂歌送酒」。不僅喝酒，他們還欣賞吳地樂歌吳趨曲，興之所至，甚至「奮髯屢舞而歌」〔註170〕。全序情景交融，通篇洋溢著自由酣暢、狂放不羈的氣息，與李白特有的詩文風格很是相似。因此，在清代文人眼中，李白自然就與虎丘山淵源深厚，認為此番聚會為虎丘山留下一段佳話，此篇美文令虎丘山林泉增色。

杜甫青年時代曾漫遊吳越齊趙，不過並未留下與蘇州相關的單獨詩文，其對蘇州的敘寫在其晚年所作自傳性的敘事詩《壯遊》中：「東下姑蘇臺……闔廬丘墓荒。劍池石壁仄，長洲荷芰香。嵯峨閶門北，清廟映回塘。每趨吳太伯，

〔註167〕馬世俊：《匡庵詩前集》卷二，《清代詩文集彙編》第 28 冊，上海古籍出版社 2010 年版，第 350 頁。

〔註168〕李白：《李太白集注》卷三十一，王琦注，《影印文淵閣四庫全書》總第 1067 冊，臺灣商務印書館 1986 年版，第 567 頁。

〔註169〕詳見鬱賢皓所著《李白叢考》中《黃錫珪〈李太白年譜〉附錄三文辨偽》，陝西人民出版社 1982 年版。

〔註170〕張英、王士禎等編：《淵鑒類函》卷二十九，《影印文淵閣四庫全書》總第 982 冊，臺灣商務印書館 1986 年版，第 676 頁。

撫事淚浪浪」〔註171〕，由此可見，杜甫在蘇州主要遊歷了姑蘇臺、虎丘山、泰伯廟等歷史古蹟，其中虎丘山闔閭墓和劍池給他留下深刻的印象。

白居易與蘇州的關係是四人中最為緊密的。白居易於唐寶曆元年（825）三月任蘇州刺史，次年九月因病辭官回京。雖然白居易守蘇時間僅一年半，卻深刻地影響了虎丘山。其在任期間，組織疏濬山塘河，修築虎丘寺路，「由是南行北上，無不便之，而習為通川」（《虎阜志》卷一）。可以說，沒有白居易，就沒有後來的山塘街。明王穉登《重修白公堤碑銘》即云：「香山太傅……築此芳堤，澤及千秋，山高水長，垂名不朽」〔註172〕。為紀念白居易的貢獻，從宋代起蘇州百姓即將虎丘寺路稱為白公堤，直到今天蘇州人依然尊奉白居易為「山塘始祖」。白居易守蘇期間，公務之暇常常出遊蘇州各處勝景，創作了多首紀遊詩，例如《早發赴洞庭舟中作》《宿湖中》《題靈巖寺》《白雲泉》《泛太湖書事寄微之》《毛公壇》等。白居易尤其喜遊虎丘山，自稱「不厭西丘寺，閒來即一過……一年十二度，非少亦非多」（《夜遊西武丘寺八韻》），其集中有《題東武丘寺六韻》《夜遊西武丘寺八韻》《武丘寺路》《武丘寺路宴留別諸妓》等詩。

據孔凡禮先生《蘇軾年譜》記載，蘇軾曾六到蘇州，並多次遊覽虎丘。蘇軾與蘇州吳縣人閶丘孝終交情篤厚，據范成大《吳郡志》記載：「閶丘孝終，字公顯，郡人。嘗守黃州，蘇文忠公在東坡時，與交從甚密。公後經從，必訪孝終，賦詩為樂」〔註173〕。另據南宋龔明之《中吳紀聞》記載：「東坡嘗云：『蘇州有二丘，不到虎丘，即到閶丘』」〔註174〕，蘇軾集中，《浣溪沙·贈閶丘朝議，時還徐州》《蘇州閶丘、江君二家雨中飲酒二首》等詩詞即記錄二人交往。蘇軾創作了多首有關虎丘的詩，例如《虎丘寺》《次韻王忠玉遊虎丘絕句三首》《劉孝叔會虎丘，時王規父齋素祈雨，不至，二首》等。其《次韻王忠玉遊虎丘絕句三首》（其一）有句：「當年大白此相浮，老守娛賓得二丘」，句後自注云：「郡人有閶丘公。太守王規父嘗云：不謁虎丘，即

<hr>

〔註171〕杜甫：《杜工部集》卷七，錢謙益箋注，《四庫禁毀書叢刊》集部第40冊，北京出版社1997年版，第133頁。

〔註172〕陸肇域、任兆麟編纂：《虎阜志》卷二上，張維明校補，古吳軒出版社1995年版，第114頁。

〔註173〕范成大：《吳郡志》卷二十六，陸振岳點校，江蘇古籍出版社1999年版，第390頁。

〔註174〕龔明之：《中吳紀聞》卷五，孫菊園校點，上海古籍出版社1986年版，第108頁。

謁閶丘」〔註175〕，可見蘇軾與虎丘確有不解之緣。

　　對於此四位與虎丘淵源深厚的詩壇巨匠，蘇州人在虎丘建造了紀念性的建築。最早是東坡樓，在天王殿東，具體建造年代不詳，明天啟年間蘇州太守胡纘宗在東坡樓舊址上修建了仰蘇樓，清康熙五十六年（1717）重葺。清代詩文中對仰蘇樓多有書寫，現舉二例：

> 千載令人愛，諸公可謂賢。青山舊相屬，官況昔皆仙。民物古猶是，淳漓歎已懸。風流蘇太守，遙借一纏綿。
> ——任時懋《偕歸屺懷同年過仰蘇樓論及五賢祠祀蘇公特寓賢
> 未嘗官於吳祠並祀之重其人也》〔註176〕

> 同人載舲出吳城，楚水山腰帶笑迎。一片白雲詹際宿，數巡綠酒樹頭行。論交淮海多秋士，舉目江河少宦情。別後相思須記取，仰蘇樓上鷺鷗盟。
> ——陸元輔《同金孝章諸子集虎丘仰蘇樓送倪天章歸淮浦》
> （其一）〔註177〕

任時懋詩題中所言五賢祠，「在東山浜，祀唐蘇州刺史韋應物、白居易、劉禹錫、長洲令王禹偁、寓賢蘇軾。明萬曆二十六年，長洲知縣江盈科即平遠堂建」〔註178〕。詩中表達了對於唐宋五位先賢的敬仰之情，特別強調蘇軾並未守吳，與其餘四位曾任職蘇州的名賢同祀之，只因「重其人」，此處所「重」，當指蘇軾人品高潔和詩文卓絕兩個方面。而從陸元輔詩歌來看，清初仰蘇樓同時也是文人宴客遊覽、往來餞行之所。可見當時文人常於此樓欣賞虎丘山風景，飲酒賦詩，臨行餞別，重溫蘇公風流。

　　遺憾的是，虎丘山上的仰蘇樓後因僧人紹基「壞亂清規，有司責令還俗，樓遂固封」〔註179〕。但是嘉慶二年（1797），蘇州知府任兆坰將位於虎丘山浜的蔣氏塔影園改建為白公祠，主要祭祀白居易，「中有思白堂，傍為懷杜

〔註175〕蘇軾原著，張志烈等校注：《蘇軾全集校注》詩集部分卷三十一，河北人民出版社 2010 年版，第 3478 頁。

〔註176〕陸肇域、任兆麟編纂：《虎阜志》卷二中，張維明校補，古吳軒出版社 1995年版，第 138 頁。

〔註177〕陸元輔：《陸菊隱先生詩集》卷三，《清代詩文集彙編》第 61 冊，上海古籍出版社 2010 年版，第 571 頁。

〔註178〕陸肇域、任兆麟編纂：《虎阜志》卷四，張維明校補，古吳軒出版社 1995年版，第 268 頁。

〔註179〕顧祿：《桐橋倚棹錄》卷二，王稼句點校，中華書局 2008 年版，第 258 頁。

閣、仰蘇樓，供少陵、東坡栗主，又有萬丈樓，在懷杜閣之東，供李青蓮木
主」〔註180〕。至此，紀念四位詩壇宗匠的建築全部落成，並同處於一園。對
此清代作家詩文中多有記載，通過爬梳文獻，我們不僅能瞭解該盛事原委，
更能發現地理與文學之間的深層互動關係。

　　事情緣起於嘉慶丁巳年（1797）春，長洲詩人蔣業晉將其次蘇軾《虎丘寺》
韻的詩作寄給陽湖好友趙翼索和（次韻詩可能即蔣業晉《立崖詩鈔》卷五中的
《同潘榕皋范芝岩陸默齋吳玉松登虎阜次東坡虎丘寺原韻》和《虎丘懷古次東
坡韻》），趙翼和詩之後，又特意作《和立崖詩後，檢杜少陵壯遊篇有東到姑蘇
臺闔廬丘墓荒劍池石壁仄等句，是子美先已遊此，而今莫有稱者，爰再次韻，
以諗立崖仰蘇樓畔更築一懷杜閣，以傳遺跡，可乎》一首，詩中云：「遊山得
勝覽，不復躡峻嶺。汲泉得甘味，亦輒捨深井……豈知少陵翁，壯遊氣豪猛。
劍池闔廬墓，先曾行腳騁。今乃人莫知，湮晦足悲哽。君家吳趨坊，負郭有二
頃。盍彷呂汲公，草堂葺荒冷」〔註181〕，「呂汲公」後趙翼自注曰：「呂汲公
鎮成都，訪浣花溪遺址，重築草堂」。詩中趙翼建議蔣業晉在仰蘇樓畔築懷杜
閣以紀念杜甫。蔣業晉採納了趙翼的建議，很快選定築閣地址，請人畫圖設計，
並作《趙觀察用東坡韻勸余築懷杜閣以配仰蘇樓，因再疊韻答之》一詩報趙翼，
詩中云：「窮目上層樓，景行仰高嶺。欲汲萬斛泉，豈掘九刃井。兩美或遺一，
懷古心常耿……山川藉生輝，志乘遺可哽。擬構屋三間，還傍雲千頃」〔註182〕。
趙翼得詩後喜出望外，作《前和立崖虎丘詩勸築懷杜閣以配仰蘇樓，蓋一時偶
見及此，未敢必有成也。不一月立崖書來，已與同志諸公擇花神廟旁地，擬即
日營構，可謂好事矣，疊前韻以堅其約》一首，其中云：「偶然想為山，未敢
必成嶺。我倡懷杜閣，覓水慮瓽井……我當來守祠，不待諸公請」〔註183〕。
此事被江蘇布政使陳奉茲等人知曉後，決定襄助之，並擬建白公祠以祀白居
易。趙翼聞此消息後，作《立崖諸公方營杜閣，東浦藩伯暨李松雲、任曉村二

〔註180〕顧祿：《桐橋倚棹錄》卷二，王稼句點校，中華書局 2008 年版，第 281～282
　　　　頁。

〔註181〕趙翼：《甌北集》卷三十九，《清代詩文集彙編》第 362 冊，上海古籍出版社
　　　　2010 年版，第 366 頁。

〔註182〕蔣業晉：《立崖詩鈔》卷六，《清代詩文集彙編》第 365 冊，上海古籍出版社
　　　　2010 年版，第 96 頁。

〔註183〕趙翼：《甌北集》卷三十九，《清代詩文集彙編》第 362 冊，上海古籍出版社
　　　　2010 年版，第 369 頁。

太守聞之，共誇盛事。適虎丘有蔣氏園求售，共捐俸千六百金，買為閣基。任
君並以虎丘本白香山守郡時築塘開路，遂又祠白公於其中。懷賢好古皆名流韻
事也，書來促余往觀厥成，先疊韻奉寄》（《甌北集》卷三十九），詩題中東浦
藩伯即江蘇布政使陳奉茲，李松雲即江寧知府李堯棟，任曉村即蘇州知府任兆
炯。後懷杜閣與仰蘇樓、白公祠合稱「三賢祠」。六月份，三賢祠將落成前夕，
發生了一件神奇的事，後來趙翼作《三賢祠在塘北，舟行從斟酌橋入可直到門，
然橋低不能過大舟也。曉村語余，今年六月十日祠將落成，忽風雨大作，雷擊
橋碎，遂可改造大橋以通官舫，謂非三賢之靈欲昌其遺跡乎。補記以詩》（《甌
北集》卷三十九）以志之。中秋後，趙翼應邀欣然赴蘇州遊覽懷杜閣，並作《中
秋後曉村太守招遊懷杜閣，閣在左偏，已塑少陵像。中為白公祠，設香山栗主。
右別有樓，遂並移東坡像於此，仍榜為仰蘇。總名曰三賢祠。虎丘從此更增一
勝地矣。再疊前韻，題蘇樓下》（《甌北集》卷三十九）。此為當時一件盛事，
石韞玉《新修白公祠成同人賦詩落之》（《獨學廬五稿》卷一）、王昶《題任太
守曉林兆炯虎丘白公祠長卷》（《春融堂集》卷二十三）、姚鼐《蘇州新作唐杜
公白公宋蘇公祠於虎丘，嘉慶戊午八月，鼐及陳方伯諸公遊宴祠內，作四絕句》
（《惜抱軒詩集》卷十）、潘奕雋《立崖司馬用蘇東坡虎丘寺詩韻繪圖作詩，同
人既和之矣，趙雲崧前輩據杜少陵壯遊篇謂宜作懷杜閣以配仰蘇樓復作一首，
立崖邀和再用蘇韻》（《三松堂集》卷十二）、蔣廷恩《家立厓先生追和東坡虎
丘山寺詩，趙耘菘觀察以少陵壯遊詩嘗於此地惓惓焉，宜建閣曰懷杜，以補曩
闕，一時同人盛有和作，棠亦為此詩》《是歲夏六月當事遂築懷杜閣於塔影園
並議建白香山祠於園中仍用東坡先生韻弗忘託始所自也》（《晚晴軒詩鈔》卷
二）、王芑孫《虎丘三賢祠圖記》（《惕甫未定稿》卷七）、尤維熊《虎丘新竹枝
八首》（其七）（《二娛小廬詩鈔》卷三）、葉紹本《虎丘謁白公祠遂登懷杜閣仰
蘇樓得詩四首並美任曉村太守》（《白鶴山房詩鈔》卷五）、孫星衍《白公祠為
任兆炯太守作》（《芳茂山人詩錄》卷四）等人詩文中均有記載。三賢祠落成後，
王昶考《文苑英華》中有李白《虎丘山夜宴序》，於是建議增祀李白，其《虎
丘寓舍即事》（其三）自注中記有此事，詩云：「千秋樓閣仰峨嵋，新奉香山與
拾遺。誰識青蓮曾過此，煩君合作四賢祠」〔註184〕。次年祭祀李白的萬丈樓

〔註184〕王昶：《春融堂集》卷二十四，《清代詩文集彙編》第 358 冊，上海古籍出版
　　　社 2010 年版，第 281 頁。

也修建而成，趙翼聞訊作《寄題虎丘萬丈樓》，詩前小序云：「從此虎丘名蹟表彰無遺矣」〔註185〕，欣慰之情溢於言表。道光五年（1825），「吳縣知縣萬臺重修，增葺慕李軒，聯為黃時敏書，云：『祠分唐宋名賢，天為青蓮留此席；節近春秋佳日，人來白社挹先生』」〔註186〕。後常熟詩人曾熙文前來拜謁先賢，作《謁白公祠》〔註187〕，詩云：「蘇州刺史舊祠堂，玉局風流共瓣香。勝地偶然鄰短簿，才人何必住同鄉。合成四美名賢聚，各有千秋祀典長。我謁詩仙並詩聖，最高樓閣夕陽黃」〔註188〕。

梳理事件始末，我們可以清楚地看到，趙翼、蔣業晉、任兆炯等人修建萬丈樓、懷杜閣、思白堂和仰蘇樓等建築，主要為彰顯先賢事蹟，其中心跡，王芑孫《虎丘三賢祠圖記》〔註189〕已講得很精闢透徹，現錄全文於下：

> 上建元之明年，當事者作虎丘三賢祠，其中曰思白堂，左曰懷杜閣，右曰仰蘇樓。蘇白之遺，世所熟傳，杜跡頗晦。及是抉別湮墜，歸峙耳目，說者快之。其議倡於陽湖趙雲崧觀察，而其端發自吾鄉蔣立厓司馬。於是司馬作圖志之，屬余為記。余惟白故守郡，吾人所不可忘，蘇與闔邱諸賢數相過從，其風流亦自未沫，至杜僅僅壯遊自述，古今注杜及志地者咸忽不考，一旦立祠建閣，快然共即於人心，豈非以三賢皆詩人，而杜尤立詩人之極耶！且自白以來，守郡奚啻數千人，杜、蘇以來，過客奚啻數十百萬人，顧三賢獨不與彼數千、數十百萬者共相起滅，豈非詩之力尤巨，而詩人固自有

〔註185〕趙翼：《甌北集》卷四十，《清代詩文集彙編》第362冊，上海古籍出版社2010年版，第386頁。

〔註186〕顧祿：《桐橋倚櫂錄》卷四，王稼句點校，中華書局2008年版，第281～282頁。

〔註187〕曾熙文《謁白公祠》詩題後自注雲：「按祠中囊已增建仰蘇樓、懷杜閣，祀蘇文忠、杜文貞，今李石梧宮保新建慕李軒，以祀謫仙人」。李石梧宮保即李星沅，道光二十一年（1841）十二月至二十二年（1842）九月和道光二十五年（1845）正月至二十六年（1846）八月期間，曾先後擔任江蘇布政使和巡撫。顧祿《桐橋倚櫂錄》刊印於道光二十年（1840），已明確記載慕李軒增葺於道光五年（1825），應是李星沅任職蘇州時曾修繕過慕李軒，曾熙文所謂「新建」是誤解。

〔註188〕曾熙文：《明瑟山莊詩集》卷三，《清代詩文集彙編》第607冊，上海古籍出版社2010年版，第660頁。

〔註189〕王芑孫：《惕甫未定稿》卷七，《清代詩文集彙編》第442冊，上海古籍出版社2010年版，第357頁。

長不死者耶！烏乎，人之化也無時，而詩之相嬗至於無終極，故詩人遺跡常待詩人以發之，得其人與之，一旦不得其人，隳之千年，而或以為時節因緣別有數存，良未然也。今觀察、司馬皆以宿德稱詩天下，林遊而巷處，此倡而彼和，因以其間搜尋故事，鉤湛索隱，形諸詠歌，誦傳鄉國。當事者重其人，悅其詩，坐令隳之千年者興之一旦。此當事之力，莫非觀察、司馬之力，而觀察、司馬則又皆詩之力也。夫時有遷變，物有廢興，祠之建未及十年，建祠當事倏無在者，觀察、司馬老壽康強，時來祠下摩挲太息，感興廢之不可知，而詩不可以無傳也。念非為圖，則詩無所寄，非有記之者，即圖與詩周著，是司馬所由屬余記之之意也夫。抑余觀古詩人宜有之事，往往後詩人發之，古詩人未有之福，亦往往後詩人享之，三賢惟白公年齒最高，觀察、司馬咸已過之，逍遙林壑，其樂未央，其詩未已，既有遠追三賢之詩，又有穹逾三賢之壽，即異日祠與圖不無遷變，而詩之力訖無終極。余雖無記可矣。然且援筆為之記，蓋余又將託於觀察、司馬以傳者也。

正如曹丕《典論論文》所言：「蓋文章經國之大業，不朽之盛事。年壽有時而盡，榮樂止乎其身。二者必至之常期，未若文章之無窮。是以古之作者，寄身於翰墨，見意於篇籍，不假良史之辭，不託飛馳之勢，而聲名自傳於後」〔註190〕，王芑孫於圖記中提出「詩之力」的概念，「詩之力」能超越官祿爵位，超越人壽所限，使詩人臻於「不死」之境。但「人之化也無時，而詩之相嬗至於無終極，故詩人遺跡常待詩人以發之，得其人興之，一旦不得其人，隳之千年……感興廢之不可知，而詩不可以無傳也」，也就是說，「詩之力」需要通過一代又一代詩人薪火相傳的「接力」才能延續不滅，故趙翼、蔣業晉等人此舉，實有以傳承文學為己任的歷史使命感蘊含其中。誦其詩書之外，修祠建樓無疑是表彰先賢的最好方式，這樣後代文人就有具體的實物可供瞻仰參拜，所謂「時來祠下摩挲太息」即此意。反而觀之，騷人墨客遊覽名勝、憑弔古蹟，雖然身在此時此地，但「寂然凝慮，思接千載」〔註191〕，空間和時間於焉交織，文學和地理因此融匯。慕李軒、懷杜閣、思白堂、仰蘇樓等人文地理資源不再是以實用功能為主的普通建

〔註190〕蕭統編：《文選》卷五十二，李善注，上海古籍出版社 1986 年版，第 2271 頁。
〔註191〕劉勰著，王運熙、周鋒譯注：《文心雕龍譯注》，上海古籍出版社 2010 年版，第 132 頁。

築,而是文學精神代代傳遞、層層累積的物質載體,代表著後人對先賢的追思,其命名即為明證。而當歲月久遠、先賢之跡湮晦時,胸懷歷史使命感的文壇領袖就會發起倡議,以修祠建樓等方式來喚醒詩人群體對於先賢的回憶,趙翼首倡築懷杜閣的意義即在於此。其《再題懷杜閣》〔註192〕云:

> 杜公遊跡久成塵,偶檢遺篇指昔因。聊欲峴碑吟過客,敢為左
> 傳作功臣。騷壇喜試凌虛步,幕府能扶大雅輪。從此虎丘增故事,
> 山塘兼占浣花春。

詩中晉羊祜「峴山碑」的典故,「從此虎丘增故事,山塘兼占浣花春」的現狀,體現的正是文學對地理的反作用。在文學微區位論的視域中,不僅地理能影響文學,反之文學也能改變地理,在這種雙向互動的對話關係下,地理煥發出新的生機,文學也獲得了經久不衰、千古流傳的生命力。因此趙翼在《重過虎丘題三賢祠》中不無自豪地說:「虎丘祠前賢,其論自我創。三年復來過,雄麗過殊狀。酒樓低翠巒,畫舸隘晴浪。裾屐紛往來,沸聲日夜壯。遂使久湮跡,頓豁心目曠。三詩人千秋,一土阜萬丈」〔註193〕。

第四節　地理資源與文學的互動關係分析

從本章前文結合具體詩歌文本展開的敘述可以看出,作家創作詩文時並非單向接受地理的影響,更不存在簡單機械的「地理決定論」,而是地理資源與文學之間存在多種雙向互動關係。接下來,本書將對地理資源與文學的互動關係進行總結分析,以進一步闡述文學微區位論視域下的文地關係。

一、詩文對地理資源的促進作用

中國古典文論中「江山之助」的命題揭示了地理環境對作家創作的激發作用,反之,作家——尤其是著名作家創作的名篇佳構也能助「江山」。正如明董其昌《畫禪室隨筆》所言:「名山遇賦客,何異士遇知己,一人品題,情貌都盡,後之遊者不待按諸圖經,尋諸樵牧,望而可舉其名矣。」〔註194〕文學

〔註192〕趙翼:《甌北集》卷三十九,《清代詩文集彙編》第362冊,上海古籍出版社2010年版,第376頁。

〔註193〕趙翼:《甌北集》卷四十一,《清代詩文集彙編》第362冊,上海古籍出版社2010年版,第400頁。

〔註194〕董其昌:《畫禪室隨筆》卷三,《影印文淵閣四庫全書》總第867冊,臺灣商務印書館1986年版,第468頁。

對地理資源的促進作用主要體現在三個方面。

　　首先，名人名作能有效提高地理資源的知名度和影響力。宋李覯《遣興》云：「境入東南處處清，不因辭客不傳名。屈平豈要江山助，卻是江山遇屈平」〔註195〕，對「江山之助」的說法另做翻案文章，指出楚地山水因屈原而名揚天下的事實。其後蘇軾《望海樓晚景五絕》（其二）亦云：「壯觀應須好句誇」〔註196〕，壯美景觀借助文學的廣告效應，聲名更著，能吸引更多遊客欣然前往。清末江逢辰曾吟道：「一自坡公謫南海，天下不敢小惠州」（《白鶴峰和誠齋韻》），道盡蘇軾對地處僻遠的惠州文化地位的提升作用。清葉燮《松鶴堂記》云：「寒山寺肇於梁，至於今不知幾經興廢。天下佛剎之流傳，或有或無，天下人安能盡知而道之？惟寒山則人無不知而能道之者，則以唐人張繼『月落烏啼』一詩，人人童而習之。寺有興廢，詩無興廢，故因詩以知寒山」〔註197〕。寒山寺這樣的人文地理資源，不僅能因詩文而舉世聞名，而且能借助詩文廣泛久遠的傳播而超越現實中的興廢，實現千古不朽。

　　其次，文學作品還能豐富地理資源的文化內涵。尤其是自然地理資源，經名人題詠後，即兼具人文地理資源屬性。明范允臨《重修五賢祠記》云：「情與景互合，而意與趣忽生。借回合之奇，以幼興我丘壑。非五君子不能有此山者，夫名賢之重於鼎臺也。雖一經宿，一留題，才落姓字，便添聲價，山川為之色飛，草木亦覺其流芳」〔註198〕，清末程德全《重修寒山寺碑記》云：「蘇之有寺也，始見於張懿孫《楓橋夜泊》一詩。是詩也，神韻天成，足為吳山生色」〔註199〕。所謂「山川為之色飛」和「吳山生色」之「色」，即指經名人遊覽題詠之後，地理資源所增添的文化內涵。而且這種文化內涵與現實世界的物質實體不同，可以在歷史的長河中不斷積澱，層層疊加。例如李楷《虎丘》組詩共有九首，其四云：「我愛劉夢得，其詩皆可傳」，其五云：「我愛王元之，

〔註195〕李覯：《旴江集》卷三十六，《影印文淵閣四庫全書》總第 1095 冊，臺灣商務印書館 1986 年版，319 頁。

〔註196〕蘇軾原著，張志烈等校注：《蘇軾全集校注》詩集部分卷八，河北人民出版社 2010 年版，第 732 頁。

〔註197〕葉燮：《己畦集》卷五，《清代詩文集彙編》第 104 冊，上海古籍出版社 2010 年版，第 370 頁。

〔註198〕陸肇域、任兆麟編纂：《虎阜志》卷四，張維明校補，古吳軒出版社 1995 年版，第 270 頁。

〔註199〕葉昌熾：《寒山寺志》卷一，張維明校補，江蘇古籍出版社 1999 年版，第 15 頁。

詩文與友同」，其六云：「我愛韋蘇州，式玉亦式金」，其七云：「我愛白樂天，聞道能邁俗」，其八云：「我愛蘇子瞻，風流若神仙。足跡之所到，反能重山川」，其九云：「支公馬神駿，生公石秀特」〔註200〕，很顯然在詩人眼中，劉禹錫、王禹偁、韋應物、白居易、蘇軾、竺道生等歷代前賢的登覽和吟詠使虎丘別具文化魅力，詩中表述如此直白，與其說作者在詠虎丘，不如說在憑弔前賢。清顧湄《重修虎丘山志序》亦云：「古人文章得山川之助，而靈區奧府非文章不傳，則山川亦待助於文章也。虎丘自晉以降，載在典籍者，唐宋人詩文亡慮數十百篇，幾與名嶽大瀆等，豈非山川以文章重邪？」〔註201〕虎丘正是在顧愷之、李白、杜甫、白居易、蘇軾、文徵明、袁宏道等歷代騷人墨客的詩文吟詠中積澱了極其厚重的歷史文化內涵，同時聲名遐邇，成為吳中第一名勝。

　　再次，地理資源所蘊含的歷史文化內涵能令其突破現實空間與時間的限制，具備某種超空間性和超時間性。趙奎英先生在著作《語言、空間與藝術》中從哲學層面闡述了「中國古代時間意識的空間化」問題及其對藝術的影響，她指出：「時間一旦用一種可視性的物象或事象表現出來，它就既是時間的亦是空間的」〔註202〕，據此我們也可以說，人文地理資源既是空間的，也是時間的。尤其是那些在漫長歷史中遺留下來的古蹟，更是一扇扇能讓文人隨時打開的「時光之門」，藉此穿越到過去，與古人對話。古代文人遊覽古蹟，總免不了憑弔，發為詩詠，原因恐怕即在於此。

二、人文地理資源對詩文創作與傳播的影響

　　自然地理資源經文學名家詩文題詠之後，即兼具人文屬性。而人文地理資源反過來又將對後代作家的詩文創作與傳播產生影響。這種影響主要表現在三個方面。

　　首先，名家題詠將影響後來作家對地理資源的感知，乃至創作時的遣詞造句。如前所述，張繼作《楓橋夜泊》後，歷代詩人對楓橋和寒山寺的詩詠意境相似，意象雷同，「臨流抒嘯，信手拈來，無非霜天鐘籟」〔註203〕。因為《楓

〔註200〕 李楷：《河濱詩選》卷三，《清代詩文集彙編》第 34 冊，上海古籍出版社 2010 年版，第 352 頁。

〔註201〕 陸肇域、任兆麟編纂：《虎阜志》卷十，張維明校補，古吳軒出版社 1995 年版，第 592 頁。

〔註202〕 趙奎英：《語言、空間與藝術》，北京大學出版社 2018 年版，第 292 頁。

〔註203〕 葉昌熾：《寒山寺志》卷一，張維明校補，江蘇古籍出版社 1999 年版，第 1 頁。

橋夜泊》，後代詩人甚至對寒山寺鐘聲的體驗都悖反了佛教打鐘的本義。本應聞鐘聲，煩惱輕，智慧長，菩提增，但因張繼《楓橋夜泊》之「愁」，從此寒山寺的鐘聲在詩人心中就與愁緒緊密聯繫在一起。《寒山寺志》卷一「志鐘」部分即記載：「國朝褚逢椿《寒山寺古銅佛》詩：『鐘聲似悔西來誤』，原注：俗傳寒山寺鐘聲，似云『煩惱來』」〔註204〕。金學智先生將這種前後相續、代代相傳的文學現象稱之為「『連鎖接受』律」〔註205〕。

　　人文地理資源因其歷代題詠，對後來作家的創作產生影響，這確實是文學史上一種常見的現象。明董其昌《畫禪室隨筆》云：「大都詩以山川為境，山川亦以詩為境」〔註206〕，後半句即指詩人在遊覽中感知地理環境時，會受到之前詩歌的影響。這種影響發生的緣由，我們只要通過唐王昌齡《詩格》中談詩歌創作方法的內容就能理解〔註207〕：

　　　　凡作詩之人，皆自抄古今詩語精妙之處，為隨身卷子，以防苦思。作文興若不來，即須看隨身卷子，以發興也。（《詩格》卷上）

　　　　凡作文，必須看古人及當時高手用意處，有新奇調學之。（《詩格》卷上）

　　　　詩有三思：……感思二。尋味前言，吟諷古制，感而生思。（《詩格》卷下）

詩人對已有佳篇名作如此著意學習和借鑒，難免會受其影響。這種影響也正是張偉然先生所言有特定文化內涵的「類型化的地理意象」的形成原因。

　　因受前代詩文影響，很多文人在遊覽人文地理資源之前，就已經心懷期待。明劉輝《虎丘山志序》即云：「吳下名佳山水者，莫如虎丘。古今之人稱說之者，至足矣！四方好奇之士，未至茲山，則已引領馳思，而況身屨其地，目接其勝，則夫悵望而夢憶，豈獨唐之白少傅、宋之王翰林然哉」〔註208〕。

〔註204〕葉昌熾：《寒山寺志》卷一，張維明校補，江蘇古籍出版社1999年版，第30頁。

〔註205〕金學智：《張繼〈楓橋夜泊〉及其接受史》，《蘇州大學學報》（哲學社會科學版）2002年第4期。

〔註206〕董其昌：《畫禪室隨筆》卷三，《影印文淵閣四庫全書》總第867冊，臺灣商務印書館1986年版，第468頁。

〔註207〕張伯偉編著：《全唐五代詩格匯考》，江蘇古籍出版社2002年版，第164、169、173頁。

〔註208〕陸肇域、任兆麟編纂：《虎阜志》卷十，張維明校補，古吳軒出版社1995年版，第590頁。

很顯然，詩人在熟讀過相關詩文後，是滿懷期待前往遊覽的。辛升《虎丘紀遊》一文中對此有更加生動的表現：「仲夏日，友人拉予就試蘇門，予宿慕虎丘山若天上，欣然從之……未幾昏暮，舟人戒途，傍雞犬聲而宿，甫就枕。夢入一山，景致佳麗，絕非人間世所有，登眺方酣，忽遇虎，怖而覺，覺而後知其夢，隨促舟人行」〔註209〕。辛升對虎丘可謂神牽夢繞，乃至未至虎丘先有如此戲劇性的夢境，這種心情肯定與其平素所讀虎丘詩文有關。在文學作品的影響下，人文地理資源在預設的接受視野中呈現，對此西方接受美學也有揭示，「一部文學作品……它可以通過預告、公開的或隱蔽的信號、熟悉的特點、或隱蔽的暗示，預先為讀者提示一種特殊的接受。它喚醒以往閱讀的記憶，將讀者帶入一種特定的情感態度中……感知定向」〔註210〕。此處「感知定向」與前引宇文所安論述中「選擇要素」相通，均表明詩人對地理環境的觀察和認識會受到前代詩文的影響。這種影響的具體發生過程，可以借用李嵐先生在《行旅體驗與文化想像》一書中的研究來表述清楚〔註211〕：

　　遊記中的形象文化想像的發生流程從表面上看是這樣的：

　　遊—注視（個人想像發生）—記述（想象形成）—傳播—接受

　—集體想象形成—影響注視

　　在內部相應的流程是：

　　個人時空分裂—選擇性注視—編碼表述—文本傳播—個人解碼

　—集體想像（想像真實化）—影響注視

面對人文地理資源，之前作家「選擇性注視」後創作的名篇佳作會影響到後來者的「注視」，進而影響其詩文創作。這種影響表現到極致，就會發生張繼《楓橋夜泊》之後千百年「如今張繼多」的「連鎖接受」現象。

　　其次，人文地理資源蘊含的歷史文化內涵，會影響後來作家創作詩文時內涵的豐富性。李嵐先生指出：「文化景觀，因為受到了人為的處理，在主觀能動性增強的情況下，景觀被賦予了更多的含義，因此在遊的空間裏就呈現為三個層面：物理空間、遊者心理空間和想像空間。……想像空間是文化

〔註209〕 辛升：《寒香館遺稿》卷五，《清代詩文集彙編》第7冊，上海古籍出版社2010年版，第773頁。

〔註210〕 〔德〕H‧R‧姚斯、〔美〕R‧C‧霍拉勃：《接受美學與接受理論》，周寧、金元浦譯，滕守堯審校，遼寧人民出版社1987年版，第29頁。

〔註211〕 李嵐：《行旅體驗與文化想像——論中國現代文學發生的遊記視角》，中國社會科學出版社2013年版，第31頁。

景觀的一個特殊層面，文化景觀被人賦予了很多格外的希望，形成了一個在社會、文化、倫理等諸因素綜合作用下的想像空間，滿足人們不可能實現的願望或者潛意識裏的追求」〔註212〕。根據此段表述我們可以說，正是人文地理資源所蘊含的歷史文化內涵，為詩人創作時提供了想像空間。趙奎英先生則從「中國古代時間意識的空間化」角度指出：「中國古代的時間具有一種時空化合創造出來的生命感和心理體驗性，是一種意象化、詩化的時間。空間也不是了無生機的刻板空間，它同樣也為具有聯想意義的視覺色彩和生命動態景象滲透和充滿」〔註213〕，人文地理資源因其蘊含的歷史文化內涵，是「時間意識空間化」的最佳載體，也就能為詩人創作時提供內容豐富的「聯想意義」，成為詩歌中的意象，而且一般其中都包含詩人的歷史感和「生命感」，正如明楊循吉《遊虎丘寺詩序》所云：「惟騷人墨士所至，則必有語言之留，而其遊也，得與其文字久近之勢相為不朽，即使不能流佈百世以成故事，而經歲歷紀，就其人生之間，亦可考離合而驗悲樂焉，則與眾人之遊者異矣」〔註214〕。

　　由此我們也就能理解虎丘地區備受清代詩人青睞的原因了。正如明黃尊素《虎丘看月賦》所云：「過林莽，背嶔崎，平疇衍漾，孤峰透迤，周圍一里之內，而名泉怪石、古寺殘碑，充牣其間，雖窮搜而尚遺。況復霸國之遺烈，名姬之斷魂，晉人之風流，皆足以醒弔古之心脾」〔註215〕，虎丘地區古蹟眾多，在歷史長河中這些古蹟又經過了歷代詩人的題詠，於是積澱了異常豐厚的歷史文化內涵，也就為清代詩人創作時提供了巨大的想像空間。而且這些古蹟聚集密度高，詩人可以借助古蹟之間的組合，相互闡發，彼此映襯，創作出意蘊深厚、別出心裁的詩歌。茲舉數例：

　　　　武丘山畔石參差，不見生公講法時。一夜真娘墳下雨，桃花落盡土花滋。

〔註212〕 李嵐：《行旅體驗與文化想像──論中國現代文學發生的遊記視角》，中國社會科學出版社2013年版，第27頁。

〔註213〕 趙奎英：《中國古代時間意識的空間化及其對藝術的影響》，《文史哲》2000年第4期。

〔註214〕 楊循吉：《松籌堂集》卷四，《四庫全書存目叢書》集部第43冊，齊魯書社1997年版，第240頁。

〔註215〕 黃尊素：《黃忠端公文略》卷二，《四庫禁毀書叢刊》集部第185冊，北京出版社1997年版，第38～39頁。

——王文治《真娘墓》〔註216〕

埋骨青山隔幾春，英雄沾盡女兒巾。五人之墓千人石，為活千
人死五人。

——舒位《虎丘竹枝詞》（其七）〔註217〕

大廷錯置倒冠裳，流禍令斯俠骨香。名墓名山相永峙，從茲不
獨數真娘。

——毛曙《題虎丘五人墓三絕句》（其三）〔註218〕

寺滿松杉片石孤，橋橫潤影落浮屠。池光映塹玄宮靜，劍氣沉
雲霸業徂。幽梵夜分傳宋偈，清歌秋半想吳歈。登臨不少遊人跡，
獨愛深山說白蘇。

——李元鼎《虎丘二首》（其二）〔註219〕

金閶簡是迷香路。又月底、移船去。風定石坪笙管度。吳王虹
劍，真孃珠粉，兒女英雄處。　草痕短薄荒祠暮。入望寒山夜鐘句。
自負多情天應許。要離事往，館娃人去，一陣催花雨。

——龔鼎孳《青玉案·虎丘踏月》〔註220〕

虎丘地區闔閭墓、劍池、生公講臺、千人石、真娘墓、仰蘇樓、五人墓等名勝
古蹟，在詩人眼中，既是一個地理景觀群，同時也是一個地理意象群，為其提
供了琳琅滿目的創作資源寶庫。正如本書中編所闡述的，一個地區的文學微區
位條件中，地理資源的豐富程度和具體內容屬於主要因素。

再次，人文地理資源也能影響詩文的傳播。文徵明《金山志後序》云：「金
山在大江中，號為絕勝，由唐以來，題詠多矣，世稱張祜、孫魴二詩，以為絕
唱。自今觀之，二詩誠未易及，然在唐人中未為極致。徒以金山故，獨不得廢。

〔註216〕王文治：《夢樓詩集》卷二，《清代詩文集彙編》第 370 冊，上海古籍出版社
2010 年版，第 659 頁。

〔註217〕舒位：《瓶水齋詩集》卷十，《清代詩文集彙編》第 479 冊，上海古籍出版社
2010 年版，第 133 頁。

〔註218〕毛曙：《野客齋詩集》卷四，《清代詩文集彙編》第 307 冊，上海古籍出版社
2010 年版，第 536 頁。

〔註219〕李元鼎：《石園全集》卷二，《清代詩文集彙編》第 9 冊，上海古籍出版社 2010
年版，第 465 頁。

〔註220〕龔鼎孳：《定山堂詩余》卷二，《清代詩文集匯編》第 51 冊，上海古籍出版社
2010 年版，第 153 頁。

詩以山傳耶？山以詩傳耶？要之，人境相須，不可偏廢」〔註221〕，文徵明看到除「山以詩傳」外，也存在「詩以山傳」的情況，進而提出「人境相須，不可偏廢」的觀點，辯證地看待文地關係。文學作品不僅能借助於地理而流傳，有時甚至能借助於題壁、碑刻、雅集文萃、地方志等而留存，以彌補正式刊刻詩文集的遺漏。這方面較為突出的例子即各種山水寺廟道觀志中所輯錄的佚詩。就清顧詒祿《虎丘山志》而言，該志一共二十四卷，其中卷十二至卷二十四皆為「藝文」，輯錄了自陳迄清的大量有關虎丘山的詩、賦、序、說、碑記、銘、祭文等，其中有些詩是他處所無，例如該志卷十八歸莊的一首《遊虎阜追和李文饒韻》，今上海古籍出版社 2010 年版《歸莊集》中即闕如。茲錄於下：

> 虎丘吳小山，江左稱奇觀。大石如平原，飛樓若絕岸。上為吳
> 王墓，松柏挺古幹。寶劍埋重淵，岩壑增佳玩。何為三千年，曾不
> 逢雷煥？石有秦王跡，考之疑信半。悲哉幽獨吟，長夜不復旦。園
> 墅與蘭若，古今互更換。澗上鶴不還，堂中雲亦散。風至塔鈴鳴，
> 月高林影亂。亦有真娘墓，過者留詞翰。不聞夢魂中，贈以錦繡段。
> 名山足娛賞，遺跡有嗟歎。心欽李衛公，題詠文章爛。〔註222〕

這首五言古詩雖然略顯質木無文，但歸莊將虎丘山上千人石、闔閭墓、劍池、試劍石、幽獨君墓、短簿祠、養鶴澗、真娘墓等名蹟幾乎一一詠遍，在虎丘題詠中並不多見，充分展現了虎丘山遺跡的豐富程度，值得留意。另外，不少學者注意到並開始研究山水寺廟道觀志中輯錄佚詩的文學價值，例如馮國棟《山寺志文學文獻的價值與局限——從山寺志書所載王安石佚詩說起》〔註223〕、李成晴《〈南雁蕩山志〉與宋詩輯佚》〔註224〕、呂冠南《〈崆峒山志〉所錄宋佚詩》〔註225〕等，茲不贅述。

三、現實世界中文學對地理資源的反作用

正如文徵明所言：「山以詩傳」，同時「詩以山傳」；董其昌所言：「詩以山

〔註221〕文徵明：《文徵明集》補輯卷十九，周道振輯校，上海古籍出版社 1987 年版，第 1257 頁。

〔註222〕顧詒祿：《虎丘山志》卷十八，沈雲龍主編《中國名山勝跡志叢刊》第四輯，文海出版社 1975 年版，第 626～627 頁。

〔註223〕馮國棟：《山寺志文學文獻的價值與局限——從山寺志書所載王安石佚詩說起》，《社會科學戰線》2012 年第 8 期。

〔註224〕李成晴：《〈南雁蕩山志〉與宋詩輯佚》，《古籍整理研究學刊》2015 年第 1 期。

〔註225〕呂冠南：《〈崆峒山志〉所錄宋佚詩》，《中國道教》2017 年第 1 期。

川為境，山川亦以詩為境」，文學與地理之間存在著明顯的雙向互動關係，金學智先生將此種關係總結為「景詠相生律」，即「詩詠既誕生於現實景境，又反過來使現實景境增值、添彩、拓展、生發，向詩境昇華」〔註226〕，此歸納可謂簡潔扼要。不過，金學智先生似乎尚未注意到現實世界中文學對地理的反作用。

此處所謂現實世界中文學對地理的反作用，並非指文學影響文人對地理景觀的感知和詩文創作，或文學提升地理景觀的知名度，而是指在文學的影響下，文人在現實世界中勒石鐫碑、舉行模仿性的詩會雅集、修建與詩文或文學家相關的建築等實際行為。其中最為典型的應屬修造建築，因為此類行為在歷史上十分普遍，前文所述趙翼、蔣業晉等築慕李軒、懷杜閣、思白堂、仰蘇樓即是一例，茲再舉二例。

明唐寅《姑蘇寒山寺化鐘疏》云：「本寺額號寒山，建始普明。殿宇粗備，銅鐘未成。月落烏啼，負張繼楓橋之句……今將鼓烘爐以液精金，範土泥而鑄大樂。舉茲盛事，用叩高賢」〔註227〕，當時世人鑄造銅鐘，主要原因居然不是為佛教計，而是為使現實中的寒山寺與《楓橋夜泊》「夜半鐘聲」的意境相符，並以此向先賢張繼叩謁，由此足見文學對現實的反作用力量之強大。

南宋范成大《吳船錄》卷上的兩則記載更加具有代表性：

> 辛未。登城西門樓……西門名玉壘關。自門少轉，登浮雲亭，李繁清叔守郡時所作。取杜子美詩「玉壘浮雲變古今」之句，登臨雄勝。
>
> 壬寅。將解纜，嘉守王充子蒼留看月榭。前權守陸游務觀所作，正對大峨，取李太白「峨眉山月半輪秋，影入平羌江水流」之句。〔註228〕

宋淳熙四年（1177），范成大自四川制置使召還，五月底由成都起程，取水路東下，於十月抵臨安，因隨日紀所閱歷著《吳船錄》。在第一則記載中，范成大記錄自己登臨玉壘山浮雲亭的觀感。「玉壘浮雲變古今」是杜甫《登樓》中

〔註226〕 金學智：《張繼〈楓橋夜泊〉及其接受史》，《蘇州大學學報》（哲學社會科學版）2002 年第 4 期。

〔註227〕 葉昌熾：《寒山寺志》卷一，張維明校補，江蘇古籍出版社 1999 年版，第 29～30 頁。

〔註228〕 范成大：《吳船錄》卷上，《范成大筆記六種》，孔凡禮點校，中華書局 2002 年版，第 188、208 頁。

的詩句，全詩為：「花近高樓傷客心，萬方多難此登臨。錦江春色來天地，玉壘浮雲變古今。北極朝廷終不改，西山寇盜莫相侵。可憐後主還祠廟，日暮聊為梁甫吟」〔註229〕。杜甫此首《登樓》詩賦予玉壘山登臨勝景一種憂國憂民的色彩，郡守李蘩通過修建浮雲亭，將杜詩中的家國情懷進一步固化，以供後人憑弔。第二則記載中，范成大記錄自己遊覽嘉州月榭的經過。「峨眉山月半輪秋，影入平羌江水流」出自李白的絕句《峨眉山月歌》。此詩語言淺近，音韻流暢，意境明朗，二十八字中地名凡五見，被目為絕唱，賦予峨眉山景致以詩情畫意和千古聲名。陸游出於偏愛，建造月榭，將李白《峨眉山月歌》對嘉州人文地理的影響和塑造予以固化。浮雲亭和月榭雖然是建築，但因蘊含著後人對李杜及其詩歌的紀念而不再普通，李蘩和陸游此舉也成為一種文化事件，這中間層層疊加的歷史文化內涵打動了范成大，於是他在《吳船錄》中特意加以記錄。正如魯西奇先生所言：「許多景觀一開始就是被有意設計或者後來被重新設計的，在其形成過程中就被賦予了某些特定的觀念與意義，所以它在很大程度上是在構想、文學形式、藝術中或景觀中所實現的文化表達」，「景觀就被看作是具有思想的文化產物，景觀的多樣性遂指向文化與思想的多樣性，從而被賦予了更為深刻而豐富的內涵」〔註230〕，這種紀念前賢的亭臺樓閣等建築，一方面是後代文人的文化表達，另一方面也因其所代表的「文化與思想的多樣性」、「深刻而豐富的內涵」，不斷激發著作家的創作靈感，上述虎丘地區書寫真娘墓、仰蘇樓、懷杜閣等人文地理資源的詩文即充分體現了這一點。

　　通過以上例子，我們可以更加清楚地看到，優秀的文學作品不僅能夠影響後來的文人對自然景觀或人文景觀的感知，而且能通過後來的文人修建亭榭樓閣等行為改變現實世界，在現實世界中增加新的人文景觀。曾大興先生提出的「實體性文學景觀」概念，即能體現此種現實世界中文學對地理資源的反作用。文學景觀是「地理環境與文學相互作用的結果，它是文學的……一種地理呈現」〔註231〕，而所謂實體性文學景觀又叫「文學外部景觀」，「是指文學家在現實生活中留下的景觀，包括他們光臨題詠過的山、水、石、泉、亭、臺、

〔註229〕杜甫：《杜工部集》卷十三，清錢謙益箋注，《四庫禁毀書叢刊》集部第40冊，北京出版社1997年版，第226頁。
〔註230〕魯西奇：《中國歷史的空間結構》，廣西師範大學出版社2014年版，第43、44頁。
〔註231〕曾大興：《文學地理學概論》，北京商務印書館2017年版，第229頁。

樓、閣，他們的故居，後人為他們修建的墓地、紀念館，等等」〔註232〕。我
們認為，與經文學家光臨題詠後形成的實體性文學景觀相比，後人為文學家修
建的實體性文學景觀更加重要，因為前者的歷史文化內涵是隱含的，而後者是
對現實世界實實在在的改變，為後人提供了憑弔先賢的實體，也為後人創作詩
文提供了新的人文地理資源，文學因此獲得新的生命力，在這種傳承與累積中
生生不息。

〔註232〕曾大興：《文學地理學概論》，北京商務印書館 2017 年版，第 234 頁。

第十章 對立與統一：清代詩文對虎丘地區民俗和市廛的書寫

　　明清時期，蘇州商業區逐步突破城垣的限制，發展至城西閶門外虎丘地區，「在城外，城市商業中心擴展到了閶門外圍，並以此為核心，由點轉化為線，沿運河河道呈放射狀伸展，形成了閶門—楓橋、閶門—虎丘和閶門—胥門三條城市伸展軸」〔註1〕。另外，據《吳郡歲華紀麗》卷六「荷花蕩」條和《清嘉錄》卷八「石湖串月」條記載，明朝時蘇州百姓於這兩處六月二十四日荷花生日觀荷納涼和八月十八賞月的習俗，入清後也逐漸轉移至虎丘山塘。繁華的商業街區，新興的民俗活動，再加上原本就有的虎丘、楓橋等名勝古蹟，使虎丘地區成為一年四季遊人如織的熱鬧地帶。《乾隆元和縣志》卷十「風俗」即云：「虎丘山塘，吳中遊賞之地，春秋為盛，冬夏次之。每花晨月夕，仙侶同舟，佳人拾翠，暨四方宦遊之輩，靡不畢集」〔註2〕，對虎丘地區的遊冶盛況，清代文人不惜筆墨，相關詩文數以千計。而透過這大量的詩文，我們能更加清晰地看到清代虎丘地區在蘇州空間系統中的樞紐地位。

〔註1〕陳泳：《城市空間：形態、類型與意義——蘇州古城結構形態演化研究》，東南大學出版社 2006 年版，第 57 頁。
〔註2〕許治修，沈德潛、顧詒祿纂：《乾隆元和縣志》卷十，《中國地方志集成·江蘇府縣志輯》第 14 冊，江蘇古籍出版社 1991 年版，第 110 頁。

第一節 「虎丘千古月」：清代詩文中的中秋虎丘玩月

歸莊《虎丘山三首》（其一）云：「吳中多名山，最勝稱虎丘。遊人無時無，絕勝惟中秋」〔註3〕，中秋節虎丘山的玩月盛況在明代袁宏道《虎丘》和張岱的《虎丘中秋夜》這兩篇散文中已有生動的描寫，清代詩人們更是紛紛在其詩文中展開書寫。

清初毛瑩《中秋》〔註4〕云：

> 虎丘千古月，傾動闔閭城。壺榼年年事，笙歌處處聲。衰齡殊
> 潦倒，舊夢不分明。幸得禪中趣，真空破妄情。

詩人雖言「禪中趣」「破妄情」，可是此詩首聯和頷聯著實概括出中秋虎丘賞月情形之盛大。屈大均《虎丘中秋夕》〔註5〕則寫道：

> 今宵三五足歡娛，一片姑蘇似玉壺。天作千人歌舞石，月華流
> 滿錦氍毹。

詩中化用唐王昌齡《芙蓉樓送辛漸》中「一片冰心在玉壺」的詩句，在喧囂的虎丘賞月盛景中突出月色的清涼澄澈，在此類詩歌中別具一格。面對中秋虎丘夜的良辰美景，詩人們除遊興勃發外，更是文思泉湧，清代詩文集中相關詩歌繁多，茲再舉數例：

> 吳俗尊秋序，傾城買畫橈。解衣排月戶，洗盞上山椒。士女填
> 通夕，歡娛展六朝。旅情耽獨往，錦席未須招。
>
> ——曹溶《甲寅虎丘中秋二首》（其二）〔註6〕

> 虎丘佳麗值中秋，樂府應歌清夜遊。不信三分明月後，盡將無
> 賴屬揚州。
>
> ——吳祖修《虎丘中秋寄葉學山揚州》〔註7〕

〔註3〕 歸莊：《山遊詩》，《清代詩文集彙編》第 42 冊，上海古籍出版社 2010 年版，第 4 頁。

〔註4〕 毛瑩：《晚宜樓集》，《清代詩文集彙編》第 9 冊，上海古籍出版社 2010 年版，第 133 頁。

〔註5〕 屈大均：《道援堂詩集》卷十一，《清代詩文集彙編》第 118 冊，上海古籍出版社 2010 年版，第 205 頁。

〔註6〕 曹溶：《靜惕堂詩集》卷二十二，《清代詩文集彙編》第 45 冊，上海古籍出版社 2010 年版，第 386 頁。

〔註7〕 吳祖修：《柳塘詩集》卷六，《清代詩文集彙編》第 157 冊，上海古籍出版社 2010 年版，第 418 頁。

取次笙歌起畫樓，白堤爭擊木蘭舟。月明如水人如海，記取今
宵在虎丘。

——王應奎《中秋虎丘》〔註8〕

邱璋《虎阜看月歌》〔註9〕是一首七言古詩，在較長的篇幅內更宜展開細
緻的鋪敘：

纖雲四卷天無河，碧空圓景舒金波。海湧峰巔光倍皎，夜行如
畫遊人多。月光遠映湖光白，三萬六千頃一色。瓊樓玉宇影動搖，
上下空明瞭不隔。宵深風露怯高寒，人影參差雲磴盤。金粟濃香攜
兩袖，可中亭畔倚闌干。山前山後花陰繞，浮動清光群木杪。此身
合住廣寒宮，一聲只怕雞催曉。畫船簫鼓樂無央，洗耳何如雲水光。
阿誰坐月千人石，只見嬉燈七里塘。

眾多描寫中秋虎丘玩月的詩歌中，李漁的一首《水調歌頭·中秋夜金閶泛月》
〔註10〕值得注意：

載酒覆載月，招友更招僧，不登虎阜則已，登必待天明。上半
夜嫌鼎沸，中半夜愁轟飲，詩賦總難成。不到雞鳴後，鶴夢未全醒。

歸來後，詩易作，景難憑。捨真就假，何事擱筆費經營。況是
老無記性，過眼便同隔世，五鼓忘三更。就景揮毫處，暗助有山靈。

此詞並未像其他詩詞那樣對中秋虎丘賞月盛景多費筆墨，而是獨闢蹊徑，著眼
於詩人在遊宴時和歸來後的詩文創作過程，可謂道出文人不同於一般市民只
重耳目之娛的賞月心理。詩人們往往像李漁一樣，與其說是在虎丘泛月，不如
說是在月下尋詩。

錢謙益的《虎丘秋月圖題贈似虞周翁》〔註11〕是一首五言古詩，長達四百
字，在中秋虎丘賞月詩歌中獨樹一幟，茲錄於下：

虎丘佳麗地，中秋明月時。吳儂競芳辰，結伴相邀嬉。一翁迤
邐來，蒼顏白鬚眉。徐行躡浮圖，信步穿劍池。躩鑠憎扶掖，矯健

〔註8〕　王應奎：《柳南詩鈔》卷七，《清代詩文集彙編》第 256 冊，上海古籍出版社
　　　　 2010 年版，第 330 頁。

〔註9〕　邱璋：《諸花香處詩集》卷九，《清代詩文集彙編》第 445 冊，上海古籍出版社
　　　　 2010 年版，第 251 頁。

〔註10〕　李漁：《笠翁余集》卷八，《清代詩文集彙編》第 31 冊，上海古籍出版社 2010
　　　　 年版，第 52 頁。

〔註11〕　錢謙益：《牧齋初學集》卷五，《清代詩文集彙編》第 1 冊，上海古籍出版社
　　　　 2010 年版，第 219 頁。

逾僮兒。還憩千人坐，微汗揮裳衣。遊人群指目，伎女爭繞圍。無乃地行仙，遨遊下岩扉？此翁少好遊，遊興老不衰。年年中秋月，艤舟虎丘湄。排連五十秋，晴雨莫間之。譬如秋風雁，歲歲不失期。還觀同遊人，遊跡苦參差。少者漸以老，老者漸以稀。山中有老衲，拱揖復嗟諮。與翁為輩行，是我影堂師。亦有中年人，鬢髮漸成絲。拍肩呼曾孫，側坐相追隨。昔時裘馬客，今或寒與饑。畫船易新主，簫鼓無遺吹。昔時紅粉伎，零落歸山啤。或為衰年嫗，乞食行吹篪。吳風遞更換，吳妝日葳蕤。短衣遍紅紫，大袖拂履綦。吳歌稱絕調，傾聽良已非。新腔難按拍，急管增繁悲。轉盼復誰是，屈指亦自疑。豈獨市朝改，兼恐陵谷移。惟有生公石，盤陀閱成虧。惟有劍池月，秋來鑒如規。羨此鶴髮翁，身閒步逶迤。秋山與秋月，年年對霜髭。人生皆昔夢，一往不可追。夢愕與夢歡，夢者豈自知。冶遊如好夢，夢覺心說怡。胡為勞生人，惘惘徒歔欷。翁今年九十，健啖足若飛。幸逢聖明世，擊壤歌雍熙。煌煌老人星，長照虞山厓。更度十中秋，為舉百歲卮。

詩中所寫九十歲高壽的老翁周似虞是明末常熟人，精於醫術，在吳中一帶享有盛名。錢謙益在描寫周似虞精神矍鑠地遊賞虎丘的同時，以其為對照，展開對歲月流逝、人事變遷的敘述，再加上明月盈虧輪迴、生公石千古不易的對比，最終發出人生如夢的感慨。寫中秋樂景而徒生虛無淒涼之情，在山水遊覽中品味人間百態，賦予此詩厚重的人生哲理感。

錢謙益所寫老翁周似虞中秋節到虎丘並非只為賞月，更為虎丘曲會而來。周似虞曾師從魏良輔學曲，《牧齋初學集》卷三十七有《似虞周翁八十序》，云：「翁與魏生遊旬月，曲盡其妙，每中秋坐生公石，歌伎負牆，人聲簫管，喧呶不可辨。翁一發聲，林木飄杳，廣場寂寂無一人」〔註 12〕，可見其唱功高超。從詩中可以看出周似虞每年都會到虎丘參加中秋曲會活動，五十年風雨無阻，足見虎丘曲會魅力之大。虎丘曲會是崑曲發展史上一個十分突出的文化現象。據學者研究，虎丘曲會「自十六世紀初期開始即有，延至十八世紀清代中葉，先後盛行達三百年之久」〔註 13〕，在發展過程中，逐漸集「良辰、美景、勝友、

〔註 12〕錢謙益：《牧齋初學集》卷三十七，《清代詩文集彙編》第 1 冊，上海古籍出版社 2010 年版，第 564 頁。

〔註 13〕胡忌、劉致中：《昆劇發展史》，中國戲劇出版社 1989 年版，第 51～52 頁。

佳作、名手」諸多美物於一體，反映了蘇州人一種「求精緻、尚美雅」的審美心態，「堪稱吳中文化的典型代表」〔註14〕。虎丘曲會的盛行，除文化的原因外，其實還離不開虎丘獨特的地理環境。如前所述，虎丘距離閶門只有七里，水陸皆通，交通便捷，十分方便蘇州城內市民遊覽。另外，蘇州城中民居櫛比，地狹人稠，而虎丘空間軒敞，千人石開闊平整，更是舉行曲會競演的天然大舞臺。

　　對於虎丘曲會，清代詩文中也有所描寫。例如李漁《虎丘千人石上聽曲四首》（其四）〔註15〕：

　　　　一贊一回好，一字一聲血。幾令善歌人，唱殺虎丘月。

李漁另有詞《風流子·虎丘千人石上贈歌者》〔註16〕：

　　　　一曲清謳石上，到處筐篋齊放。思喝彩，慮喧嘩，默默低頭相
　　向。早停莫唱，十萬歌魂齊喪。

由此可見當時虎丘曲會表演水平之高。再如錢良擇《虎阜中秋紀事》〔註17〕：

　　　　廣石千人醉，嚴城萬戶災。嘈嘈歌曲歇，出出叫聲來。赤映冰
　　輪熱，香知繡閣灰。豪奢端召此，禪灶不須猜。

詩人雖然對中秋虎丘玩月之鋪張有所不滿，但從中我們也可看出當時中秋虎丘曲會盛況。

　　中秋虎丘賞月場面如此熱鬧盛大，以至身處異地的詩人也渴望參與。例如徐增《中秋有感示遊虎丘諸君》〔註18〕：

　　　　十年不見虎丘青，前此良宵每泛舫。夢裏有懷身竟老，病間無
　　友戶常扃。一山月色千人坐，半夜簫聲滿寺聽。安得籃輿隨杖履，
　　清茶白話可中亭。

詩人病中仍對「一山月色」「半夜簫聲」念念不忘，可見中秋節虎丘玩月魅力

〔註14〕　任孝溫：《虎丘曲會成因考》，《蘇州大學學報》（哲學社會科學版）2008 年第
　　　　　5 期。
〔註15〕　李漁：《笠翁詩集》卷七，《清代詩文集彙編》第 30 冊，上海古籍出版社 2010
　　　　　年版，第 564 頁。
〔註16〕　李漁：《笠翁余集》卷八，《清代詩文集彙編》第 31 冊，上海古籍出版社 2010
　　　　　年版，第 18 頁。
〔註17〕　錢良擇：《撫雲集》卷三，《清代詩文集彙編》第 165 冊，上海古籍出版社 2010
　　　　　年版，第 461 頁。
〔註18〕　徐增：《九誥堂集》詩之六，《清代詩文集彙編》第 41 冊，上海古籍出版社 2010
　　　　　年版，第 165 頁。

之大。再如女詩人朱中楣《丁酉秋日舟次京口適梅君有金陵之行約同虎丘玩月及抵潯墅而鴻音尚杳漫賦一律》〔註19〕：

> 乘風飛渡大江南，越水吳山任所探。每訊長年程報九，共邀明
> 月影成三。錦帆涇泊懷人遠，潯墅關留笑客耽。來日虎丘休負約，
> 可中亭畔待同酣。

詩人當時舟次鎮江，夫君李元鼎將赴南京，都地近蘇州，於是她約夫君中秋同至虎丘玩月。詩歌第四句化用李白《月下獨酌四首》（其一）詩句「舉杯邀明月，對影成三人」，卻不寫孤獨，描述想像中夫妻共遊虎丘、同賞明月琴瑟和諧的畫面，可謂聰穎。又如錢澄之《中秋集吳中諸友於菩提樹下戲仿虎丘盛會再用秋字》〔註20〕：

> 月出訶林東殿頭，同人高興半吳洲。海天萬里冰輪滿，梵剎千
> 年寶樹秋。鐘唄聲隨歌板歇，祖師禪向酒杯求。壇邊幾處分場坐，
> 醉後朦朧當虎丘。

中秋節詩人身在嶺南，乾脆組織當地的蘇州同鄉舉行宴會，一邊賞月，一邊遙想家鄉虎丘玩月之盛，這也算得上是另一種方式的參與了。

《吳郡歲華紀麗》卷八「千人石聽歌」條記載：「中秋之夕，共遊虎丘，千人石聽歌……各據勝地，延名優清客，打十番爭勝負。十二三日始，十五日止」〔註21〕，可見虎丘玩月並不只限於中秋節當天，而是之前數日就已經很熱鬧。對此清代詩歌中也多有記錄。例如毛曙《八月十三虎丘即目四絕句》（其一）〔註22〕：

> 桂香連巷陌，人跡滿林邱。岩壑成塵市，喧囂夜未休。

再如徐釚《八月十四日念修七來招同友人虎丘泛月筠軒有詩見貽即次原韻》〔註23〕：

> 良辰又值可憐宵，爭擁遊人似海潮。衰備懶攀吳苑柳，輕盈尚

〔註19〕朱中楣：《石園全集》卷十六，《清代詩文集彙編》第 9 冊，上海古籍出版社 2010 年版，第 548 頁。

〔註20〕錢澄之：《藏山閣詩存》卷十一，《清代詩文集彙編》第 39 冊，上海古籍出版社 2010 年版，第 674 頁。

〔註21〕袁學瀾：《吳郡歲華紀麗》卷八，甘蘭經、吳琴校點，江蘇古籍出版社 1998 年版，第 256～257 頁。

〔註22〕毛曙：《野客齋詩集》卷六，《清代詩文集彙編》第 307 冊，上海古籍出版社 2010 年版，第 572 頁。

〔註23〕徐釚：《南州草堂續集》卷一，《清代詩文集彙編》第 141 冊，上海古籍出版社 2010 年版，第 466 頁。

憶楚宮腰。數聲羯鼓聲嘈雜，幾簇華燈影動搖。詞客眼前推二妙，
不愁猿鶴去難招。

第二節　「多情花酒地」：清代詩文中的山塘冶遊

《民國吳縣志》云：「吳人好遊，以有遊地、遊具、遊伴也。遊地則山水
園亭，多於他郡；遊具則旨酒嘉肴，畫舫簫鼓，咄嗟立辦；遊伴則選妓徵歌，
盡態極妍。富室朱門，相引而入，花晨月夕，競為勝會」〔註24〕。虎丘地區以
其幽美的風景、繁盛的市廛和深厚的歷史文化內涵，吸引著蘇州市民以及遠近
遊客前往遊覽，常年遊人不絕。前文對遊覽虎丘的作品已經多有引述，接下來
本書將重點分析清代作家對山塘街的文學書寫。

　　山塘街作為清代聞名全國的一條商業街，其繁盛程度在乾隆二十四年
（1759）蘇州畫家徐揚創作的《姑蘇繁華圖》中有直觀形象的展現。該圖中
閶門外至虎丘的山塘街上店肆林立，市招高揚，遊客接踵摩肩熙來攘往，山
塘河中船帆如雲，官船、貨船、客船、雜貨船、畫舫等各式船隻首尾相連。
就店肆來說，從圖中店招清晰可見有布行、磚瓦石灰、燈草老行、銅器、綢
莊、錢莊、葷素小吃、家常便飯、膠州醃豬老行、南京板鴨、道地藥材、牛
油燭、小磨麻油、糧食、手巾扇子、大肉饅頭、四時盆景、漆器、定織細席、
精工竹器、古玩玉器、太倉棉花、時款瓷器、京蘇雜貨、酒坊……可謂琳瑯
滿目應有盡有。顧祿《桐橋倚棹錄》中對山塘街的繁華也有具體的記載。例
如卷十「市廛」中所記酒樓三山館「四時不斷烹庖，以山前後居民有婚喪宴
會之事，多資於是」，而另外兩家酒樓山景園和聚景園「只招市會遊屐。每歲
清明前始開爐安鍋，碧檻紅欄，華燈璀璨。過十月朝節，席冷樽寒，圍爐乏
侶，青望乃收矣。」〔註25〕書中羅列的酒樓菜品多達一百四十七種，光點心
就有二十六道。此外，清代山塘街也是尋花問柳之地。清西溪山人所編《吳
門畫舫錄》卷上即云：「吳門為東南一大都會，俗尚豪華，賓遊絡繹，宴客者
多買棹虎丘，畫舫笙歌，四時不絕，垂楊曲巷，綺閣深藏」〔註26〕，書中所

〔註24〕曹允源、李根源：《民國吳縣志》卷五十二上，《中國地方志集成·江蘇府縣志
　　　　輯》第 11 冊，江蘇古籍出版社 1991 年版，第 848 頁。
〔註25〕顧祿：《桐橋倚棹錄》卷十，王稼句點校，中華書局 2008 年版，第 372 頁。
〔註26〕西溪山人編：《吳門畫舫錄》卷上，張智主編《中國風土志叢刊》第 38 冊，廣
　　　　陵書社 2003 年版，第 31 頁。

記名妓幾乎都居住在山塘街上塘或下塘一帶。另據顧祿《桐橋倚棹錄》卷十二「舟楫」部分介紹：「有本船自蓄歌姬以待客者……其船多散泊於山塘橋、楊安浜、方基口、頭擺渡等處……其人間有負一時盛名者，分眉寫黛，量髻安花，雖未能真個銷魂，直欲真個銷金，蓋亦色界之仙航、柔鄉之寶筏也」〔註27〕。由此可見清代山塘街風月之盛。

許虯有一組《望江南・山塘》〔註28〕詞：

> 山塘好，風日最宜春。種樹人歸船正泊，賣花聲過臉初勻，七里繡成茵。山塘好，長夏失炎蒸。斑竹清涼床半架，蓑衣軟脆餅千層，茉莉滿盆冰。山塘好，秋到更魂銷。茶館天香停玉勒，酒簾斜照起清簫，月掛虎溪橋。山塘好，幽趣在深冬。伎舫鉤簾飄密雪，僧僚敲磬出深松，睡著兩三峰。

四闋詞分別歌詠春夏秋冬的山塘街，可謂四季咸宜，許虯是長洲人，言語中透露著對家鄉的熱愛和驕傲。如此「紅塵中一二等富貴風流之地」〔註29〕，自然受到蘇州市民和外地遊客的熱衷。張星鑒《山塘憶舊圖序》云：「每春秋佳日，游子蕩舟於湖，衣香鬢影，藉以訪神仙義俠古蹟，來者笙歌沸天，日費斗金，以供揮霍。此不獨吳人憶其樂，即遠近之人無不憶其繁華也」〔註30〕。在熙熙攘攘的遊覽人群中，盛裝出行的婦女本身就是一道靚麗的風景線，引人注目，詩人對此也多有書寫。茲舉數例：

> 昨日輕舟出郭遲，東風吹斷雨絲絲。循堤何處春游女，盡是新妝墮馬時。

——陶季《山塘曲》〔註31〕

> 尖髻高冠異樣新，興朝服式變蘇人。年年更改殊當事，莫誚田家學未真。

〔註27〕顧祿：《桐橋倚棹錄》卷十二，王稼句點校，中華書局 2008 年版，第 389 頁。

〔註28〕許虯：《萬山樓詩集》卷二十四，《清代詩文集彙編》第 97 冊，上海古籍出版社 2010 年版，第 450～451 頁。

〔註29〕曹雪芹、高鶚：《紅樓夢》（三家評本）第一回，上海古籍出版社 1988 年版，第 6 頁。

〔註30〕張星鑒：《仰蕭樓文集》不分卷，《清代詩文集彙編》第 676 冊，上海古籍出版社 2010 年版，第 309 頁。

〔註31〕陶季：《舟車集》卷十九，《清代詩文集彙編》第 57 冊，上海古籍出版社 2010 年版，第 606 頁。

——沈寓《姑蘇竹枝詞》（其六）〔註32〕

千人石上沸笙歌，七里山塘粉黛多。看得羅敷歸怨怒，明朝出

意畫雙娥。

——陳祖範《東吳棹歌》（其一）〔註33〕

這三首詩都抓住山塘街上出遊婦女新潮而多變的妝飾來刻畫女性愛美的特
徵，尤其是陳祖範之詩，更是寫出當時蘇州城內女性在妝飾上用心、唯恐落人
後的心理，「怨怒」與「出意」二詞，可謂形神兼備、惟妙惟肖。

　　除遊客中的良家女子外，那些容貌出眾、風姿卓絕、多才多藝的歌伎同樣
也在詩人的創作視線中。例如徐昂發在《山塘涇》〔註34〕中所寫：

堤畔金沙軟，橋邊畫檝長。修眉山約黛，薄面水憐香柳影搖群

折，花須韆鬌旁。遙看雙翡翠，穿浪入斜陽。

詩中以山水花柳襯托歌伎，略顯俗套，卻也妥當。詩人目送佳人遠去，心中憐香
惜玉之情不言而喻，只是略為直露。再如曾熙文《姑蘇竹枝詞》（其四）〔註35〕：

流過山塘水亦香，橋名斟酌好飛觴。雛姬學得新檀板，隱隱歌

聲出綠楊。

此詩側面描寫年幼的歌伎在學唱新曲，詩人駐足斟酌橋，山塘河畫舫上的歌聲
隱隱約約從河岸的垂柳間飄來，角度新穎獨特，給人以想像的空間。茲再列舉
兩首側面描寫歌聲的詩作：

層樓晚倚娛遊抱，畫舫來維度妙歌。協徵調商純且繹，諧絲合

竹遞相和。方縈疏箔徐搖曳，忽傍遙林互憂磨。白月漸高輝若晝，

興來不問夜如何。

——毛暋《八月十三夜白堤吳氏樓頭聽歌作》〔註36〕

芳草平堤泥滑滑，垂楊小閣雨絲絲。篷窗半日支頤臥，聽遍蕭

〔註32〕沈寓：《白華莊藏稿鈔詩集》卷二，《清代詩文集彙編》第 154 冊，上海古籍出
　　　　版社 2010 年版，第 249 頁。
〔註33〕陳祖範：《陳司業詩集》卷一，《清代詩文集彙編》第 236 冊，上海古籍出版社
　　　　2010 年版，第 701 頁。
〔註34〕徐昂發：《乙未亭詩集》卷三，《清代詩文集彙編》第 225 冊，上海古籍出版社
　　　　2010 年版，第 635 頁。
〔註35〕曾熙文：《明瑟山莊詩集》卷三，《清代詩文集彙編》第 607 冊，上海古籍出版
　　　　社 2010 年版，第 662 頁。
〔註36〕毛暋：《野客齋詩集》卷七，《清代詩文集彙編》第 307 冊，上海古籍出版社
　　　　2010 年版，第 590 頁。

娘絕妙辭。

——邱岡《山塘泊舟天雨不得登岸》〔註37〕

對於山塘河上的畫舫，孫原湘《吳趨吟十首》中有一首《蕩湖船》〔註38〕，描摹可謂詳盡：

蕩湖船，一生不出白公堤。清晨泛月采香徑，日午載花香水溪。四角紅絡索，八扇青玻璃，中間畫簾卷銀押，陳設玉爐金盥文犀棋。桐橋日落煙波膩，放手輕搖疾於彎。但聽雙橈畫水聲，居然走馬看花意。狐裘蒙茸坐誰子，白皙長身美鬢紫。當筵鼻息乾虹蜺，一見美人心肯死。美人家住桃花塢，金鎖葳蕤閉朱戶。誰將小字說郎聞，苦要移船就儂語。樓頭飛落一片雲，照水六幅湘江群。郎飲同心杯，妾歌同心曲。一杯未竟一歌續，沉醉不妨船裏宿。

顧祿《桐橋倚棹錄》卷十二「舟楫」中對於蕩湖船有專門的介紹：「艄艙有灶，酒茗肴饌，任客所指。艙中以蠡殼嵌玻璃為窗僚，桌椅都雅，香鼎瓶花，位置務精。船之大者可容三席，小者亦可容兩筵……入夜羊燈照春，梟壺勸客，行令猜枚，歡笑之聲達於兩岸，迨至酒闌人散，剩有一堤煙月而已」〔註39〕。顧氏所記重在形容蕩湖船陳設之精美，而孫詩更增加對於船中男女人物的刻畫，主要通過女子言語，來表現蕩湖船的纏綿旖旎。此種畫舫冶遊，正如邱璋《過山塘》（其二）〔註40〕所云：

畫船銜尾盡燈毬，金管銀簫坐兩頭。低唱淺斟宵達旦，昵人一味是溫柔。

古代文人以狎妓為風流韻事，而山塘街又是花柳之地，故清代詩歌中對山塘尋歡多有書寫。例如吳偉業《燭影搖紅·山塘即事》〔註41〕：

踏翠尋芳，柳條二月春風半。泰娘家在畫橋西，有客金錢宴。道是留儂可便？細沉吟、回眸顧盼。繡簾深處，茗椀爐煙，一床絃管。

〔註37〕邱岡：《德芬堂詩鈔》卷五，《清代詩文集彙編》第 417 冊，上海古籍出版社 2010 年版，第 345 頁。

〔註38〕孫原湘：《天真閣集》卷五，《清代詩文集彙編》第 464 冊，上海古籍出版社 2010 年版，第 57 頁。

〔註39〕顧祿：《桐橋倚棹錄》卷十二，王稼句點校，中華書局 2008 年版，第 387 頁。

〔註40〕邱璋：《諸花香處詩集》卷九，《清代詩文集彙編》第 445 冊，上海古籍出版社 2010 年版，第第 251 頁。

〔註41〕吳偉業：《梅村家藏稿》卷二十二，《清代詩文集彙編》第 29 冊，上海古籍出版社 2010 年版，第 108 頁。

惜別匆匆，明朝約會新亭館。扁舟載酒問嬋娟，驀地風吹散。

此夜相思豈慣。孤枕宿、黃蘆斷岸。嚴城鍾鼓，凍雨殘燈，披衣長

歎。

此詞上闋寫宴會歡娛之熱鬧，下闋寫別後孤身之淒涼，對比分明，追歡惜別，
黯然銷魂，吳偉業將其一往情深在詞中娓娓道來。再如袁枚《姑蘇紀事》（其
四）〔註42〕：

隊隊笙歌對落暉，紅裙不放酒人歸。消魂此日山塘路，七隻仙

舟妓打圍。

袁枚此詩真實記錄了自己當時的遭遇，對此場景他語帶調侃，甚至流露出一絲
輕薄。又如顧祿《山塘晤汪小陶》（其一）〔註43〕：

曾記分曹鬥句妍，寒梅小飲對花前。若將一日三秋算，不見汪

倫已十年。

此詩共有七首，從內容來看，汪小陶是山塘街上的一名妓女，工詩能文，善解
人意，顧祿將其視為紅顏知己。顧祿此詩中的女子形象，正可以與《吳門畫舫
錄》《吳門畫舫續錄》相參看。

　　文人視在山塘街花天酒地、眠花宿柳為風流韻事，不過，這都是以金錢為
基礎的，丁耀亢的《丙辰重午前二日泛舟山塘書所見存三首》（其二）〔註44〕
可謂一針見血：

濃脂輕粉鬥鮮妍，箇箇相看貌似仙。任爾黃金鎔化易，畫船元

住冶坊邊。

山塘河中冶坊浜一段水面開闊，故畫舫都停泊於此，「冶」即「鎔」、即「銷」，
此詩巧妙地借助「冶坊浜」地名中的詞義轉換，一語道破所謂山塘街溫柔鄉乃
銷金窟的實質。

　　山塘街有風流，更有雅致，文人遊覽山塘，或閒步，或泛舟，於繁華中體
會一份詩意。例如陳懋《山塘漫興》〔註45〕：

〔註42〕袁枚：《小倉山房詩集》卷十九，《清代詩文集彙編》第339冊，上海古籍出版
　　　　社2010年版，第501頁。

〔註43〕顧祿：《頤素堂詩鈔》卷四，《清代詩文集彙編》第478冊，上海古籍出版社
　　　　2010年版，第461頁。

〔註44〕丁耀亢：《雙橋剩稿》，《清代詩文集彙編》第399冊，上海古籍出版社2010年
　　　　版，第544頁。

〔註45〕陳懋：《遂高堂詩集》卷二，《清代詩文集彙編》第446冊，上海古籍出版社
　　　　2010年版，第449頁。

> 山塘七里鬥芳妍，選勝還乘薄暮天。別院鳥啼紅杏雨，小橋人
> 度綠楊煙。酒旗傍岸停遊屐，草帶沿堤泊畫船。縱有丹青描不盡，
> 夕陽歸去緩吟鞭。

暮春時節，山塘街自然遍地是「芳妍」「酒旗」「遊屐」和「畫船」，但在詩人
筆下卻沒有那種奪人耳目的濃豔，而是描繪了一幅天朗氣清、詩意盎然的山塘
勝遊畫卷。頷聯兩句十四個字中共有六個意象，卻給人疏朗有致的感覺，紅綠
相間，有聲有色，讀來如人行圖畫中，真乃佳句。再如蒼雪大師《次答王惠叔
世兄喜逢半塘四首》（其三）：「古寺過橋寓，扁舟繫柳塘。何來隔水笛，吹送
落梅香」〔註46〕，笛聲梅香，詩中山塘街居然可以如此出塵脫俗。更甚者如汪
沈琇《山塘晚步》〔註47〕：

> 偶然童冠共，屧步水之涯。堤軟一旬雨，衣香七里花。靜中窺
> 眾妙，象外領春華。誰得吾儕樂，閒鷗浴晚沙。

春天的山塘街上姹紫嫣紅，人流擁擠，而詩人在傍晚時分閒步山塘，渾然不覺
身處鬧市，除「衣香七里花」一句稍微體現山塘街花市景致外，整首詩意境淡
泊，「靜中窺眾妙，象外領春華」已近乎玄言，這在書寫山塘街的詩歌中實不
多見。又如畢沅《山塘泛舟》〔註48〕：

> 桃花三月水，雙槳蕩波輕。落日山更麗，亂萍風自生。旗亭名
> 士酒，畫閣美人箏。我欲圖屏障，繁華染不成。

此詩雖言「繁華」，不過全詩並無穠麗感覺，詞句風雅清爽，透露出詩人安逸
悠閒的心境。再如顧文鋐的《春日山塘散步》〔註49〕：

> 七里山塘豔綺羅，小橋畫檻俯晴波。杏花村郭家家酒，燕子樓
> 臺處處歌。古院雲深梵語靜，上方風定磬聲多。金龜玉雁無消息，
> 贏得春光奈爾何。

此詩既寫山塘繁華，又寫古寺梵磬，鬧中有靜，俗世禪心，描畫出了山塘街的
另外一面。

〔註46〕蒼雪大師：《南來堂詩集》卷二，《清代詩文集彙編》第5冊，上海古籍出版社
2010年版，第41頁。

〔註47〕汪沈琇：《太古山房詩鈔》卷五，《清代詩文集彙編》第245冊，上海古籍出版
社2010年版，第367頁。

〔註48〕畢沅：《靈巖山人詩集》卷二，《清代詩文集彙編》第369冊，上海古籍出版社
2010年版，第348頁。

〔註49〕顧文鋐：《雲林小硯齋詩鈔》卷二，《清代詩文集彙編》第341冊，上海古籍
出版社2010年版，第443頁。

最後，我們來看一首顧嗣立的《山塘竹枝詞四首》（其二）〔註50〕：

　　半塘古寺綠沉沉，勸客黃鸝過水心。花船橫閣遊山去，酒市人
喧半北音。

山塘街上貿易發達，南北商賈雲集，外地商人會館林立，《桐橋倚棹錄》卷六「會館」部分即有記載，其中全秦會館、東齊會館、全晉會館、翼城會館等均是北方商人所修建。顧嗣立詩中所云「酒市人喧半北音」，正是對當時山塘街商貿盛況的側面寫照。

第三節　「家在山塘遍賣花」：清代詩文中的山塘花市

山塘街商業繁盛，其中花市是重要組成部分，王芑孫在《山塘種花人賦》的序言中即言：「山塘……百貨萃焉，而花為最」〔註51〕。《桐橋倚棹錄》卷十二「園圃」云：「花樹店，自桐橋迤西，凡十有餘家，皆有園圃數畝，為養花之地，謂之園場。種植之人俗呼『花園子』，營工於圃，月受其值，以接萼、寄枝、剪縛、扯插為能」〔註52〕。據書中所記，山塘街上出售盆景、花卉、草木、樹、結實等各種花木，其中所列花卉近百種。除零售各色花樹外，山塘街還是當時全國南北花木的集散中心，「大抵產於虎丘本山及郡西支硎、光福、洞庭諸山者居半。其有來自南路者，多售於北客，有來自北省者，多售於南人。惟必經虎丘花農一番培植，而後捆載往來，凡出入俱由店主。若春夏蘭蕙、臺灣水仙，另有專店。店主人俱如牙戶之居間，十抽其一而已，謂之『用錢』，即翁徵君照所謂『更憐一種閒花草，但到山塘便值錢』是也」〔註53〕。另外，袁學瀾《吳郡歲華紀麗》卷三也有「虎阜花市」條專記花市。虎丘地區還專門修有兩座花神廟，每年二月十二日百花生日，「虎丘花神廟，擊牲獻樂，以祝仙誕，謂之『花朝』」〔註54〕，場面如此熱鬧隆重，足見花市商人和花農的重視。

花卉作為一種審美意象，歷來受到文人創作的青睞，對於四季常春的山塘

〔註50〕顧嗣立：《秀野草堂詩集》卷四十九，《清代詩文集彙編》第 214 冊，上海古籍出版社 2010 年版，第 329 頁。

〔註51〕王芑孫：《惕甫未定稿》卷一，《清代詩文集彙編》第 442 冊，上海古籍出版社 2010 年版，第 265 頁。

〔註52〕顧祿：《桐橋倚棹錄》卷十二，王稼句點校，中華書局 2008 年版，第 391 頁。

〔註53〕顧祿：《桐橋倚棹錄》卷十二，王稼句點校，中華書局 2008 年版，第 392 頁。

〔註54〕顧祿：《清嘉錄》卷二，來新夏點校，中華書局 2008 年版，第 71 頁。

花市，清代作家也多有題詠。例如李漁《虎丘賣花市》〔註 55〕：

疑是河陽縣，還如碎錦坊。評來都入畫，賣去尚留香。價逐蜂叢踴，人隨蝶翅忙。王孫休惜費，難買是春光。

詩中「河陽縣」典出《白孔六帖》：「晉潘岳為河陽令，樹桃李花，人號曰『河陽一縣花』」〔註 56〕，此處用來形容山塘花市花木繁多。此詩並未對花市具體情狀展開描繪，但從詩歌可以看出，隨著春暖花開，前往虎丘花市買花之人逐漸增多，而花木價格也隨之上漲。丁耀亢就曾因山塘花卉價格高昂而未能如願購買，遺憾之下作詩《買虎丘花圃盆卉價貴不得》〔註 57〕以紀：

沿岸開芳浦，春來花事繁。接培勞地力，拳曲豈天恩。草木因時貴，榮華詎久存。園丁莫驕嗇，梅月在山村。

再如孫原湘《山塘雜詩》（其一）〔註 58〕：

花市桃梅十月開，朱朱白白映妝臺。西風落葉聲如雨，不到美人心上來。

秋風蕭瑟，落葉繽紛，山塘花市卻一片花團錦簇，人面花容，生機盎然。又如沈德潛《一翦梅．白堤花市》〔註 59〕：

七里山塘傍水涯，紅豔家家，綠蔭家家。曲闌磁盎貯英華，海內名花，海外名花。　金夫玉女買流霞，滿載輕車，分載香車。油油禾黍此間賒，不種桑麻，須種桑麻。

此詞反映出當時山塘花市之盛，名花彙集，車馬輻輳，「紅豔家家，綠蔭家家」一句與前引孫詩「朱朱白白映妝臺」有異曲同工之妙。以「霞」喻山塘花市之流光溢彩，在其他詩人筆端也反覆出現。例如李楷《虎丘》：「翠剪春工絳剪霞，我來猶看朱家花」〔註 60〕，王鑨《穎水傳叔甘攜姑熟綠英梅沙盆小放

〔註 55〕李漁：《笠翁詩集》卷五，《清代詩文集彙編》第 30 冊，上海古籍出版社 2010 年版，第 485 頁。

〔註 56〕白居易原本，宋孔傳續撰：《白孔六帖》卷七十七，《影印文淵閣四庫全書》總第 892 冊，臺灣商務印書館 1986 年版，第 278 頁。

〔註 57〕丁耀亢：《江乾草》，《清代詩文集彙編》第 13 冊，上海古籍出版社 2010 年版，第 469 頁。

〔註 58〕孫原湘：《天真閣集》卷五，《清代詩文集彙編》第 464 冊，上海古籍出版社 2010 年版，第 56 頁。

〔註 59〕陸肇域、任兆麟編纂：《虎阜志》卷二上，張維明校補，古吳軒出版社 1995 年版，第 121 頁。

〔註 60〕李楷：《河濱詩選》卷九，《清代詩文集彙編》第 34 冊，上海古籍出版社 2010 年版，第 525 頁。

清龕襲人命作歌紀之因為歌》：「十年不見綠英花，曉玉消雪流青霞」〔註61〕，
孫原湘《吳趨吟十首·賣花家》：「前花後花中非花，五色璀璨如朝霞」〔註62〕，
顧日新《山塘花市歌》：「山塘人家遍種花，花時七里飛明霞」、《唐花》：「牡
丹不是真強項，雪壓流霞萬萬堆」〔註63〕，王家相《虎丘山歌》：「居人歲歲
作生涯，手植瓊田萬樹霞」〔註64〕，袁學瀾《虎阜花市行》：「窗外梨雲欺白
雪，堦前芍藥流丹霞」〔註65〕，黃人《七里塘》：「琵琶如甄花如霞，朝雲暮
雨滋繁華」〔註66〕，釋溥琬《虎丘訪賣花老人》：「緩攜柳栗訪山家，一路斜
陽五色霞」〔註67〕。還有楊羲的《題山塘載花圖》〔註68〕：

> 送客吳門外，風搖兩槳斜。帆懸一片月，春在數枝花。紅袖香
> 邊影，青山夢裏家。船頭橫玉笛，吹落半天霞。

與前引數詩相比，此詩更為巧妙自然，天邊霞光與船上花色相互輝映，加以
弦月、青山、笛聲、紅袖等意象，畫面遠近有致，意境飄逸灑脫。此詩為題
畫詩，反映出當時有畫家以山塘花市為題材進行創作，這說明在當時文人眼
中，山塘花市已經超越商業街市的物質層面，上升到日常生活美學的文化高
度。文人將賞花閱草視為一種有品位的生活方式，需要閒情逸致和文化修養
方能欣賞。明文震亨《長物志》卷二「花木」就專門記錄各種花木的特徵和
品鑒方法。

　　文人愛花，自然少不了去山塘街花市買花、賞花，清代詩文集中對此多有
描寫。茲舉數例：

〔註61〕 王鑛：《大愚集》卷十，《清代詩文集彙編》第 24 冊，上海古籍出版社 2010 年
　　　　版，第 559 頁。
〔註62〕 孫原湘：《天真閣集》卷五，《清代詩文集彙編》第 464 冊，上海古籍出版社
　　　　2010 年版，第 58 頁。
〔註63〕 顧日新：《寸心樓詩集》卷二，《清代詩文集彙編》第 473 冊，上海古籍出版社
　　　　2010 年版，第 14 頁。
〔註64〕 王家相：《茗香堂詩補遺》卷二，《清代詩文集彙編》第 470 冊，上海古籍出版
　　　　社 2010 年版，第 464 頁。
〔註65〕 袁學瀾：《吳郡歲華紀麗》卷三，甘蘭經、吳琴校點，江蘇古籍出版社 1998 年
　　　　版，第 136 頁。
〔註66〕 黃人：《石陶黎煙室遺稿》，《清代詩文集彙編》第 782 冊，上海古籍出版社 2010
　　　　年版，第 570 頁。
〔註67〕 陸肇域、任兆麟編纂：《虎阜志》卷九下，張維明校補，古吳軒出版社 1995 年
　　　　版，第 531 頁。
〔註68〕 楊羲：《硯隱詩存》卷一，《清代詩文集彙編》第 621 冊，上海古籍出版社 2010
　　　　年版，第 727 頁。

梅花猶待入山看，先賞春蘭與水仙。風至清芬爭籠袂，灑塵霏
霖濕船舷。

　　　　　——歸莊《花市買水仙蘭花置舟中，口占二絕》（其二）〔註69〕

佳辰數春秋，寒暑頗適中。遊懷由是好，日日謀攜筇。武邱遍
郊郭，扁舟恒易從。群芳歲成市，春秋尤豐茸。牡丹豔春暮，叢菊
輝秋終。咸備聲與色，兼擅纖復濃。第嫌春葩暫，容易隨晨風。秋
英飽霜露，絢繢饒久容。盆栽陳列肆，高下盈百叢。爛如鄂君被，
麗失吳江楓。貞性抱閒靜，秀色希殷紅。羞為兒女態，殊類隱逸蹤。
以故陶處士，相憐契幽衷。高風邈千載，落落孰與同。

　　　　　　　　——毛曙《玩菊武丘山塘率題十四韻》〔註70〕

山家錦幔五雲裁，處處天香染綠苔。才大獨當三月令，名高偏
後百花開。化工自結芳菲局，空谷何期富貴來。隨意敲門客飽看，
勝如池館自家栽。

　　　　　　　　　　——孫原湘《虎丘觀牡丹》〔註71〕

空山無物佐清曠，每到花時意興長。今日攜歸香似海，賺他蜂
蝶往來忙。

　　　　　——曾熙文《晚行山塘正擬解維適有以山茶杜鵑繡球夾竹桃求
　　　　　　　　　　售者載歸誌喜》（其二）〔註72〕

到處勾留未覺遲，送人歸去夕陽時。旁人道客花成癖，壓滿船
頭無數枝。

　　　　　——汪之昌《午後偕顧德卿雇小舟到虎丘山塘買月季魚子蘭多
　　　　　　　　　　盆舟載以歸偶成絕句》（其二）〔註73〕

除賞花、買花外，清代詩人對「花園子」的高超手藝也有所表現。例如沈

〔註69〕歸莊：《歸莊集》卷一，上海古籍出版社 2010 年版，第 83 頁。

〔註70〕毛曙：《野客齋詩集》卷七，《清代詩文集彙編》第 307 冊，上海古籍出版社
　　　　2010 年版，第 598 頁。

〔註71〕孫原湘：《天真閣集》卷二十六，《清代詩文集彙編》第 464 冊，上海古籍出版
　　　　社 2010 年版，第 294 頁。

〔註72〕曾熙文：《明瑟山莊詩集》卷三，《清代詩文集匯編》第 607 冊，上海古籍出版
　　　　社 2010 年版，第 662 頁。

〔註73〕汪之昌：《青學齋集》卷三十四，《清代詩文集匯編》第 734 冊，上海古籍出版
　　　　社 2010 年版，第 434 頁。

寓《姑蘇竹枝》（其四）〔註74〕：

　　　　花園子裏賣花家，家在山塘遍賣花。真是移花接木手，株長五
　　寸自開葩。

由此可見當時種花人的花木嫁接水平已經很高。再如尤維熊《虎丘新竹枝八
首》（其一）〔註75〕：

　　　　花市人家學種蘭，春蘭未發臘梅殘。試燈風裏唐花早，烘出一
　　叢紅牡丹。

唐花即經溫室培育而早開的花。《桐橋倚棹錄》卷十二「園圃」記載：「嚴冬則
置窖室，謂之開窖，晝夜爐火不斷，專烘碧桃、玉蘭、水仙、蘭蕙、迎春、鬱
李、五色牡丹，備士商衙署迎年之玩，俗呼『窖花』」〔註76〕。此詩所寫正是
山塘「花園子」用「窖室」升溫方法反季節培育花卉。又如徐士俊《吳下盆花
歌》〔註77〕：

　　　　吳人心巧多玲瓏，種花喜種盆盎中。屈曲支離老逾媚，紅英翠
　　葉朝煙籠。山塘矮屋撐布幔，竹屏風內花枝見。四時春氣常萌芽，
　　手弄三弦眼看花。畫舫爭移至京國，不似當年領花石。我憐吳女音
　　最纖，囊中須辦買花錢。

「山塘矮屋撐布幔」即《桐橋倚棹錄》卷十二中所言「花房」，此詩中所寫盆
花，該書也有記載，並且對盆之產地、材質頗有講究。這些詩歌反映出當時在
市場需求的刺激下，山塘街花農已經掌握了多種栽培奇花異草的方法。《乾隆
元和縣治》卷十「風俗」即云：「人家苑囿中有欲栽種花果、編葺竹屏草籬者，
非其人不為工」〔註78〕。而這些種植花草的技藝一般為自命風雅的文人所不
屑，文震亨《長物志》卷二「花木」部分言及「菊」時即云：「種菊有六要二
防之法……此皆園丁所宜知，又非吾輩事也」〔註79〕，言辭中透露出對花農園

〔註74〕沈寓：《白華莊藏稿鈔》卷二，《清代詩文集匯編》第154冊，上海古籍出版社
　　　　2010年版，第249頁。

〔註75〕尤維熊：《二娛小廬詩鈔》卷三，《清代詩文集匯編》第469冊，上海古籍出版
　　　　社2010年版，第27頁。

〔註76〕顧祿：《桐橋倚棹錄》卷十二，王稼句點校，中華書局2008年版，第392頁。

〔註77〕徐士俊：《雁樓集》卷二，《清代詩文集匯編》第17冊，上海古籍出版社2010
　　　　年版，第262頁。

〔註78〕許治修，沈德潛、顧詒祿纂：《乾隆元和縣志》卷十，《中國地方志集成·江蘇
　　　　府縣志輯》第14冊，江蘇古籍出版社1991年版，第110頁。

〔註79〕文震亨原著，陳植校注：《長物志校注》，楊超伯校訂，江蘇科學技術出版社
　　　　1984年版，第78頁。

藝工作的輕視。沈寓等詩人將其寫入詩中，一方面這些詩可以與《桐橋倚棹錄》等書參看，具備史料價值；另一方面，這些以花農培育花卉為題材的詩作並不多見，無疑也豐富了蘇州文學史的內容。

我們再來看一首石韞玉的長篇歌行《山塘種花人歌》〔註80〕：

> 江南三月花如煙，藝花人家花裏眠。翠竹織籬門一扇，紅群入市花雙鬢。山家築舍環山寺，一角青山藏寺裏。試劍陂前石發青，談經臺下岩花紫。花田種花號花農，春蘭秋菊羅千叢。黃瓷斗中沙的礫，白石盆裏山玲瓏。山農購花尚奇種，種種奇花盛篋籠。貝多羅樹傳天竺，優缽曇花出蠻洞。司花有女賣花郎，千錢一花花價昂。錫花乞得先生冊，醫花世傳不死方。雙雙夫婦花房宿，修成花史花陰讀。松下新泥種菊秧，月中豔服栽鶯粟。花下老人號花隱，愛花直以花為命。譜藥年年改舊名，藝蘭月月頒新令。桃花水暖泛清波，載花之舟輕如梭。山日未上張青蓋，湖雨欲來披綠蓑。城中富人好遊冶，年年載酒行花下。青衫白帢少年郎，看花不是種花者。

在詩人眼中，花農的園藝勞動不僅不下賤，而且充滿詩情畫意，令人羨慕。另外，沈寓《花市記》（《白華莊藏稿鈔》卷九）、王芑孫《山塘種花人賦》（《惕甫未定稿》卷一）、孫原湘《吳趨吟十首·賣花家》（《天真閣集》卷五）等詩文對山塘花農勞動也有敘寫。這種表現花農勞作的詩歌在古代農事詩中很少見，值得留意。

此外，清代作家詩歌中對虎丘賣花情形也有表現。例如袁學瀾《山塘賣花詞》：「一肩花壓紅千朵，擔入東風轉婀娜。蜂蝶隨香上下飛，路旁時有殘英墮」〔註81〕。再如蔣因培《山塘嬉春詞》（其一）〔註82〕：

> 三竿日影上蘇臺，隔水雕闌面面開。十里香風吹不斷，一聲聲送賣花來。

〔註80〕 石韞玉：《獨學廬初稿》卷一，《清代詩文集彙編》第 447 冊，上海古籍出版社 2010 年版，第 21 頁。

〔註81〕 袁學瀾：《吳郡歲華紀麗》卷三，甘蘭經、吳琴校點，江蘇古籍出版社 1998 年版，第 136 頁。

〔註82〕 蔣因培：《烏目山房詩存》卷一，《清代詩文集彙編》第 489 冊，上海古籍出版社 2010 年版，第 760 頁。

　　獨特的自然和人文地理環境，以及經濟效益，使山塘街附近農民種花蔚然成風，逐漸形成了清代輻射全國、遠近聞名的花市。山塘花市作為虎丘地區市廛的重要組成部分，在蘇州空間系統中獨樹一幟，而進入作家的視野後，即成為獨一無二的文學審美對象和創作題材，最終促進虎丘地區在清代蘇州空間系統中的文學樞紐地位。因此，審視清代詩文對山塘花市的書寫，我們能再次看到文學微區位論視域下地理對文學的影響。

第四節　「人歌人笑一江風」：清代詩文中的山塘競渡

　　除中秋虎阜玩月外，端午節山塘競渡也是虎丘地區一個盛大的民俗活動。據《清嘉錄》卷五「劃龍船」條記載：是日「交午曼衍，粲如織錦，男女耆稚，傾城出遊。高樓邃閣，羅綺如雲，山塘七里，幾無駐足之地。河中畫楫，櫛比如魚鱗，亦無行舟之路。歡呼笑語之聲，遐邇振動。土人供買耍貨、食品，所在成市，凡十日而罷。俗呼『劃龍船市』。入夜，燃燈萬盞，燭星吐丹，波月搖白，尤為奇觀，俗稱『燈劃龍船』」〔註83〕。《吳郡歲華紀麗》卷五「山塘競渡」條亦有類似記載。清代作家紛紛對山塘競渡的盛況展開書寫，形成蘇州文學中表現端午風俗的一個亮點。

　　清代詩歌中表現山塘競渡，往往會用較多筆墨描繪裝點一新、五彩華麗的龍舟。例如毛曙《觀競渡作》〔註84〕：

　　　　流光歷夏五，風爽如新秋。凌晨泛葉艇，出郭觀龍舟。吳俗重華麗，飾舟期無儔。幨蓋裁海呢，紈綺非所求。錯採繡蠹緣，鏤銀綴旗斿。陸離曜日華，合聚如雲浮。畫舫夾兩浹，競渡爭中流。金鼓雜絃管，喧咽相交糾。連橈鼓素浪，激浪驚潛虯。奮迅疾鳥逝，宛轉真龍游。永晝漸向晚，逸興殊未休。濡毫題數韻，用識嘉斯遊。

除此之外，賽龍舟時山塘河上爭先恐後、喧騰激烈的場面更是詩人書寫重點。例如石韞玉《山塘觀競渡作》中的大段描述：「船舷兩行弄潮兒，波心濮刺跳珠璣。水窗四面鑲玻瓈，艙中簫管吹參差。龍鱗片片撐之而，鬤鬤彩縷□與髭。汲水入腹噴以頤，唾咳亂落生瀾漪。當中繡傘蟠蛟螭，猩猩血染哆囉呢。娉婷

〔註83〕顧祿：《清嘉錄》卷五，來新夏點校，中華書局 2008 年版，第 121 頁。
〔註84〕毛曙：《野客齋詩集》卷八，《清代詩文集彙編》第 307 冊，上海古籍出版社 2010 年版，第 625 頁。

對立雙雛姬，蟬雲覆額香風披。錦衣玉兒出世姿，歌喉一串探牟尼。一舟出港千舟隨，錦標爭奪得者誰？乘船如馬爭驅馳，衣香人影風中吹」〔註85〕，真是場面火熱，競爭激烈。

　　端午賽龍舟作為一種民間風俗，由來已久。關於端午賽龍舟風俗，主要有兩種說法，一種認為是紀念戰國時楚國自沉於汨羅江、以身殉國的屈原，另一種認為是為了紀念春秋末期吳國被夫差賜死、拋屍胥江的伍子胥。梁宗懍《荊楚歲時記》即云：「五月五日競渡，俗為屈原投汨羅日，傷其死所，故命舟楫以拯之……邯鄲淳《曹娥碑》云：『五月五日，時迎伍君。逆濤而上，為水所淹。』斯又東吳之俗，事在子胥，不關屈平也。」〔註86〕而《清嘉錄》卷五除記錄這兩種說法外，另云：「趙曄《吳越春秋》以為起於句踐，蓋憫子胥之忠而作。周樗園《因樹屋書影》以為習水報吳，託於嬉戲」〔註87〕。這幾種說法在清代描寫山塘競渡的詩歌中都有體現。我們首先來看黿圖的《吳門觀競渡》〔註88〕：

　　　　彩鷁飄揚映日紅，人歌人笑一江風。笙簫飛□來天上，錦繡騰
　　輝落水中。翠閣朱樓聯玉珮，銀濤雪浪舞仙童。吳儂自古耽遊戲，
　　豈為沅湘恨不窮。

詩中描繪了端午節山塘競渡的喧鬧場面，「人歌人笑一江風」一句尤其生動傳神。尾聯作者指出山塘競渡是蘇州市民的一種娛樂項目，並非為紀念屈原。再如朱彝尊《午日吳門觀渡》〔註89〕：

　　　　勝日銜杯罷，輕舟解纜初。盡傳迎伍相，不比弔三閭。畫舫龍
　　鱗見，飛樓蜃市居。雲濤看震盪，雷雨任吹噓。別有張筵客，相邀
　　吳市墟。王孫五花馬，少婦六萌車。芳樹晴川外，平沙夕照餘。泉
　　聲間絲竹，人影亂芙蕖。為樂時將晚，當歌恨不除。閭閻成土俗，
　　天地感權輿。江表遺風在，承平舊事虛。吾生多涕淚，高會則欷歔。

詩中「盡傳迎伍相，不比弔三閭」一句，指出蘇州人端午賽龍舟不是為紀念屈

〔註85〕石韞玉：《獨學廬初稿》卷一，《清代詩文集彙編》第 447 冊，上海古籍出版社
　　　　2010 年版，第 28 頁。
〔註86〕宗懍：《荊楚歲時記》，宋金龍校注，山西人民出版社 1987 年版，第 48～49
　　　　頁。
〔註87〕顧祿：《清嘉錄》卷五，來新夏點校，中華書局 2008 年版，第 122 頁。
〔註88〕黿圖：《彭門詩草》卷四，《清代詩文集彙編》第 427 冊，上海古籍出版社 2010
　　　　年版，第 173 頁。
〔註89〕朱彝尊：《曝書亭集》卷三，《清代詩文集彙編》第 116 冊，上海古籍出版社
　　　　2010 年版，第 61 頁。

原，而是為紀念伍子胥。我們再來看袁學瀾的《山塘觀競渡行》〔註90〕：

> 五月停橈虎阜曲，山塘十里新蒲綠。龍舟簫鼓鬨江湄，猶見吳儂古風俗。憶昔越王習水戰，麾兵競渡託遊醼。陰謀報復沼梧宮，組練屯川俱精練。又傳句踐憫胥忠，鼓樂迎神浙水東。弄潮犀手千年集，不與湘潭弔屈同。袛今舊俗相沿襲，楚事吳風並為一。紅旗蹴浪白波翻，水馬梟車來往急。誰識鴟夷恨不窮，但惜懷沙蘭芷泣。黃頭掉槳疾如飛，揮霍淪漣濕彩衣。雷奔電掣驚泉客，海立雲垂駭宓妃。儵若鯨魚將跋浪，聲勢飛騰氣雄壯。噴煙欲霧欲凌霄，禹門奮躍春潮漲。復似化鵬鯤擊海，陸離鱗鬣生光彩。魚龍國裏演魚龍，本地風光傳百載。須臾皓月漸升東，萬點紅燈爭燦暉。彷彿璚宮戲寶珠，瑰麗奇形頃刻改。傾城士女鬥新妝，投黍江心酹漿觴。岸邊蹋柳少年子，垂鞭偷眼覷鴛鴦。白堤暝色飄涼雨，鄰舫傳杯喧笑語。誰家奪得錦標歸，人散空餘煙滿渚。

此詩開篇綜述競渡產生的多種說法，然後描繪山塘競渡時的激烈場面，最後摹寫入夜後山塘街上燈紅酒綠、歡聲笑語的場景，辭藻華麗，刻畫生動，可謂「表現風俗事象、凸顯風俗文化」〔註91〕的風俗詩的代表作，正如俞樾《吳郡歲華紀麗序》所云：「不獨足以考見古今風俗之殊，而且使詞藻之家，得以點綴歲華」〔註92〕。袁學瀾也因大量創作《姑蘇竹枝詞》等反映蘇州社會生活的風俗詩而被時人譽為「詩史、詩虎」〔註93〕。

我們再來看陳懋的《山塘競渡曲四首》〔註94〕：

> 橋外鼓聲轟疾雷，堤邊旗影耀樓臺。儂船與郎並頭住，不礙龍舟打槳來。
>
> 其二
>
> 拋卻金錢載酒遊，阿誰遠問楚江頭。新妝照水明於鏡，雲髻斜

〔註90〕袁學瀾：《吳郡歲華紀麗》卷五，甘蘭經、吳琴校點，江蘇古籍出版社1998年版，第182頁。

〔註91〕黃元英：《論「風俗詩」及其獨立地位》，《寧夏社會科學》2007年第2期。

〔註92〕袁學瀾：《吳郡歲華紀麗》卷首，甘蘭經、吳琴校點，江蘇古籍出版社1998年版。

〔註93〕曹允源、李根源：《民國吳縣志》卷六十八下，《中國地方志集成·江蘇府縣志輯》第12冊，南京：江蘇古籍出版社1991年版，第170頁。

〔註94〕陳懋：《遂高堂詩集》卷五，《清代詩文集彙編》第446冊，上海古籍出版社2010年版，第479頁。

籫紅石榴。

　　其三

　　吳兒狎水棹如飛，那畏沖波濺濕衣。駕得遊龍噴雪浪，胥江濤
激未思歸。

　　其四

　　山如虎踞舟如龍，樹杪行雲水面風。白傅有神當著句，別傳水
調管絃中。

這四首詩中的後兩首主要表現山塘河上吳地男兒賽龍舟時的踴躍爭先，第四
首中「山如虎踞舟如龍」一句巧妙化用虎丘山和龍舟的名稱，通俗易懂又不落
俗套，與下句「樹杪行雲水面風」合在一起，從側面來表現賽龍舟時迅猛有力
的場景，可謂神來之筆。前兩首則主要對觀競渡女子的妝飾和心情進行描畫，
值得注意的是，第一首詩中作者不是以一個旁觀者的視角來對女子展開描寫，
而是直接採用第一人稱「儂」，來敘述年輕女子對相鄰船上心儀男子主動而委
婉的表白，細膩傳神，這種表現內容和寫作手法在清代有關山塘競渡的詩歌中
並不多見。

　　清代山塘競渡盛極一時，不僅端午節當日賽龍舟，前後數日山塘河上都熱
鬧異常。毛曙《五月六日虎丘看龍船作》〔註95〕：

　　　　競渡從來五日闌，今茲六日尚爭看。畫橈櫛比緣堤樹，遊屐屏
　　連擁碧瀾。金鼓騰聲盈野際，旌旗搖影入雲端。春花秋月登臨外，
　　又得薰風一勝觀。

毛曙將山塘競渡與虎丘花市、中秋玩月並列，樂見其盛。再如顧嗣立《競渡
詞十首》詩前小序云：「五月四日〔註96〕，余與漢魚八兄、迂客十兄，置酒
舟中，邀金子亦陶、黃子憲尹、史子蒼山、惠子元龍、俞子犀月、徐子大臨、
張子日容、鮑子孝儀，縱觀競渡。自閶門放舟，至聖唐灣，絲竹迭奏，清歌

〔註95〕毛曙：《野客齋詩集》卷八，《清代詩文集彙編》第 307 冊，上海古籍出版社
　　　　2010 年版，第 637 頁。

〔註96〕顧嗣立此處詩前小序中所記招同諸子觀競渡的日期是五月四日，而參與此次
　　　　集會的惠周惕和徐昂發詩中所記均為五月三日，惠詩題為《五月三日顧漢漁
　　　　迂客俠君兄弟招同諸子觀競渡即事十首》，徐詩小序云：「五月三日顧漢魚於
　　　　克俠君兄弟置酒舟中，邀同……由胥門歷閶門至聖唐灣，縱觀競渡，作十絕句
　　　　記之」。惠周惕和徐昂發兩人所記日期相同，因此確切日期似乎應為五月三日。
　　　　由此可知端午節前兩日山塘河上已有熱鬧的競渡活動，以至顧嗣立事後撰詩
　　　　時記錯日期。

間發，兩岸觀者如堵。少焉，龍舟數十，蕩槳如飛，盤舞於湖心。紅妝掩映，
綺羅燭天。傍晚則片雲催詩，雨聲四集，相與劇談，盡興而歸。語諸同志各
賦十絕，以紀一時佳話云」〔註97〕。顧嗣立等人在端午節前除觀看山塘競渡
外，還組織文會，暢敘盡興，飲酒作詩，在詩中對山塘競渡的盛況大為描摹
宣揚。茲舉數例：

　　　　鑼挾鳴濤鼓駭雷，紅旗斜插剪波來。錦標奪到軒騰處，風卷龍
　　鬐雪作堆。（其五）

　　　　濛濛河面雨絲寬，水濺紅裙霧谷寒。艾虎釵符珍重放，好留來
　　日午時看。（其九）

　　　　　　　　　　　　　　　　　　　——顧嗣立《競渡詞十首》〔註98〕

　　　　多少撈攏水健兒，船棚百戲試搴旗。翻身更作鰡鰽躍，射鴨何
　　曾用竹枝。（其四）

　　　　青篾魚鱗帖碧紗，層層寶襪襯紅霞。生來也解防人眼，誰障疏
　　簾一樹花。（其六）

　　　　　　　　　　　　　——惠周惕《五月三日顧漢漁迂客俠君兄弟
　　　　　　　　　　　　　　　招同諸子觀競渡即事十首》〔註99〕

　　　　小海歌翻動碧虛，龍鱗畫舸鬥清渠。吳兒自要誇身手，爭向潮
　　頭迎伍胥。（其二）

　　　　踏浪舟翻畫舫東，香如雲碧著簾烘。推簾競看蛟螭影，艾虎連
　　釵落水中。（其四）

　　　　　　　　　　　　　　　　　　　　——徐昂發《競渡詞》〔註100〕

這些詩歌從各個方面記錄了清代山塘競渡活動全民參與的盛況，不僅充實了
清代蘇州文學內容，也為我們今天瞭解清代蘇州民俗提供了寶貴的風俗詩資
料。

〔註97〕顧嗣立：《秀野草堂詩集》卷一，《清代詩文集彙編》第214冊，上海古籍出版
　　　　社2010年版，第23頁。
〔註98〕顧嗣立：《秀野草堂詩集》卷一，《清代詩文集彙編》第214冊，上海古籍出版
　　　　社2010年版，第23頁。
〔註99〕惠周惕：《紅豆集》，《清代詩文集彙編》第209冊，上海古籍出版社2010年
　　　　版，第32頁。
〔註100〕徐昂發：《乙未亭詩集》卷三，《清代詩文集彙編》第225冊，上海古籍出版
　　　　社2010年版，第636頁。

第五節 「此理耐窮詰」：清代詩文對虎阜山塘繁盛的
另一種書寫

　　本章前四節主要展現了清代作家對虎丘地區玩月、遊冶、花市、競渡等方面的文學書寫，其言辭中往往帶有驚歎、誇耀——甚至誇張的語氣，極力表現虎丘地區——尤其是山塘街和虎丘山的熱鬧繁華景象。作家創作文學作品要以現實生活為基礎，會受到客觀地理環境的影響，但作為對客觀現實的主觀表現，文學作品中往往表現出作家不同的審美關照，有時甚至是截然相反的價值判斷。綜觀關於虎丘地區玩月、遊冶、花市、競渡等方面的清代詩文，這種文學現象同樣也存在，並且突出地表現為三組對立的矛盾。

一、清遊與俗遊：兩種遊覽觀的對立

　　面對中秋節徹夜笙歌、遊人如蟻的虎阜玩月盛況，當眾多作家在詩文中不惜筆墨全力描摹形容時，也有一些作家對此冷眼相待，甚至滿懷厭惡。明李流芳《遊虎丘小記》即云：「虎丘中秋遊者尤盛，士女傾城而往，笙歌笑語，填山沸林，終夜不絕，遂使丘壑化為酒場，穢雜可恨」〔註101〕，清徐乾學《虎丘山志序》亦云：「嗟夫，茲山之有聞於世也，舊矣。其間洞壑巉岩，林巒秀削，好事者僅視為遊宴之地，嘉山美樹舉湮沒於聲歌酣飲之中，其識最為鄙不足道」〔註102〕，再如李果《遊虎丘記》：「虎丘稱吾郡名山，而岩壑不深，山藏於寺，去城市甚近，遊人雜沓，予不喜至」〔註103〕，可見他們認為虎丘作為山林丘壑，應以清幽為美，而類似中秋玩月、千人石賽歌這樣的大眾狂歡活動，與虎丘之名不相稱。這代表了相當一部分文人的遊覽觀點，他們在詩文中也有相似表現。例如蒼雪大師《甲戌閏中秋林若撫陳季采留宿山中》〔註104〕：

　　　　分付先開池上扉，坐當好月就苔磯。百年能得幾回閏，一夜留
　　　看肯放歸。正及秋光高鶴背，不知松影落人衣。虎丘蟻聚偏何苦，

〔註101〕李流芳：《檀園集》卷八，《影印文淵閣四庫全書》總第 1295 冊，臺灣商務印
　　　　書館 1986 年版，第 367 頁。
〔註102〕徐乾學：《憺園文集》卷二十一，《清代詩文集彙編》第 124 冊，上海古籍出
　　　　版社 2010 年版，第 531 頁。
〔註103〕李果：《在亭叢稿》卷九，《清代詩文集彙編》第 244 冊，上海古籍出版社 2010
　　　　年版，第 511 頁。
〔註104〕蒼雪大師：《南來堂詩集》卷三上，《清代詩文集彙編》第 5 冊，上海古籍出
　　　　版社 2010 年版，第 44 頁。

兩度腥膻污翠微。

虎丘「青山藏寺中」〔註105〕（石韞玉《虎丘寺》），原本應是佛門清淨之地，而現在人聲鼎沸、通宵不息，何況恰逢閏中秋，一年兩度，蒼雪大師作為出家人，自然視此熱鬧景象為「腥膻」，他在扼腕歎息之餘，避之唯恐不及。「以釋養性」的彭定求《中秋歎二首》（其一）亦云：「聞說山軒屐齒忙，解衣揮扇汗成漿。清涼不到袈裟地，富貴偏宜傀儡場」〔註106〕。

　　嚴熊在《中秋小疾即事》〔註107〕中對虎丘玩月表達出更加激烈的反對態度：

　　　　人間中秋夜，富貴酒食場。吳人尚虎丘，雜沓笙歌忙。況復今年晴，連宵片雲藏。生公應避喧，暫入無何鄉。惟留點頭石，豎坐看搶攘。我適抱小疾，空山守茅堂。……對月無簡事，整袂誦金剛。月光透紙背，字字發寶光。經光與心光，打合一片明。……回思千人石，何異蟯蛔坑。紛紛酒食徒，一晌聚蚊蟲。……

詩中將中秋夜人群簇擁的千人石比作「蟯蛔坑」，將「酒食徒」比作「蚊蟲」，真是尖銳辛辣，足見詩人內心對中秋夜成為「富貴酒食場」的虎丘的厭惡。而詩人期待的，仍然是清幽少人、靜謐空遠的作為山寺的虎丘。

　　而有些詩人，雖然也在中秋夜前往虎丘玩月，但在喧嚷的人群中，卻抱有一顆清靜之心。茲舉女詩人席佩蘭《虎丘看月圓為李松雲太守作》〔註108〕中的兩首詩為例：

　　　　誰掃青冥絕點塵，娟娟倒影劍池濱。千人石上千人坐，領略清光只一人。（其二）

　　　　鐘梵敲罷寺門扃，坐到花陰冷露零。為問可中亭畔月，一輪清影可中庭。（其三）

這兩首詩中都巧妙化用了虎丘山景點名稱。其二中借用千人石又名千人坐的

〔註105〕石韞玉：《獨學廬初稿》卷一，《清代詩文集彙編》第447冊，上海古籍出版社2010年版，第22頁。
〔註106〕彭定求：《南畇詩稿》卷四，《清代詩文集彙編》第167冊，上海古籍出版社2010年版，第39頁。
〔註107〕嚴熊：《嚴白雲詩集》卷十七，《清代詩文集彙編》第100冊，上海古籍出版社2010年版，第116頁。
〔註108〕席佩蘭：《長真閣集》卷四，《清代詩文集彙編》第464冊，上海古籍出版社2010年版，第643頁。

別稱，「千人」與「一人」形成鮮明對比；其三中借「可中亭」諧音轉為「可中庭」，「可中庭」典出劉禹錫《金陵五題・生公講臺》：「高坐寂寥塵漠漠，一方明月可中庭」〔註109〕，可謂蘭心蕙質，妙筆生花。

即使不是節日，平時虎丘山也遊人絡繹於途，因此詩人們對平常的虎丘山也表現出偏愛清幽、不喜喧鬧的遊覽態度，潘奕雋即有詩題云《弟畏堂子世璜同坐可中亭時秋深無一遊人始見虎阜真面目也》（《三松堂續集》卷二）。茲再舉數例：

> 山色無秋冬，殘夜良未曉。尋幽走荒徑，俯出眾木杪。僧僚暗花竹，積翠落悠篠。寥寥照溪光，地白人影小。不知石上月，悠然下林表。群動無一喧，山寒定棲鳥。獨遊澹忘歸，微霜濕煙蓼。
>
> ——彭孫貽《月夜獨上虎丘》〔註110〕

> 金閶厭聽市聲喧，來繫扁舟老樹根。投宿鳥歸迷暮雨，賣花人散冷空村。疏燈熠熠犬當路，落葉蕭蕭客打門。卻與病僧相對坐，香消茶熟欲忘言。
>
> ——汪繹《泊舟山塘夜上梅花樓訪月溪上人》〔註111〕

> 幽尋常得好懷開，月冷風清獨舉杯。此景有誰能領略，千人石上一人來。
>
> ——翁照《千人石夜坐》〔註112〕

> 花柳依然七里春，風光卻換一番新。掃除脂粉繁華習，露出溪山面目真。絃管久虛堤畔舫，綺羅原少眼中人。棕鞋桐帽清遊客，轉喜吟懷絕點塵。
>
> ——金蘭《偕魯頌盛奐遊虎丘》（其二）〔註113〕

很顯然，這些詩人登覽虎丘，追求的不是耳目感官之娛，而是精神層面的境與

〔註109〕劉禹錫：《劉禹錫詩文選注》，吳汝煜、李穎生選注，上海古籍出版社1987年版，第79頁。

〔註110〕彭孫貽：《茗齋集》卷五，《清代詩文集彙編》第51冊，上海古籍出版社2010年版，第432頁。

〔註111〕汪繹：《秋影樓詩集》卷八，《清代詩文集彙編》第226冊，上海古籍出版社2010年版，第413頁。

〔註112〕翁照：《賜書堂詩稿》卷三，《清代詩文集彙編》第238冊，上海古籍出版社2010年版，第603頁。

〔註113〕金蘭：《碧螺山館詩鈔》卷四，《清代詩文集彙編》第629冊，上海古籍出版社2010年版，第25頁。

心會、怡然自得。他們寄情山水，優游林下，深思爽然，即使是「荒徑」「疏燈」「落葉」「月冷風清」等蕭瑟景致也能令其澹然忘歸。

雖然明李流芳在《江南臥遊冊題詞》中說虎丘有九宜，其中包括「宜雪」〔註114〕，但因為蘇州少雪，再加上雪後天冷路滑，登山不易，故清代詩文中描寫虎丘山雪景的很少。因此，毛曙創作的七首關於雪後或雪中登虎丘山的詩作就非常突出醒目。這七首詩題目為《庚申正月三日雪後登虎丘作》《雪中登武丘山寺》《雪後曉起同客登虎丘山寺十六韻》《雪後登千人石》《早春雪中登虎丘作》《二月三日雪後登武丘》《雪後登武丘十韻》。茲錄其中三首於下：

> 雪獻新年瑞，山更舊日觀。晶晶眩眉睫，混混失林巒。崖淨澗光迴，天高塔影寒。可憐清絕境，不負杖藜看。
>
> ——毛曙《庚申正月三日雪後登虎丘作》〔註115〕

> 密雪春重集，輕舟曉為移。境殊遊目好，興會舉杯宜。斷澗嵯峨合，高林擁腫危。堅冰蹊磴滑，倚杖步猶遲。
>
> ——毛曙《雪中登武丘山寺》〔註116〕

> 瓊瑤林壑新鋪綴，朱碧樓臺乍飾塗。百歲景光幾回遇，千人底事一筇無。
>
> ——毛曙《雪後登千人石》〔註117〕

毛曙《八月十三虎丘即目四絕句》（其一）云：「桂香連巷陌，人跡滿林邱。岩壑成廛市，喧囂夜未休」〔註118〕，可見他對笙歌不絕、人聲鼎沸的虎丘也頗為反感，他屢屢雪後登覽虎丘，應是為雪後虎丘山的「可憐清絕境」所吸引，尋幽選勝而去。

通過以上分析，我們可以看到，在敘寫遊覽虎丘的清代詩文中，存在兩種

〔註114〕　李流芳：《檀園集》卷十一，《影印文淵閣四庫全書》總第1295冊，臺灣商務印書館1986年版，第397頁。

〔註115〕　毛曙：《野客齋詩集》卷二，《清代詩文集彙編》第307冊，上海古籍出版社2010年版，第469頁。

〔註116〕　毛曙：《野客齋詩集》卷三，《清代詩文集彙編》第307冊，上海古籍出版社2010年版，第495頁。

〔註117〕　毛曙：《野客齋詩集》卷四，《清代詩文集彙編》第307冊，上海古籍出版社2010年版，第517頁。

〔註118〕　毛曙：《野客齋詩集》卷六，《清代詩文集彙編》第307冊，上海古籍出版社2010年版，第572頁。

截然不同的觀點。有些作家喜歡人多熱鬧,對於徹夜笙歌、歡娛達旦的中秋虎丘玩月活動,更是以為勝事,親身參與,並在詩文中筆墨飽滿地予以描摹歌詠。而有些作家偏愛清幽,對中秋夜淪為歌舞地、酒食場的虎丘心生厭惡,於是常在深秋人少或雪後無人之時登山遊覽,或即使身處虎丘玩月這樣擁擠嘈雜的環境,也能鬧中取靜。明末鄒迪光《遊吳門諸山記》云:「靡曼當前,鍾鼓列後,絲幛延袤,樓船披靡,山珍水錯,充溢圓方,男女相錯,嬲而雜坐,漣漪不入其懷,清音不以悅耳,是謂俗遊。天宇晴空,惠風時至,朗月繼照,諸品一滌,枕石漱流,聽禽坐卉,橫槊抽毫,登高能賦,野老與之爭席,麋麕因而相狎,是謂人遊」〔註119〕,「人遊」即前引金蘭《偕魯頌盛奐遊虎丘》(其二)詩中「清遊」。「俗遊」與「清遊」的說法正好對應書寫虎丘遊覽的清代詩文中兩種對立的遊覽觀。

這兩種不同的遊覽觀,從個體層面來看,與現實中作家的審美品味、個人性格、經濟條件、健康狀況、當時心情等因素有關。從群體層面來看,則與虎丘的地理區位和景致特徵有關。明李流芳在《江南臥遊冊題詞》中敘述完虎丘一年四季、陰晴雨雪「無所不宜」後又云:「而獨不宜於遊人雜沓之時。蓋不幸與城市密邇,遊者皆以附膻逐臭而來,非知登覽之趣者也」〔註120〕,其言論若從正面來理解,正指出因為虎丘距離城市很近,只有七里,可舟可陸,交通便捷,擁有得天獨厚的「地利」條件,所以才會出現良辰佳節蘇州市民蜂擁而至的情況。虎丘絕佳的地理位置,再加上千人石等開闊的空間格局,使其成為蘇州市民的「休閒廣場」,明范允臨《重修五賢祠記》即云:「迄今而蟻聚鴉棲,潦倒於千人之坐,則酒而市矣。其稍稍稱曠者,紅牙檀板,按譜徵部,流水奏以猶慚,白雲留而不去,則歌舞而場矣。予吳人也,以其郊於大國,狹而近濫,幾不能為茲山解嘲」〔註121〕,當然他也是從反面來看待虎丘的「地利」條件的。其實,虎丘成為清代蘇州市民的「休閒廣場」,除「地利」條件外,還有「天時」的原因。明清時期,隨著蘇州城市商品經濟的發展,市民們需要一個像虎丘這樣的公共活動空間,來滿足自己不斷增長

〔註119〕 鄒迪光:《郁儀樓集》卷三十六,《四庫全書存目叢書》集部第158冊,齊魯書社1997年版,第711頁。

〔註120〕 李流芳:《檀園集》卷十一,《影印文淵閣四庫全書》總第1295冊,臺灣商務印書館1986年版,第397頁。

〔註121〕 陸肇域、任兆麟編纂:《虎阜志》卷四,張維明校補,古吳軒出版社1995年版,第270頁。

的休閒娛樂需求，正所謂「誰家家裏無明月，爭掉蘭橈到虎丘」〔註122〕（徐增《中秋同人虎丘玩月》）。但虎丘畢竟是山林，而非市廛，除去中秋等節日蘇州市民傾城出遊外，平常自有其幽寂清靜之時。明馬之俊《遊虎丘記》云：「夫虎丘者，山之變體，而州阜之別調也。無峰巒嶺嶂之異，止係以『丘』名，甚當。入寺以徑勝，苔班樹文，可幽矚者，而遠凡者。」〔註123〕。馬之俊稱虎丘是「山之變體」「州阜之別調」，一語道破虎丘兼具山林與城市的雙重性特徵。清褚逢椿《桐橋倚棹錄序》即云：「山林而在廛市，非有穹谷高岩、深林幽潤而名遍寰區者，吾郡虎丘山而已」〔註124〕，吳俊《虎丘寺僧卓亭前年度嶺遊羅浮其還倩余書海湧朝暾四字將以顏其新構之閣今余觀闕還蘇訪卓亭於山中造其閣明敞幽潔眺矚無際余之額適與景合惜筆拙不足觀耳》中亦云：「山林在闤闠，闤闠在山林」〔註125〕，張星鑒《山塘憶舊圖序》也有類似說的說法：「吾吳為山水鄉，而山水中有城市之樂者，厥惟虎阜」〔註126〕。正因為虎丘具有這種山林兼城市的雙重特性，才能讓前述兩種旅遊觀截然相反的作家都能在虎丘找到自己響往的景致，或清幽靜謐，或熱鬧喧囂，並為之創作詩文。

二、奢靡與儉樸：兩種消費觀的糾結

宋范成大《吳郡志》卷二「風俗」云：「吳中自昔號繁盛……俗多奢少儉，競節物，好遊遨」〔註127〕，虎丘地區既有名勝古蹟，又有商賈列肆，因此遊客往來不絕，殆無虛日。尤其在端午、中秋兩節，山塘競渡、虎阜玩月的民俗活動更是引得萬人空巷。而這些活動都耗資靡費，褚逢椿《桐橋倚棹錄序》即云：「往時遊跡盛於中秋，今則端午先後數日，畫舫珠簾，人雲汗雨，填流塞渠，紈綺子又復徵歌選伎於其間，郡中士女傾城而往。長年操楫者，值增累倍。

〔註122〕徐增：《九誥堂集》詩之二十二，《清代詩文集彙編》第 41 冊，上海古籍出版社 2010 年版，第 295 頁。
〔註123〕陸肇域、任兆麟編纂：《虎阜志》卷九上，張維明校補，古吳軒出版社 1995 年版，第 456 頁。
〔註124〕顧祿：《桐橋倚棹錄》卷首，王稼句點校，中華書局 2008 年版，第 241 頁。
〔註125〕吳俊：《榮性堂集》卷一二，《清代詩文集彙編》第 408 冊，上海古籍出版社 2010 年版，第 531 頁。
〔註126〕張星鑒：《仰蕭樓文集》不分卷，《清代詩文集彙編》第 676 冊，上海古籍出版社 2010 年版，第 309 頁。
〔註127〕范成大：《吳郡志》卷二，陸振岳點校，江蘇古籍出版社 1999 年版，第 13 頁。

一日之費，至罄中人數家之產，可為靡已」〔註128〕。因此，清代詩文中一方面描摹炫耀山塘冶遊、競渡之盛，另一方面也對其奢靡之風進行批判。由此虎丘地區詩文中呈現出「奢」與「儉」兩種不同消費觀的糾結。

（一）對山塘冶遊靡耗的批判

山塘街上商賈雲集，酒肆林立，畫舫燈船，笙歌燕舞，是一個可以一擲千金的消費場所。毛曙《虎丘》〔註129〕云：

> 一卷隆北郭，薄海數名山。花肆春長好，煙筇夕尚攀。洞簫雲樹杪，彩鷁畫橋灣。豪興家成俗，侈風孰為削。

毛曙對山塘街豪奢之風的批評比較委婉，而其他詩人則要直接得多。

王元文有一組《吳趨吟》，詩前小序云：「相國榕門陳公撫吳時有風俗條約，勸誡切深，因推廣成詩以告鄉曲」，此組詩共十首，以「再使風俗淳」為創作目的，其中《嫁娶》《喪葬》《賈人》《冶遊》《行樂》等詩都含有勸人去奢從儉之意。例如《賈人》云：「奈何踰典制，奢侈並效尤。屋上被文繡，堂中舞伶優。燕飲窮珍異，日夜未肯休。贏餘曾有幾，匱乏仍弗憂。揮攉他人財，以適一己求。譬如養癰疽，一潰遂難瘳。逋負則數萬，俯入圄圇囚。朝富過猗頓，暮貧逾黔婁。何如務節儉，家計長優游」〔註130〕，諷勸當時的蘇州商人——自然也包括山塘街上那些貨通南北的商賈，生活中不能窮奢極欲，要躬行節儉，否則不僅富不長久，還會招來災禍。另外一首《冶遊》〔註131〕則直接將批判的矛頭對準了山塘街：

> 山塘佳麗地，綠水明樓邊。垂楊蘸清波，泛泛芙蓉船。船中冶游子，十百相綿延。八珍與九醞，攜取無不便。綽約如花女，侑酒出樽前。一餐費幾許，中人產可捐。問何為此樂，富貴身更閒。富當念物力，貴當知民艱。曷弗留有餘，拯困相率先。況並非富貴，豪舉誇人寰。家儲無儋食，一擲動萬錢。不見丙子歲，飢寒彌道間。

「一餐費幾許，中人產可捐」的對比中，凸顯酒饌之奢華，耗費之巨大。這種

〔註128〕顧祿：《桐橋倚棹錄》卷首，王稼句點校，中華書局 2008 年版，第 241 頁。

〔註129〕毛曙：《野客齋詩集》，《清代詩文集彙編》第 307 冊，上海古籍出版社 2010 年版，第 505 頁。

〔註130〕王元文：《北溪詩集》卷十，《清代詩文集彙編》第 377 冊，上海古籍出版社 2010 年版，第 688 頁。

〔註131〕王元文：《北溪詩集》卷十，《清代詩文集彙編》第 377 冊，上海古籍出版社 2010 年版，第 688 頁。

表述方式源自白居易《秦中吟·買花》：「一叢深色花，十戶中人賦」〔註132〕，因對比鮮明，直截了當，屢見於清代此類主題的詩文中。例如邵長蘅《吳趨吟·酒船》：「中人一家產，酒船一日需。十船十中家，漏卮焉不枯。巷有飢餓人，晨突炊無煙。奢靡何以救，會須燔其船」〔註133〕，再如黃人《七里塘》：「一曲匹縑擲，一艇百金值。下箸萬錢當雞肋，尚愁孤負傾城色」〔註134〕，又如袁學瀾《吳俗箴言》：「宴會所以洽歡，何得爭誇貴重，烹調珍錯，排設多品，一席費至數金。小集輒耗中人終歲之資，徒博片時之果腹，重造暴殄之孽因」〔註135〕。我們再來看王昊的《中秋虎丘即事六首》（其五）〔註136〕：

酒船歌管競豪奢，三五良宵客並誇。積雨乍晴吾獨喜，故鄉猶

有白綿花。

仍然還是通過對比批判山塘遊冶的奢華，只是對比得更加巧妙。

值得注意的是，邵長蘅《吳趨吟》詩前小序云：「予久客吳閶，見風俗有可慨者，輒記以詩，學白香山《秦中吟》作八首，似亦足備采風，詩體則不盡仿白也」〔註137〕，而孫原湘《吳趨吟十首》的詩前小序亦云：「乾隆丁未初冬，寓蘇臺匝月，耳目所值，著之詠歌，仿白傅《秦中吟》而稍變其體，命曰《吳趨吟》，所謂辭質而徑，事核而實，以備采風者之取信焉」〔註138〕，可見他們創作此類詩歌，一方面受到地理環境的影響，表達對山塘遊冶奢靡之風的反感；另一方面也受到文學傳統的影響，是對白居易關懷社會，針砭時弊的諷諭詩的延續，甚至連句式都有意模仿。孫原湘《吳趨吟十首》中《當爐女》〔註139〕的「卒章顯志」

〔註132〕 白居易：《白居易詩選》，謝思煒選注，中華書局 2005 年版，第 34 頁。

〔註133〕 邵長蘅：《青門剩稿》卷二，《清代詩文集彙編》第 145 冊，上海古籍出版社
　　　　 2010 年版，第 457 頁。

〔註134〕 黃人：《石陶黎煙室遺稿》不分卷，《清代詩文集彙編》第 782 冊，上海古籍
　　　　 出版社 2010 年版，第 570 頁。

〔註135〕 袁學瀾：《吳郡歲華紀麗》卷首《吳俗箴言》，甘蘭經、吳琴校點，江蘇古籍
　　　　 出版社 1998 年版，第 6 頁。

〔註136〕 王昊：《碩園詩稿》卷十一，《清代詩文集彙編》第 102 冊，上海古籍出版社
　　　　 2010 年版，第 69 頁。

〔註137〕 邵長蘅：《青門剩稿》卷二，《清代詩文集彙編》第 145 冊，上海古籍出版社
　　　　 2010 年版，第 456 頁。

〔註138〕 孫原湘：《天真閣集》卷五，《清代詩文集彙編》第 464 冊，上海古籍出版社
　　　　 2010 年版，第 57 頁。

〔註139〕 孫原湘：《天真閣集》卷五，《清代詩文集彙編》第 464 冊，上海古籍出版社
　　　　 2010 年版，第 57 頁。

亦如此，茲錄該詩於下：

> 十五十六妖嬈姝，春風吹酥玉雪膚。門前繁花壓朱楯，屋後竹
> 石交綺疏。鸚哥玲瓏喚人住，石鼎松聲藹香霧。畫眉妝罷膩春纖，
> 偷掠雲鬢理茶具。何用別顏色？霽紅定白哥窯青。何用別香味？虎
> 丘龍井及鳳亭。湯成細吹粥面聚，點法別擅蘭膏馨。銀船鑿落香一
> 盞，直費中人半家產。

另外，一些作家除批判山塘街遊冶奢華現象外，將目光對準那些燈紅酒綠
背後的煙花女子，揭示當時奢靡社會風氣對人價值觀的扭曲。例如黃人《七里
塘》〔註140〕：

> 七里山塘多小家，女兒飲水容華加。食指浩繁恆產少，半恃弱
> 質尋生涯。栽桑植麻，不如養花。織素制紗，不如箏琶。琵琶如甑
> 花如霞，朝雲暮雨滋繁華。一曲匹縑擲，一艇百金值。下箸萬錢當
> 難肋，尚愁孤負傾城色。錢樹生花復結實，七尺珊瑚撐入室。一人
> 名重肥一家，疋錦裁衣玉為食。有女攜筐含淚坐，八綿七錦無人貨。
> 玉顏未必不如人，廉恥由來召飢寒餓。東家來伴晨調脂，隔窗慰問
> 嗟卿癡。閨閣幾人邀綽楔，好花自誤三春時。吁嗟乎，不狂為狂事
> 可憐，君不見，七里塘水如狂泉。

作者面對「閨閣幾人邀綽楔，好花自誤三春時」的現狀，深感社會風氣的敗壞，
於是乎視山塘河為「狂泉」。邵長蘅《吳趨吟·鬻女》（《青門剩稿》卷二）、王
元文《吳趨吟·色伎》（《北溪詩集》卷十）、孫原湘《吳趨吟·鬻女兒》（《天
真閣集》卷五）等詩中對此類社會現象也有表現。

除詩歌外，清代文章中對虎阜山塘遊冶奢靡之風也有批判。例如錢兆鵬《遊
虎丘記》云：「嗟乎，地方之有名勝，於以恣登眺，供賞玩，非大妨民也。然未
有終歲嬉戲，舉國若狂，如虎丘之甚者，風俗由是而奢侈也……守斯土者，或能
留心於政教，其必自廢虎丘始」〔註141〕。其實康熙年間，江蘇巡撫湯斌就曾頒
布過一份《嚴禁奢靡告諭》，其中云：「衣食之原在於勤儉，三吳風尚浮華，不安
本分，胥隸屠沽娼優下賤無不戴貂衣繡，炫麗矜奇……又有優觴妓筵酒船勝會，

〔註140〕黃人：《石陶黎煙室遺稿》不分卷，《清代詩文集彙編》第782冊，上海古籍
　　　　出版社2010年版，第570頁。
〔註141〕錢兆鵬：《述古堂文集》卷八，《清代詩文集彙編》第406冊，上海古籍出版
　　　　社2010年版，第728頁。

排列高果，鋪設看席，糜費不貲，爭相誇尚……凡此種種，一皆百姓火耕水耨辛苦所致，恣其浪費，毫不檢恤，民力安得不竭，國稅安得不逋？自後胥隸娼優概不許著花緞貂帽緞靴，犯者許人扭稟，變價充賞……尋常宴會，不過五簋。酒船妓樂高果看席及喪殯戲樂，概行禁止，如敢故犯，該地方官嚴拏究懲」〔註142〕。由此可知當時官方反對奢靡，倡行節儉，表面是為體恤民力，深層是為保障國家稅收，和制止奢侈導致的民間百姓在衣食住行等方面僭越禮制的行為。

（二）對山塘競渡靡耗的批判

　　端午節前後，蘇州「士女靚妝炫服，傾城出遊」，除觀看山塘競渡外，「岸則居奇列肆……商販貿易，所在成市，半月始罷，總之曰劃龍船市也」〔註143〕，不少清代作家對這种競渡靡耗之風也持批評態度。例如孫原湘《山塘雨中》〔註144〕：

　　　　畫船簫鼓淨如雲，一片空濛漾綠津。似厭土風誇競渡，故將絲
　　雨散遊人。雙堤水氣猶含酒，五月花光不斷春。放棹獨來還獨往，
　　勝佗晴日軟紅塵。

五月端午前後的某一天，因下雨山塘街上難得的清靜少人，詩人的歡喜之情間接表達出他對端午山塘競渡喧嘩場景的反感。再如石韞玉《虎丘山塘觀競渡有感》〔註145〕：

　　　　青山綠水帶卷阿，吳地銷金是此窩。愛月常疑天不夜，蓺花只
　　恨地無多。名倡炫色穠於李，小舫沖波捷似梭。方怪少年太行樂，
　　豈容老子更婆娑。

石韞玉在詩中的諷喻比較委婉，正如前引《山塘觀競渡作》中，他在濃墨重彩地鋪敘山塘競渡的熱烈場面後，以「明朝歸家典春服，三百青銅一斗粟」結尾，難免給人勸百諷一的感覺。相比之下，邱岡《虎阜山塘觀競渡作歌》〔註146〕的

〔註142〕湯斌：《湯子遺書》卷九，《清代詩文集彙編》第 102 冊，上海古籍出版社 2010年版，第 653 頁。

〔註143〕袁學瀾：《吳郡歲華紀麗》卷五，甘蘭經、吳琴校點，江蘇古籍出版社 1998年版，第 180 頁。

〔註144〕孫原湘：《天真閣集》卷十一，《清代詩文集彙編》第 464 冊，上海古籍出版社 2010 年版，第 125 頁。

〔註145〕石韞玉：《獨學廬五稿》卷一，《清代詩文集彙編》第 447 冊，上海古籍出版社 2010 年版，第 529 頁。

〔註146〕邱岡：《德芬堂詩鈔》卷一，《清代詩文集彙編》第 417 冊，上海古籍出版社 2010 年版，第 316 頁。

諷刺意味要更明顯：

> 端陽競渡飛龍船，畫橈塞斷山塘邊。樓臺臨水卷珠箔，風飄衫
> 裏疑神仙。綠柳陰中日停午，忽聽中流沸簫鼓。明璫翠羽綴旌旗，
> 玟瑁玻璃嵌窗戶。一日費盡數萬錢，奢風填巷人人顛。歸來償逋走
> 質庫，徹夜無帳揮蚊眠。

因端午遊冶耗資，節後家中須典當還債，以至沒錢買蚊帳而終夜遭蚊蟲叮咬，
此種情形與冶遊時「風飄衫裏疑神仙」形成了強烈反差，詩人對浮華靡費之風
的諷刺不言而喻。

葉燮在《吳閶競渡行》〔註147〕中的批評最為態度鮮明、語氣強烈：

> 吳閶城中百萬戶，傾城出嬉五月五。吳宮舊怨楚遺風，千載摧
> 肝此歌舞。胥江怒濤駭拍天，飛雲鱗鱗雌蜿旋。疊樓倒崿蛾飛旆，
> 伍相無乃悲重淵。白舫絳幕流蘇翻，峨峨瑟瑟千浦蓮。笳吹乍回鼓
> 轉闠，一時流睇層瀾綿。君不見大河南北菽不飽，隴山前後無青芊。
> 安得吳閶此日酒肉臭，借與周黎一飽殘喘救。

這簡直就是杜甫「朱門酒肉臭，路有凍死骨」的刺目對比，詩人滿懷憤怒，故筆
下山塘競渡場景不再帶有一種誇耀的語氣，而是顯得悲傷沉重。彭定求《中秋歎
二首》（其一）亦云：「有客蓋棺蒙短被，幾家爨甑欲休糧。撫時試問盈虛理，宴
坐惟消一炷香」〔註148〕，如此詩句，可謂沉痛至極。彭定求另有一首《競渡行》：
「我年五十端陽度，不逐水嬉觀競渡。今春徂夏日鍵關，繩床竹幾供朝暮。幾回
掉首卻花筵，比鄰親串敦邀赴。觸詠差無敗意人，蘭橈還向金閶路。金閶路畔遊
人嘩，凌波泛櫂趨如鶩。咄哉沉痛三閭辰，翻成溱洧狂風汙。絳綃蒼鬟一浮漚，
黿宮蛟室遙回泝。超距寧如步伐閒，揭竿卻屬叢奸蠹。日擲千家百萬錢，飛盧蔽
日蒸雲霧。繁絃急管蕩中流，翠袖紅妝傾四顧。似此豪華天下無，東南力竭原如
故。窮簷那有擔石儲，生涯多為膏粱誤。淫潦淋淋浸水田，農民慫甚游民豫。惟
我幽棲似爰居，鼓鍾之饗復何與？贏來流涕思睢陽，國僑依舊輿歌附。恭承明詔
重農桑，湖濱山澤澄清處。太平有象乃庶幾，而今病蠹終成錮」〔註149〕，其中

〔註147〕葉燮：《己畦詩集》卷八，《清代詩文集彙編》第 104 冊，上海古籍出版社 2010
年版，第 673 頁。

〔註148〕彭定求：《南畇詩稿》卷四，《清代詩文集彙編》第 167 冊，上海古籍出版社
2010 年版，第 39 頁。

〔註149〕彭定求：《南畇詩稿》卷一，《清代詩文集彙編》第 167 冊，上海古籍出版社
2010 年版，第 9 頁。

「贏來流涕思睢陽」句後詩人自注云：「湯尚書撫吳時禁止競渡甚嚴」，指康熙年間，江蘇巡撫湯斌因一度對山塘競渡不滿，曾頒布《禁龍舟告諭》〔註150〕云：

> 習俗之奢儉，動關閭閻之肥瘠，吳民家鮮蓋藏，猶自浮費相尚，如午日競渡其一也，合行嚴禁。自後毋論近城遠鄉，一切龍舟概不許集資修葺。如有惡少棍徒不遵禁約，倡議思修，嚴拏枷示。爾民各當務本，凡遇令節，家庭之間洗腆用酒，以享高年，以娛婦子，既無大費，又有真樂，何苦以終歲勤勞所得，輕擲一旦。荷花蕩鬧會亦與此同例，毋得抗違取罪。

但是，山塘競渡如此盛行，並非官方一紙公文或一些文人反對就能禁止，因為這反映出清代蘇州市民對休閒娛樂生活的追求，而且背後還有更深刻的貧民治生問題。

（三）「奢」與「儉」的糾結

對於虎丘遊冶、山塘競渡過程中的奢侈靡耗，若轉換視角，從經濟發展、窮人謀食的角度來看，則不無裨益。潘奕雋《陸謹庭默齋招遊山塘》（其四）〔註151〕即云：

> 丈八溝前好納涼，何妨獵較也浮航。人言蕩子銷金窟，我道貧兒覓食鄉。

「蕩子銷金窟」即是「貧兒覓食鄉」，潘奕雋能有此通達觀點，說明他不同於一般的封建士大夫，只知一味提倡去奢從儉，而是能深入實際生活，從貧民視角來思考問題。在《虎丘詩和熊謙山方伯》（其一）〔註152〕中，潘奕雋再次重申此觀點：

> 桐橋迢遞接金閶，天與貧民覓食鄉。柳外煙濃停畫舫，堤邊日暖敞花房。石闌塔影連雲影，經院衣香又佛香。不是能詩白太傅，誰能領此好風光。

當時能從經濟角度來看待虎丘山塘遊冶奢靡之風的，並非潘奕雋一人，《乾隆元和縣志》卷十「風俗」亦云：「虎丘山塘，吳中遊賞之地……其間

〔註150〕湯斌：《湯子遺書》卷九，《清代詩文集彙編》第 102 冊，上海古籍出版社 2010年版，第 652 頁。

〔註151〕潘奕雋：《三松堂集》卷十一，《清代詩文集彙編》第 399 冊，上海古籍出版社 2010 年版，第 203 頁。

〔註152〕潘奕雋：《三松堂集》卷十一，《清代詩文集彙編》第 399 冊，上海古籍出版社 2010 年版，第 202 頁。

花市則紅紫繽紛，古玩則金玉燦爛，孩童弄具、竹器用物、魚龍雜戲，羅布星列，令人目不暇給。至於紅欄水閣，點綴畫橋疏柳，鬥茶賭酒，肴饌倍於常價，而人願之者，樂其便也。雖遊者不無煩費，而貧民之賴以養生者亦眾焉」〔註153〕。由此思想進一步發展，顧公燮《丹午筆記》更云：「居官之要，在安頓窮人，尤宜保全富戶。富戶所待以舉火者，不啻十餘家。虐一富戶，是虐十餘戶貧民也。又況待富戶以舉火者，各有所推，統計不下千百人。若齟法漁獵富者使貧，是千百人皆由己而納之溝中矣」〔註154〕。顧公燮認為，官府對於富人的奢華消費，不僅不能打壓，而且要予以保護，因為窮人「待富戶以舉火」，「保全富戶」就等於「安頓窮人」，「虐一富戶」就等於「虐十餘戶貧民」。這種能辯證地看待「奢」與「儉」關係的觀點，在當時是比較深刻的。

因此，有些即使對虎阜遊冶、山塘競渡頗為反感的作家，其詩文中有時也表現出一種矛盾性。例如前述仿白居易《秦中吟》作《吳趨吟十首》的孫原湘，他另有一首《虎丘山塘觀水嬉》〔註155〕：

> 今年五月風日晴，遊人多借龍舟名。山塘七里船十里，夾岸行人更如蟻。紅男綠女同水窗，南鄰北里爭豔妝。耳根喧豗目震炫，但覺酒氣兼花香。燈船入夜明星爛，水上虹光燭天半。如此繁華世所無，只有吳兒偏見慣。一船動費數十緡，萬船之費何可論。淫侈至此天亦助，誰挽風俗歸清淳。有叟掀髯笑而起：「眼見此風百年矣。數年前頭制府來，府帖禁止如風雷。是年亢旱饑鴻哀，云是龍不治水天為災。治民要使民得所，豐嗇盈虛貴相補。不見城東纖嗇守錢虜，城西奇贏大腹賈。平時一錢不輕與，到此黃金散如土。貧兒要使富兒錢，不事嬉遊安得取。民俗雖淫民計寬，一家囊罄百家歡。吳中錢與吳民用，勝把金錢去買官。」我聞此言三歎息，欲禁還須聖人力。寄聲長官莫禁止，禁自眾人心上始。

詩人在詩中雖然對山塘競渡仍持「誰挽風俗歸清淳」的態度，但是從他大段敘

〔註153〕許治修，沈德潛、顧詒祿纂：《乾隆元和縣志》卷十，《中國地方志集成・江蘇府縣志輯》第 14 冊，江蘇古籍出版社 1991 年版，第 110 頁。

〔註154〕顧公燮：《丹午筆記》，蘇州博物館等編，江蘇古籍出版社 1985 年版，第 150 頁。

〔註155〕孫原湘：《天真閣集》卷二十六，《清代詩文集彙編》第 464 冊，上海古籍出版社 2010 年版，第 295 頁。

述老叟「民俗雖淫民計寬，一家囊罄百家歡」的言論，以及結尾「寄聲長官莫禁止，禁自眾人心上始」之語，可知他已經認識到虎阜山塘奢靡之風事關民生，牽繫民心，並非簡單的一紙禁令就能解決，需要更加全面、深刻地來理解這個問題。

前述將山塘街視為「銷金窩」的石韞玉，他在《同社諸子虎丘山塘觀競渡以一樓山對酒人青句分韻得一字五言十八韻》〔註156〕中也有如下表述：

> 道光歲丁亥，重午又二日。龍舟習水嬉，士女傾城出。七里白公堤，遊舫如比櫛。老夫與婆娑，追歡有仇匹。社友相招攜，數等竹林七。良朋慶盍簪，嘉會欣促膝。中流一舟來，旌旗映雲日。兩舟復爭先，往來如梭疾。亦有弄潮兒，臨淵心弗怵。出沒波濤間，嬉笑聲洋溢。道旁有一叟，對此重歡息：「荊楚弔三閭，此地可不必。勞民復傷財，遊戲甚無益。」我聞啞其笑，公但知其一。是邦游民多，覓食苦無術。藉此銷金窩，亦可寓任邮。獨樂眾樂間，此理耐窮詰。世有采風人，試聽芻蕘述。

詩中石韞玉借老叟之口，道出一般人認為山塘競渡勞民傷財的觀點，然後他予以反駁，「公但知其一」「此理耐窮詰」兩句，說明他看到了山塘街的奢靡現象有其複雜性，不能只作簡單片面的肯定或否定判斷。

袁學瀾在《吳郡歲華紀麗》卷五「山塘競渡」條中也有相似觀點：「夫其繁費無度，作為無益，固非敦本崇模之道。顧吳俗華靡，而貧民謀食獨易。彼其揮霍縱恣，凡執纖悉之業，待以舉炊，而終身無凍餒者比比也。此亦貧富相資之一端，為政者，迨不可執迂遠之見，以反古而戾俗也」〔註157〕。他不僅指出奢靡現象背後「貧富相資」的實質，而且直言嚴禁奢靡是迂闊而不切實際的做法，以此對官員執政提出建議。

綜上所述，對於山塘冶遊、競渡活動的豪奢之風，清代詩文中存在贊同和反對這兩種對立的態度。分析背後原因，一方面，與作家個人的價值觀、道德觀、經濟條件等因素有關；另一方面，也與虎丘地區獨特的人文地理環境有關。

〔註156〕石韞玉：《獨學廬五稿》卷二，《清代詩文集彙編》第447冊，上海古籍出版社2010年版，第538頁。

〔註157〕袁學瀾：《吳郡歲華紀麗》卷五，甘蘭經、吳琴校點，江蘇古籍出版社1998年版，第180頁。

據陳泳先生研究,「明成化以後,蘇州工商業發展迅速,商業中心區開始向西北方向躍遷,並衝破城垣的限制,向著外部乃至更西方向發展」〔註158〕,於是虎丘地區逐漸成為蘇州最繁華的商業中心。據顧公燮《丹午筆記》記載,清初閶胥一帶就已經商賈雲集,「人居稠密,五方雜處,宜乎地值寸金矣」〔註159〕。另外,明清時期蘇州商業中心向虎丘地區躍遷的同時,原來城內的格局也在發生調整,「許多富紳官僚居住區、手工業作坊區和批發零售商業區依附著經濟核向閶門附近轉移,市民則向城市其他地段轉移」〔註160〕。這種變化在明嘉靖年間出任吳縣守令的曹自守《吳縣城圖說》中有記載:

> 臥龍街東隸長洲,而西則吳境。公署宮室以逮商賈,多聚於西,故地東曠西狹,俗亦西文於東也,乃西居要衝。〔註161〕

《乾隆元和縣治》卷十「風俗」中也有記載:

> 今之元和,昔之長洲也。昔之長洲,古之吳會也,風氣習俗大約不甚相遠。然細分之,即一城之內亦有各不相同者。婁葑偏東南,其人多儉嗇,儲田產。齊門勤職業,習經紀,不敢為放逸之行。盤門地僻野,其人家多貧,類喬野,習於禮貌、嫻於世務者鮮。閶胥地多闤闠,四方百貨之所集,仕宦冠蓋之所經,其人之所見者廣,所習者奢,拘鄙謹曲之風少,而侈靡宕佚之俗多矣。〔註162〕

明清時期蘇州城內縉紳商賈的住宅之所以慢慢集中到城西地區,古今理同,是因為此地靠近閶、胥二門,臨近運河,交通便捷,而且城外就是山塘街和虎丘,緊鄰商業中心和風景名勝,屬於住宅的黃金地段。當然城西地區的地價和房價也會高於城內其他地區,不過在蘇州城內居民中,縉紳和商賈都是富裕階層,於是在經濟規律的作用下,他們的住宅逐步聚集到城西地區。這些人卜居城西,地近虎阜,又都是富裕階層,自然是山塘街上酒樓畫舫的常

〔註158〕陳泳:《城市空間:形態、類型與意義——蘇州古城結構形態演化研究》,東南大學出版 2006 年版,第 44～45 頁。

〔註159〕顧公燮:《丹午筆記》,蘇州博物館等編,江蘇古籍出版社 1985 年版,第 103 頁。

〔註160〕陳泳:《城市空間:形態、類型與意義——蘇州古城結構形態演化研究》,東南大學出版 2006 年版,第 57 頁。

〔註161〕曹自守:《吳縣城圖說》,顧炎武《天下郡國利病書》原編第五冊《蘇下》,《續修四庫全書》第 595 冊,上海古籍出版社 2002 年版,第 676 頁。

〔註162〕許治修,沈德潛、顧詒祿纂:《乾隆元和縣志》卷十,《中國地方志集成·江蘇府縣志輯》第 14 冊,江蘇古籍出版社 1991 年版,第 107 頁。

客。再加上清代——尤其是康乾時期，虎丘地區作為全國米糧、棉布、花木、
絲綢等商品的集散中心，南北商人彙集，正所謂「酒市人喧半北音」〔顧嗣立
《山塘竹枝詞四首》（其二）〕，這些外地商人也都是山塘街上各類消費場所的
熟客。於是，以這兩類人群為主的消費者，倡導並助長了山塘街的奢華之風。
沈寓《花市記》即云：「畫船簫鼓，縉紳豪華挾妓遨遊，商賈皁隸並棹爭驅，
而富家兒女亦鱗次其間」〔註163〕，朱綬《吳趨歲時記序》也認為，蘇州奢靡
之風「始於市估不學，成於搢紳先生」〔註164〕。但是，儘管山塘街上一片花
團錦簇，明清時期蘇州普通百姓的生活水平也比從前有所提高，可當時蘇州
地區的貧富差距仍然觸目驚心。美國歷史學家孔飛力將乾隆時期的盛世稱之
為「鍍金時代」，形象地揭示了當時繁華表象下社會底層百姓民生維艱的真實
狀況，他指出：「從歷史的眼光來看，當時經濟的生氣勃勃給我們以深刻印
象；但對生活於那個時代的大多數人來說，活生生的現實則是這種在難以預
料的環境中為生存所作的掙扎」〔註165〕。據王家範先生研究，明清時期江南
消費行為存在兩個極端，「一頭是處在貧困線上下，多數勞動者以及部分貧寒
的士生消費嚴重不足；另一頭是窮奢極欲，消費過限」。在這兩個極端中間，
「處於中間狀態的『小康之家』的消費水平只是相對地稍為寬綽，實際也僅
屬自給或半自給性的低消費水準」。因此，江南地區的消費模式，「以消費主
體區分，大致有貧困型、小康型、豪奢型三種」〔註166〕。江南如此，蘇州自
然也是如此。而虎阜山塘正是這三種消費模式人群的縮影。表面上看起來，
山塘街上店肆鱗集，燈紅酒綠，有些豪奢之客甚至一擲千金，但在這歌舞升
平景象的背後，那些在銷金窟裏覓食的底層勞動者，代表的正是掙扎謀生、
黯淡無光的貧困型消費者。例如《桐橋倚棹錄》卷十二所記：「虎丘每逢市會，
有等老嫗或鄉間之人，操疲舟，駕朽櫓，泊山浜、冶坊浜，於燈船雜沓之際，
渡人至上下塘買物或遊玩樂便，每人只乞一二文」〔註167〕，由此可以想見這

〔註163〕沈寓：《白華莊藏稿鈔》卷九，《清代詩文集彙編》第 154 冊，上海古籍出版
　　　　社 2010 年版，第 127 頁。
〔註164〕朱綬：《知止堂文集》卷一，《清代詩文集彙編》第 563 冊，上海古籍出版社
　　　　2010 年版，第 141 頁。
〔註165〕孔飛力：《叫魂：1768 年中國妖術大恐慌》，陳兼、劉昶譯，上海三聯書店 2014
　　　　年版，第 42 頁。
〔註166〕王家範：《明清江南消費性質與消費效果解析》，《明清江南史叢稿》，北京三
　　　　聯書店 2018 年版，第 56 頁。
〔註167〕顧祿：《桐橋倚棹錄》卷十二，王稼句點校，中華書局 2008 年版，第 390 頁。

些老嫗和鄉間人平常生活之艱辛。而那些靚妝遊冶的普通市民，應屬小康型的消費者。即使在這些人群中，也有一些是表面光鮮，實際家境窘困者。身歷「康熙盛世」的唐甄根據其在蘇州一帶見聞，曾在《潛書》中記載道：「清興五十餘年矣，四海之內，日益困窮……行於都市，列肆焜耀，冠服華膴；入其家室，朝則熸無煙，寒則蜎體不申」〔註168〕，這與虎阜山塘所展現的繁榮昌盛景象可謂判若雲泥。正如《乾隆長洲縣志》所云：「吳俗多奢少儉，嫁娶凶喪，華縟相尚，外似殷繁，內實雕瘵」〔註169〕，朱綬在《吳趨歲時記序》中亦云：「今吾郡之弊，外侈然而內匱，崇勢利而忘其所本，婚喪備物為美，士女遊觀相樂……物力摧剝，民生日艱，太山之霤穿石，積漸然耳」〔註170〕。因此，山塘街的奢靡之風是一種「病態的高消費，實際上只能導致商品經濟的虛假繁榮，無益於社會經濟的健康發展」〔註171〕。

　　表面繁花似錦，內裏民生日艱，山塘街就像一面三棱鏡，折射出清代蘇州社會生活的多個方面。對於這紛繁複雜的現象，不同人群見仁見智，反映到清代詩文中，就出現兩種對立、乃至糾結的表達。有人沉醉於笙歌燕舞，大唱讚歌；有人目擊百姓的含辛茹苦，猛烈抨擊奢靡之風；也有人認為貧富相資，奢華有助於窮人謀食。人文地理環境對文學的影響，由此也可見一端。

三、養花與植麻：兩種經濟觀的衝突

　　清代山塘街是南北花木集散中心，遍布園場花圃，四季如春，遊人不絕，顧嗣立《山塘竹枝詞四首》（其一）云：「山塘七里百花明，繽紛紅紫飛入城」〔註172〕，可見當時花市之豔麗繁華。不過，對於山塘花市，清代詩文中也有不少詩人持反對意見。例如沈德潛《過虎丘花巷偶作》〔註173〕：

〔註168〕唐甄：《潛書》下篇上《存言》，《四庫全書存目叢書》子部第95冊，齊魯書社1995年版，第449～450頁。

〔註169〕李光祚修，顧詒祿等撰：《乾隆長洲縣治》卷十一，江蘇古籍出版社1991年版，第93頁。

〔註170〕朱綬：《知止堂文集》卷一，《清代詩文集彙編》第563冊，上海古籍出版社2010年版，第141頁。

〔註171〕王家範：《明清江南消費性質與消費效果解析》，《明清江南史叢稿》，北京三聯書店2018年版，第57頁。

〔註172〕顧嗣立：《秀野草堂詩集》卷四十九，《清代詩文集彙編》第214冊，上海古籍出版社2010年版，第329頁。

〔註173〕沈德潛：《歸愚詩鈔余集》卷六，《清代詩文集彙編》第234冊，上海古籍出版社2010年版，第291頁。

綠水園中路，由來朱勔家。子孫遭眾遣，竄伏業栽花。艮嶽久

成劫，山塘轉斗華。可能存隙地，留與種桑麻？

雖然只是委婉發問，但已能看出他對山塘人家遍地種花、不事桑麻頗有微詞。

而在批判山塘花市的清代詩文中，這種栽花與種桑麻的對立，是一種幾近固定

的模式。茲舉數例：

吳儂花裏覓生涯，園圃多栽巧樣花。每到春來開似錦，可留餘

地種桑麻？

——徐淳《山塘偶作》〔註174〕

上樓璧月下樓花，花月叢中放妾家。猶恨垂楊顏色淺，何緣人

世有桑麻。

——孫原湘《山塘雜詩》（其三）〔註175〕

春風紅紫寄生涯，一曲朱欄是妾家。生小山塘花裏住，不知何

地有桑麻。

——方熊《虎丘竹枝詞》（其一）〔註176〕

緩攜榔栗訪山家，一路斜陽五色霞。不是閬園是花國，可留餘

地種桑麻。

——釋溥琬《虎丘訪賣花老人》〔註177〕

這幾首詩中都只是隱晦地表達出對於山塘花農不種桑麻的批判，相比而言，袁

景輅《小吳軒晚眺》（其二）〔註178〕則態度鮮明：

莫道軒窗小，人煙百萬家。望中無隙地，山下盡栽花。霸業已

如夢，民風未去奢。誰為司牧者，須令種桑麻。

詩人傍晚時分登虎丘小吳軒遠眺，見山下皆是花田，並沒有產生「花如霞」之

類的詩情，而是想到花田背後即是浮華無用的花木消費，於是直接向執政者進

〔註174〕 徐淳：《雙橋剩稿》，《清代詩文集彙編》第 399 冊，上海古籍出版社 2010 年
　　　　版，第 540 頁。

〔註175〕 孫原湘：《天真閣集》卷五，《清代詩文集彙編》第 464 冊，上海古籍出版社
　　　　2010 年版，第 56 頁。

〔註176〕 方熊：《繡屏風館詩集》卷五，《清代詩文集彙編》第 545 冊，上海古籍出版
　　　　社 2010 年版，第 79 頁。

〔註177〕 陸肇域、任兆麟編纂：《虎阜志》卷九下，張維明校補，古吳軒出版社 1995
　　　　年版，第 531 頁。

〔註178〕 袁景輅：《小桐廬詩草》卷六，《清代詩文集彙編》第 353 冊，上海古籍出版
　　　　社 2010 年版，第 489 頁。

言應禁止栽花，多種桑麻。

這些作家之所以反對花市，不只是因為栽花侵佔農田，妨礙種桑麻，更是因為他們認為當時花價高昂，養花也是山塘遊冶奢靡之風的一種體現，因此禁止種花事關鞏固民本，淳厚民風。而且，據說山塘花市源自北宋朱勔以花石媚進，明黃省曾《吳風錄》記載：「朱勔子孫居虎丘之麓，尚以種藝壘山為業，遊於王侯之門，俗呼為『花園子』」〔註179〕，山塘花市因此還蒙上了誤國殃民的政治色彩。沈寓《花市記》即云：「花市者，虎丘山塘也……宋朱勔創以花石，進媚邀位，吳中人士傚之，迄今子孫居虎丘之麓，咸以樹藝磊石為業，呼『花園子』……郡城豪子弟，以至下戶，清間日遊於市，買置几案為玩，四方宦遊之至，暨商賈射利者，莫不傾囊而取。故邵彌《花市曲》有云：『虎丘山家田不辨，虎丘草木紛如霰』，又曰：『不爭罷亞爭芳菲，一株豔絕千錢微』。蓋草木之功盛，而桑麻之業衰矣……吳之人，不務其本，攻於花草盆盎，七里之塘，目睫之見，非朝伊夕。畫船簫鼓，縉紳豪華挾妓遨遊，商賈皂隸並棹爭驅，而富家兒女亦鱗次其間。《花市曲》、《吳風錄》，觀之而有不慨焉者乎？」〔註180〕顧日新《山塘花市歌》〔註181〕亦云：

> 山塘人家遍種花，花時七里飛明霞。一朱勔禍宋天子，子孫猶廢桑與麻。達官城中開曉筵，珠行玉立皆神仙。無端粉黛視塵土，欲將傾國求天然。萬錢不惜聘紅紫，珊瑚人手爭芳鮮。嬋娟跕屐春風前，坐中賓客同雷顛。眾香迸射蘭麝延，酒酣欲藉花為眠。別有冶遊俊裝束，孌童伎女攜雙玉。人到花邊花不分，花圍人外人爭目。今年已故復明年，聲價赫然長草木。種花得錢矜共語，從此花風沿處處。回頭笑向農桑人，何不相隨種花去。

不過，當眾多詩人反對栽花、提倡種桑麻時，也有個別詩人認為栽花與種桑麻一樣，都屬於農事。王芑孫《次韻和熊謙山方伯枚虎丘八首》（其五）〔註182〕即云：

〔註179〕黃省曾：《吳風錄》，《續修四庫全書》第 733 冊，上海古籍出版社 2002 年版，第 790 頁。

〔註180〕沈寓：《白華莊藏稿鈔》卷九，《清代詩文集彙編》第 154 冊，上海古籍出版社 2010 年版，第 127 頁。

〔註181〕顧日新：《寸心樓詩集》卷二，《清代詩文集彙編》第 473 冊，上海古籍出版社 2010 年版，第 14 頁。

〔註182〕王芑孫：《淵雅堂編年詩稿》卷十三，《清代詩文集彙編》第 442 冊，上海古籍出版社 2010 年版，第 166 頁。

　　　　吏果能貧聽斷聰，竹枝詞好唱玲瓏。人來殘月曉風外，身在光

　　天化日中。太守文章誰白傅，令君寬大要馮公。花田即是桑麻地，

　　術自齊民講藝工。

種花與種穀確實都屬於農事，不過這兩者的境遇實在迥異，這在清代詩文中也
有突出表現。

　　中國古代皆以農桑為本，因為農桑關係民之溫飽、國之根基，而花卉無
實用價值，相比種植桑麻卻獲利頗豐，實屬本末倒置。王元文《山塘即事》
〔註183〕云：

　　　　七里人家樹影交，名花數本價還高。田夫襁褓來相覷，種菜如

　　何解種桃。

孫原湘《吳趨吟十首·賣花家》〔註184〕對此有更直接具體的表述：

　　　　前花後花中非花，五色璀璨如朝霞。入門花光看不定，鶯語玲

　　瓏花外聽。天家花事祇一春，儂家花事四季新。雪蕉疑懸摩詰畫，

　　翦采訝出隋宮人。先期為珍後期寶，開在當時轉如草。即將人面比

　　桃花，多見何如偶見好。宣州白盆一種妍，紅箋書價值十千。朱門

　　買花爭早得，罕物不惜黃金錢。種花種百本，衣食自然生計穩。種

　　穀種一年，剜肉補創租不全。種花人家肥，種穀人家饑。明年傭作

　　種花家，手提花籃去賣花。一籃花值金一兩，妓館遊船還倍賞。

詩歌通過對比手法，揭示當時種花與種穀境遇之懸殊，而且農民眼見種花有
利，於是紛紛棄農桑而事花木，這種趨勢更加令傳統士大夫擔憂，王家相《虎
丘山歌》中也寫道：「拋卻山頭好田地，不作農夫作園吏。可憐布穀一聲聲，
何似黃鶯枕花睡」〔註185〕。邵長蘅《吳趨吟·種花》也表現了這種種花與種
穀的巨大差別：「山塘映清溪，人家種花樹……一株百朵花，十千甫能賣……
買置几案間，一盆直十鐶。老圃解種花，老農解種穀。種穀輸官租，種花豔農
目。種花食肉糜，種穀食糠秕。還復受敲撲，肉剜難為醫」〔註186〕。「種花食

〔註183〕　王元文：《北溪詩集》卷六，《清代詩文集彙編》第 377 冊，上海古籍出版社
　　　　　　2010 年版，第 669 頁。
〔註184〕　孫原湘：《天真閣集》卷五，《清代詩文集彙編》第 464 冊，上海古籍出版社
　　　　　　2010 年版，第 58 頁。
〔註185〕　王家相：《茗香堂詩補遺》卷二，《清代詩文集彙編》第 470 冊，上海古籍出
　　　　　　版社 2010 年版，第 465 頁。
〔註186〕　邵長蘅：《青門剩稿》卷二，《清代詩文集彙編》第 145 冊，上海古籍出版社
　　　　　　2010 年版，第 456～457 頁。

肉糜，種穀食糠秕」，觸目驚心的對比中，說明清代山塘街確實是一種畸形的繁榮，因為這種商業的興盛並非以全體百姓——尤其是占主體的農民——的生活水平的提高為基礎，而是由縉紳商賈等少數富裕階層的消費需求所刺激形成。山塘街的繁盛景象，其實凸顯的是清代財富分配不公、貧富懸殊、社會矛盾重重的現狀，這不能不令心懷社稷、情繫蒼生的士大夫心生隱憂。於是，生於乾隆中期、主要活動於嘉道年間的王家相在《虎丘山歌》的最後說道：「君不見，西湖絃管號繁華，秋月春朝樂事賒。花柳總牽詞客恨，六橋無地種桑麻」〔註187〕，這不禁讓人聯想到宋徽宗時朱勔的花石綱，還有「西湖歌舞幾時休」的詩句，幾乎可以視為康乾盛世走向衰敗的預言。

　　由此我們再次看到，對於山塘花市，清代詩文中也存在兩種不同的書寫，一種極力描繪花市雲蒸霞蔚的美景和車水馬龍的交易盛況；另一種則批判山塘花農不植桑麻，甚至年輕女子不知桑麻，揭示種花與種穀境遇的天壤之別。分析此文學現象背後的原因，拋開作家個人因素不談，同樣也離不開虎丘地區特殊的地理資源的影響。虎丘地區雖然市廛繁盛，但地處城外，屬於農村，除百貨集萃、人流絡繹的街市景致外，更有城市所沒有的田園風光。《桐橋倚棹錄》卷十二「田疇」部分云：「虎丘田疇在山之四周，高下不等，藝稻蒔蔬」〔註188〕，卷七「場巷」之「野貓巷」條云：「山塘諸巷內皆通郊野，多藝花人所居」〔註189〕。有不少清代詩歌中也描寫了虎丘地區的田園風光，例如陳維崧《清明虎丘竹枝詞四首》（其一）：「春雲的的綠堪染，吳田漫漫青欲流。江南三月足風景，好在閶門水閣頭」〔註190〕。再如金之俊春天喜歡到半塘看菜花，曾作《半塘看菜花二首》（《金文通公詩集》卷五）、《丁未春半塘看菜花四首》（《金文通公詩集》卷六），其《半塘看菜花二首》詩前小序云：「春日菜花惟江南為盛……種植者與麥相半，每當春暮，則麥隴繡碧，菜畦鋪金，廣陌平原，爛漫如錦，此大江以南一種田間春色，他處所未有也。余性愛菜花，丁未春三月，邀二三舊於半塘之西，擇菜花繁密處，列幛低坐，綠繞金圍，香風撲面，令人不飲自酣，不倦欲睡」〔註191〕，

〔註187〕王家相：《茗香堂詩補遺》卷二，《清代詩文集彙編》第470冊，上海古籍出版社2010年版，第465頁。

〔註188〕顧祿：《桐橋倚棹錄》卷十二，王稼句點校，中華書局2008年版，第396頁。

〔註189〕顧祿：《桐橋倚棹錄》卷七，王稼句點校，中華書局2008年版，第337頁。

〔註190〕陳維崧：《湖海樓詩集》卷十二，《清代詩文集彙編》第96冊，上海古籍出版社2010年版，第200頁。

〔註191〕金之俊：《金文通公詩集》卷五，《清代詩文集彙編》第8冊，上海古籍出版社2010年版，第714頁。

可見當時半塘菜花之盛。因此，虎丘地區實際兼有農村和城市的雙重性質。當作家用城市的眼光來觀照山塘花市時，就會對其繁盛程度讚歎不已；而當作家用農村的眼光來觀照時，則會認為山塘街附近的農田本應該種桑植麻，而現在遍地園場、廣種花木，這屬於捨本求末，於是就會產生沈德潛《一翦梅・白堤花市》中所說的觀點：「油油禾黍此間賒，不種桑麻，須種桑麻」〔註192〕。

另外，山塘花農的特殊身份也是引發作家意見分歧的一個重要因素。山塘街一帶的農民，最初從事的也是種桑植麻、自給自足的小農經濟。明清時期，原本位於蘇州城內的商業中心區衝破城垣的限制，發展至城西的虎丘地區，逐步形成了山塘街市，在這過程中，山塘農民發現種花比種穀更有利，足以讓自己衣食無憂，甚至生活水平遠超原先種穀，於是紛紛「拋卻山頭好田地，不作農夫作園吏」。山塘農民栽種花卉，不是為自身所用，而是在花市或城中進行出售獲利，甚至通過外地商人遠銷全國各地，這已經屬於商品經濟。也就是說，山塘花農雖然身份仍是「四民」中的農民，但現實中已經加入花木產銷的商業鏈條中，故獲利頗豐。當然，山塘農民由傳統的種穀轉變為種花，並逐步形成繁盛的花市，這也是受益於虎丘地區緊靠城市、位於運河要衝的區位優勢，而其他地區的農民並沒有這種先天的地理優勢，只能仍舊從事著傳統的以種穀為主的小農經濟。同樣是在田間勞作，但種穀的收入實在無法與種花相比，於是那些抱有重農抑商思想、以傳統眼光來看待這種社會現象的作家就會為種穀的農民鳴不平，認為這是本末倒置，山塘農民應該重操舊業，再去種穀。正如王家相《虎丘山歌》所云：「花叢花片雖云好，不及中田一區稻。稻熟猶能奉主賓，花開幾見供溫飽。種花一歲一回開，種稻兼收麥與來。紅蓮活得千人命，珠蕊空糜萬戶財」〔註193〕，這就是典型的以解決溫飽為目的、追求實用的小農經濟思想。由此我們可以看到，山塘花農在當時蘇州農民中其實是一個特殊群體，因其特殊性，所以才引發清代詩文中兩種不同的創作態度。而這種對於花農的批評，在清代詩文中也是特殊的，在蘇州空間系統中其他地區的詩文中所沒有。

〔註192〕陸肇域、任兆麟編纂：《虎阜志》卷二上，張維明校補，古吳軒出版社 1995年版，第 121 頁。

〔註193〕王家相：《茗香堂詩補遺》卷二，《清代詩文集彙編》第 470 冊，上海古籍出版社 2010 年版，第 465 頁。

結　語

　　任何事物都具有時間和空間的雙重屬性，文學也不例外，因此從地理角度研究文學，與從歷史角度研究文學一樣，本都是文學研究題中應有之義。在中國，文學地理學雖然是一門新建學科，但文學地理學思想源遠流長，學者對於文學地理學現象的研究也由來已久。正如楊義先生所言：「文學地理學是一個值得深度開發的文學研究的重要視野和方法。地理是文學的土壤，文學的生命依託，文學地理學就是尋找文學的土壤和生命的依託，使文學連通『地氣』，唯此才能使文學研究對象返回本位，敞開視境，更新方法，深入本質。」〔註1〕楊義先生將地理比作文學的土壤，那文學這棵樹就會存在「淮南為橘，淮北為枳」的現象。揭示並解釋這種文學的地域差異性，是文學地理學的重要研究內容，這從曾大興先生對文學地理學所作定義即可看出：「文學地理學是研究文學與地理環境之間相互作用所形成的文學事象的分布、變遷及其地域差異的科學」〔註2〕。正是基於這種普遍存在的作家分布、文學作品分布、文學社團分布等文學事象的區域差異性，再借鑒人文地理學中的區位論，結合對已有文學地理學研究成果的總結歸納，本書提出了文學區位的相關概念和理論。

　　另外，戴偉華先生曾指出：「中國文學地理學理論應以實證研究為基礎加以總結……中國學術體系中，重視對事物的分類。分類是研究的開始，這意味著必須對相關文獻資料和現有成果作收集、分析、歸納，以求完成符合研究目

〔註1〕 楊義：《文學地理學的三條研究思路》，《杭州師範大學學報》(社會科學版)2012年第4期。

〔註2〕 曾大興：《文學地理學概論》，北京商務印書館2017年版，第1頁。

標、延伸研究課題的學術分類。分類似乎是技術問題，其實是理論問題。分類應該是研究者由現象進入本質的認識」〔註3〕。通過之前的詳細論述，我們已經看到，本書提出文學區位論正符合這種情況。當然，這個文學地理學的新概念和新理論還需要進一步完善，是否有效適用，更有待學術界前輩和同仁的批評指正。

就本書研究而言，文學微區位論能很好地融合對「空間中的文學」和「文學中的空間」的闡釋，並發現二者其實是同一個問題的內外兩種表現。這同一個問題即文學與地理環境的互動關係。從外在層面來說，地理環境作為客觀存在的現實世界，因其優劣不同的文學微區位條件影響作家的遊覽以及文學創作，這在本書中編研究虎丘地區在蘇州空間系統中的文學微區位時通過數據統計已有具體展現。從內在層面來說，地理環境一旦經作家書寫，進入文本即成為地理意象，除反映外在地理環境的特徵外，作家又會用自己的主觀創造性賦予其新的文學色彩和文化內涵，並影響後來者對地理環境的審美以及文學書寫——對那些名家名作而言，這種影響有時尤其明顯。因此，「感知定向」的說法只是道出了後來者所受之前詩文的一部分影響，另一部分影響其實發生在後來者創作詩文時的思維活動中，姑且稱之為「想象限制」。作家的文學書寫雖以客觀世界為基礎，但詩文畢竟是作家的主觀審美與表達，作家並不追求刻板地反映客觀世界。當作家提筆創作時，除真實的客觀世界外，腦海中另有一個帶有想像成分的「完美世界」存在，因此才有所謂「造境」。有時甚至會忽視客觀世界的真實，本書下編所引陳衍在《石遺室詩話》的一段敘述即是例證。

作家受前人文學作品影響，對地理環境審美時存在「感知定向」，創作時存在「想象限制」，這種文學現象並不罕見，前後相繼、不斷累積，就會形成「類型化的地理意象」，本書下編對寒山寺詩文的闡述即印證了這一點。而這種對「類型化的地理意象」形成及發展過程的闡述，又何嘗不是在從歷史角度對文學展開研究呢？文學地理學與文學史學除雙峰並峙的關係外，更應該是縱橫交錯、時空互參的座標系關係。在現實世界中，除地理和歷史外，還有經濟、文化、政治、民俗、軍事、宗教等諸多因素都會影響人們的生活，而這些因素都以大地為舞臺上演，很多時候會表現為具體的地表特徵，本書以文繫地

〔註3〕戴偉華：《中國文學地理學中的微觀與宏觀》，《華南師範大學學報》（社會科學版）2016年第2期。

時所列津梁、古蹟、壇廟祠宇、寺觀、第宅園林、冢墓、市廛等，其實都是這諸多因素的反映，進入文學地理學的研究視野，都可視作外在的地理資源或內在的地理意象。從這個意義上來說，文學地理學的研究空間非常廣闊，因為通過文學地理，可以通向豐富多元的現實世界。本書在這方面的研究只是淺顯的嘗試，有待日後深入。

　　本書所採用的文學微區位論，是在微觀的尺度下開展文學地理學研究。在文學地理學的研究中，「尺度」是一個重要而未受重視的概念，因為很多文學地理現象在宏觀視野中容易被忽視，而在微觀視野中，卻能有更加清晰而具體的表現。宏觀由微觀構成，文學微區位論視域下的地理資源或地理意象，一頭聯繫著現實世界，另一頭聯繫著文本。而通過細讀文本，深入剖析地理與文學之間的多重互動關係，這應該是未來文學地理學研究發展的方向。本書通過在文學微區位論視域下考察清代虎丘地區的詩文，已經能夠得出結論，在清代蘇州空間系統的九個二級空間中，無論是考察「空間中的詩文」，還是考察「詩文中的空間」，虎丘地區都佔據了明顯的文學微區位優勢，是清代蘇州文學地理的樞紐。正如嘉慶年間曾先後擔任蘇州知府和江蘇按察使的鼈圖在《春日同廖復堂太守張古余司馬汪研香員外張梟汀舒石堂湯春叔大尹小集虎丘》中所言：「天生勝地為詩人，人到能令景物新」〔註4〕。

　　日本學者宮崎市定認為：「即便是長江三角洲地方，其中特別重要的則是蘇州。世界上任何國家，都有代表一國風氣和文化等那樣的城市，法國的巴黎、美國的紐約，即是如此。而明清時代的中國，我想，蘇州可以說是其代表」，「明清時代的蘇州府（吳縣、長洲、元和），是代表中國經濟、中國文化的城市，如果就日本來說，則相當於把大阪和京都合在一起那樣的地方」〔註5〕，因此，雖然本書在蘇州空間系統下研究清代虎丘地區的文學微區位問題，但我們有理由推測，如果把視野從蘇州的微觀層面，擴展到江蘇省的中觀層面，乃至全國的宏觀層面，清代虎丘地區在更大的空間範圍內也應該佔有一定的文學區位優勢。當然，這個結論還需要進一步的實證研究。但是，從中我們也可以看到文學微區位與文學中觀區位、文學宏觀區位之間層級關係的聯繫與轉

〔註4〕鼈圖：《木蘭堂吟草》卷一，《清代詩文集彙編》第 427 冊，上海古籍出版社
　　　　2010 年版，第 184 頁。
〔註5〕宮崎市定：《明代蘇松地方的士大夫和民眾》，《日本學者研究中國史論著選譯》
　　　　（第六卷　明清），劉俊文主編，欒成顯、南炳文譯，中華書局 1993 年版，第
　　　　229、230 頁。

換。本書強調基於微觀層面的分析，但另一個目的是期待建立微觀具體情境與宏觀匯總模式之間的聯繫，希望能通過微觀分析折射宏觀問題。正如王彬先生在《北京微觀地理筆記》中所言：「微觀地理與城市地理是相互依存、相互補充、相互融合、相互延伸的」〔註6〕，微觀與宏觀之間存在著非常緊密的互通關係。此種關係，可以用鄭板橋的一句詩來形容：「些小吾曹州縣吏，一枝一葉總關情」（《濰縣署中畫竹呈年伯包大中丞括》）。

〔註6〕 王彬：《應該建立微觀地理學》，《北京微觀地理筆記》附錄，北京三聯書店 2007 年版，第 266 頁。

參考文獻

壹、著作類
一、古籍類（按照文獻首字的漢語音序排列）
（一）經部

M

1. 《毛詩正義》，毛亨傳，鄭玄箋，孔穎達疏，李學勤主編，龔抗雲、李傳書、胡漸逵整理，肖永明、夏先培、劉家和審定，北京：北京大學出版社1999年版。

S

1. 《詩集傳》，宋朱熹集注，趙長征點校，北京：中華書局2011年版。
2. 《詩地理考校注》，宋王應麟原著，張保見校注，成都：四川大學出版社2009年版。

（二）史部

B

1. 《百城煙水》，清徐崧、張大純纂輯，薛正興校點，南京：江蘇古籍出版社1999年版。

D

1. 《鄧尉聖恩寺志》，明周永年撰，《故宮珍本叢刊》第270冊，故宮博物院編，海口：海南出版社2001年版。
2. 《丹午筆記》，清顧公燮撰，蘇州博物館等編，南京：江蘇古籍出版社1985年版。

F

1. 《范成大筆記六種》，宋范成大撰，孔凡禮點校，北京：中華書局 2002 年版。

G

1. 《光福志》，清徐傅編，王金庸補輯，《中國方志叢書》「華中地方」第 413 號，臺北：成文出版社 1983 年版。

H

1. 《虎丘山志》，清顧湄撰，《故宮珍本叢刊》第 263 冊，故宮博物院編，海口：海南出版社 2001 年版。

2. 《虎丘山志》，清顧詒祿撰，沈雲龍主編《中國名山勝蹟志叢刊》第四輯，臺北：文海出版社 1975 年版。

3. 《虎阜志》，清陸肇域、任兆麟編纂，張維明校補，蘇州：古吳軒出版社 1995 年版。

4. 《紅蘭逸乘》，清張紫琳撰，江蘇省立蘇州圖書館校印，民國三十年（1941）刊本。

5. 《寒山寺志》，民國葉昌熾撰，張維明校補，南京：江蘇古籍出版社 1999 年版。

L

1. 《靈巖山志》，民國張一留輯，白化文、張智主編《中國佛寺志叢刊》第 46 冊，揚州：廣陵書社 2011 年版。

M

1. 《明末忠烈紀實》，清徐秉義撰，張金莊點校，杭州：浙江古籍出版社 1984 年版。

2. 《民國吳縣志》，民國曹允源、李根源撰，《中國地方志集成·江蘇府縣志輯》第 11～12 冊，南京：江蘇古籍出版社 1991 年版。

3. 《木瀆小志》，民國張壬士輯，《中國方志叢書》「華中地方」第 411 號，臺北：成文出版社 1983 年版。

Q

1. 《乾隆長洲縣治》，清李光祚修，顧詒祿等撰，《中國地方志集成·江蘇府縣志輯》第 13 冊，南京：江蘇古籍出版社 1991 年版。

2. 《乾隆元和縣治》，清許治修，沈德潛、顧詒祿纂，《中國地方志集成·江

蘇府縣志輯》第 14 冊，南京：江蘇古籍出版社 1991 年版。

3. 《清嘉錄 桐橋倚棹錄》，清顧祿撰，來新夏、王稼句點校，北京：中華書局 2008 年版。

S

1. 《史記》，漢司馬遷撰，南朝宋裴駰集解，唐司馬貞索引，唐張守節正義，北京：中華書局 1982 年版。

T

1. 《太湖備考》，清金友理撰，薛正興校點，南京：江蘇古籍出版社 1998 年版。

2. 《同治蘇州府志》，清馮桂芬總纂，潘錫爵等分纂，《中國地方志集成·江蘇府縣志輯》第 7～10 冊，南京：江蘇古籍出版社 1991 年版。

W

1. 《吳地記》，唐陸廣微撰，曹林娣校注，南京：江蘇古籍出版社 1999 年版。

2. 《吳郡圖經續記》，宋朱長文撰，金菊林校點，南京：江蘇古籍出版社 1999 年版。

3. 《吳郡志》，宋范成大撰，陸振岳點校，南京：江蘇古籍出版社 1999 年版。

4. 《吳邑志 長洲縣志》，明楊循吉撰，陳其弟點校，揚州：廣陵書社 2006 年版。

5. 《吳中小志叢刊》，明楊循吉等撰，陳其弟點校，揚州：廣陵書社 2004 年版。

6. 《吳門表隱》，清顧震濤撰，甘蘭經等校點，南京：江蘇古籍出版社 1999 年版。

7. 《吳趨訪古錄》，清姚承緒撰，姜小青校點，南京：江蘇古籍出版社 1999 年版。

8. 《吳門畫舫錄》，清西溪山人撰，《中國風土志叢刊》第 38 冊，張智主編，揚州：廣陵書社 2003 年版。

9. 《吳郡歲華紀麗》，清袁學瀾撰，甘蘭經、吳琴校點，南京：江蘇古籍出版社 1998 年版。

10. 《吳城日記》，清佚名撰，蘇州博物館等編，南京：江蘇古籍出版社 1985 年版。

11.《五石脂》，民國陳去病撰，蘇州博物館等編，南京：江蘇古籍出版社 1985 年版。

12.《吳郡西山訪古記》，民國李根源撰，《中國名山勝蹟志叢刊》本，臺北：文海出版社 1971 年版。

Y

1.《揚州畫舫錄》，清李斗撰，汪北平、涂雨公點校，北京：中華書局 1960 年版。

Z

1.《中吳紀聞》，宋龔明之撰，孫菊園校點，上海：上海古籍出版社 1986 年版。

2.《正德姑蘇志》，明林世遠、王鏊等纂修，北京：書目文獻出版社 1997 年版。

（三）子部

C

1.《長物志校注》，明文震亨原著，陳植校注，楊超伯校訂，南京：江蘇科學技術出版社 1984 年版。

2.《茶餘客話》，清阮葵生撰，北京：中華書局 1959 年版。

3.《巢林筆談》，清龔煒撰，錢炳寰整理，北京：中華書局 1981 年版。

G

1.《高僧傳》，南朝梁釋慧皎撰，湯用彤校注，湯一玄整理，北京：中華書局 1992 年版。

2.《廣陽雜記》，清劉獻廷撰，汪北平、夏志和標點，北京：中華書局 1957 年版。

Y

1.《藝文類聚》，唐歐陽詢等編纂，《影印文淵閣四庫全書》本，臺北：臺灣商務印書館 1986 年版。

2.《雲溪友議》，唐范攄撰，上海：古典文學出版社 1957 年版。

（四）集部

C

1.《陳石遺集》，清陳衍撰，陳步編，福州：福建人民出版社 2001 年版。

G

1. 《高青丘集》，明高啟撰，清金檀輯注，徐澄宇、沈北宗校點，上海：上海古籍出版社 1985 年版。

2. 《歸莊集》，清歸莊撰，上海：上海古籍出版社 2010 年版。

J

1. 《薑齋詩話箋注》，清王夫之撰，戴鴻森箋注，北京：人民文學出版社 1981 年版。

L

1. 《柳宗元集》，唐柳宗元撰，景洪業解評，太原：山西古籍出版社 2006 年版。

2. 《李商隱詩歌集解》，唐李商隱撰，劉學鍇、余恕誠集解，北京：中華書局 1988 年版。

3. 《六一詩話》，宋歐陽修撰，何文煥輯《歷代詩話》，北京：中華書局 1981 年版。

O

1. 《歐陽修詩文集校箋》，宋歐陽修撰，洪本健校箋，上海：上海古籍出版社 2009 年版。

S

1. 《蘇軾全集校注·詩集部分》，宋蘇軾原著，張志烈等校注，石家莊：河北人民出版社 2010 年版。

2. 《詩藪》，明胡應麟撰，上海：上海古籍出版社 1979 年版。

3. 《沈德潛詩文集》，清沈德潛撰，潘務正、李言編輯點校，北京：人民文學出版社 2011 年版。

4. 《石遺室詩話》，清陳衍撰，瀋陽：遼寧教育出版社 1998 年版。

T

1. 《苕溪漁隱叢話》，宋胡仔纂集，廖德明校點，北京：人民文學出版社 1962 年版。

2. 《談遷詩文集》，清談遷撰，羅仲輝校點，瀋陽：遼寧教育出版社 1998 年版。

3. 《塔影園集》，清顧苓撰，李花蕾點校，上海：華東師範大學出版社 2014 年版。

W

1. 《文心雕龍譯注》，南朝梁劉勰撰，王運熙、周鋒譯注，上海：上海古籍出版社 2010 年版。

2. 《文選》，南朝梁蕭統編，唐李善注，上海：上海古籍出版社 1986 年版。

3. 《王子安集注》，唐王勃撰，蔣清翊注，上海：上海古籍出版社 1995 年版。

4. 《吳都文粹》，宋鄭虎臣編，《影印文淵閣四庫全書》本，臺北：臺灣商務印書館 1986 年版。

5. 《吳都文粹續集》，明錢穀編，《影印文淵閣四庫全書》本，臺北：臺灣商務印書館 1986 年版。

6. 《文徵明集》，明文徵明撰，周道振輯校，上海：上海古籍出版社 1987 年版。

7. 《文體明辨序說》，明徐師曾撰，羅根澤校點，北京：人民文學出版社 1962 年版。

8. 《吳梅村編年詩箋注》，清吳偉業撰，清程穆衡箋注，清楊學沆補注，民國十八年（1929）刊本。

X

1. 《謝靈運集校注》，南朝宋謝靈運原著，顧紹柏校注，鄭州：中州古籍出版社 1987 年版。

Y

1. 《原詩》，清葉燮撰，霍松林校注，北京：人民文學出版社 1979 年版。

二、文學研究類（按照作者姓氏首字的漢語音序排列）

A

1. 〔日〕安居香山、中村璋八輯：《緯書集成》，石家莊：河北人民出版社 1994 年版。

C

1. 曹林娣：《蘇州園林匾額楹聯鑒賞》（第三版），北京：華夏出版社 2009 年版。

2. 陳寅恪：《講義及雜稿》，北京：生活‧讀書‧新知三聯書店 2002 年版。

D

1. 杜紅亮：《江河視閾下的中國古代文學流向》，鄭州：鄭州大學出版社 2016 年版。

2. 段凌辰：《中國文學概論》，鄭州：河南大學出版社 2013 年版。

3. 戴偉華：《地域文化與唐代詩歌》，北京：中華書局 2006 年版。

F

1. 范培松、金學智主編：《蘇州文學通史》，南京：江蘇教育出版社 2004 年版。

G

1. 郭英德主編：《多維視角：中國古代文學史的立體建構》，北京：北京師範大學出版社 2011 年版。

H

1. 胡阿祥：《魏晉本土文學地理研究》，南京：南京大學出版社 2001 年版。

2. 胡忌、劉致中：《崑劇發展史》，北京：中國戲劇出版社 1989 年版。

3. 胡可先：《唐詩發展的地域因緣和空間形態》，北京：中國社會科學出版社 2010 年版。

4. 何宗美：《明末清初文人結社研究》，天津：南開大學出版社 2003 年版。

5. 何宗美：《公安派結社考論》，重慶：重慶出版社 2005 年版。

J

1. 簡錦松：《山川為證：東亞古典文學現地研究舉隅》，臺北：臺大出版中心 2018 年版。

2. 景遐東：《江南文化與唐代文學研究》，北京：人民文學出版社 2005 年版。

3. 蔣寅：《清代文學論稿》，南京：鳳凰出版社 2009 年版。

L

1. 李德輝：《唐代交通與文學》，長沙：湖南人民出版社 2003 年版。

2. 李嵐：《行旅體驗與文化想像——論中國現代文學發生的遊記視角》，北京：中國社會科學出版社 2013 年版。

3. 劉師培：《劉師培學術論著》，勞舒編，雪克校，杭州：浙江人民出版社 1998 年版。

4. 李興盛主編：《江南才子塞北名人吳兆騫年譜》，哈爾濱：黑龍江人民出版社 2000 年版。

5. 劉毓慶、郭萬金：《從文學到經學——先秦兩漢詩經學史論》，上海：華東師範大學出版社 2009 年版。

6. 凌郁之：《寒山寺詩話》，南京：鳳凰出版社 2013 年版。

M

1. 梅新林：《中國古代文學地理形態與演變》，上海：復旦大學出版社 2006 年版。

2. 梅新林、葛永海：《文學地理學原理》，北京：中國社會科學出版社 2017 年版。

Q

1. 錢仲聯主編：《清詩紀事》，南京：江蘇古籍出版社 1987 年版。

S

1. 〔美〕孫康宜、宇文所安主編：《劍橋中國文學史》，劉倩等譯，北京：生活・讀書・新知三聯書店 2013 年版。

T

1. 童慶炳：《中國古代詩學與美學》，北京：北京師範大學出版社 2016 年版。

W

1. 王葆心：《古文辭通義》，武漢：武漢大學出版社 2008 年版。

2. 王國維：《宋元戲曲史》，上海：上海古籍出版社 1998 年版。

3. 王國維：《人間詞話》，黃霖等導讀，上海：上海古籍出版社 1998 年版。

4. 王稼句編選：《蘇州山水名勝歷代文鈔》，上海：上海三聯書店 2010 年版。

5. 王文進：《南朝山水與長城想像》，鄭州：河南人民出版社 2018 年版。

6. 汪文學：《邊省地域與文學生產：文學地理學視野下的黔中古近代文學生產和傳播研究》，上海：上海古籍出版社 2016 年版。

7. 王運熙、顧易生主編：《中國文學批評史》（第二版），上海：復旦大學出版社 2012 年版。

X

1. 夏漢寧、劉雙琴、黎清主編：《宋代江西文學家地圖》，南昌：江西美術出版社 2014 年版。

Y

1. 嚴迪昌：《清詩史》，北京：人民文學出版社 2011 年版。

2. 嚴迪昌：《清詞史》，北京：人民文學出版社 2011 年版。

3. 樂黛雲、陳玨編選：《北美中國古典文學研究名家十年文選》，南京：江蘇人民出版社 1996 年版。

4. 〔德〕H・R・姚斯、〔美〕R・C・霍拉勃：《接受美學與接受理論》，周

寧、金元浦譯，滕守堯審校，瀋陽：遼寧人民出版社 1987 年版。

5. 袁行霈：《中國詩歌藝術研究》（第 3 版），北京：北京大學出版社 2009 年版。

6. 袁行霈：《中國文學概論》（增訂本），北京：北京大學出版社 2010 年版。

7. 楊義：《文學地理學會通》，北京：中國社會科學出版社 2013 年版。

Z

1. 曾大興：《文學地理學研究》，北京：商務印書館 2012 年版。

2. 曾大興、夏漢寧主編：《文學地理學》，北京：人民出版社 2012 年版。

3. 曾大興：《中國歷代文學家之地理分布》，北京：商務印書館 2013 年版。

4. 曾大興：《氣候、物候與文學：以文學家生命意識為路徑》，北京：商務印書館 2016 年版。

5. 曾大興：《文學地理學概論》，北京：商務印書館 2017 年版。

6. 朱金發：《先秦詩經學》，北京：學苑出版社 2007 年版。

7. 趙奎英：《語言、空間與藝術》，北京：北京大學出版社 2018 年版。

8. 朱立元主編：《美學大辭典》（修訂本），上海：上海辭書出版社 2014 年版。

9. 左鵬：《唐代嶺南社會經濟與文學地理》，鄭州：河南人民出版社 2014 年版。

10. 章培恒、駱玉明主編：《中國文學史》，上海：復旦大學出版社 1996 年版。

11. 張偉然：《中古文學的地理意象》，北京：中華書局 2014 年版。

12. 周曉琳、劉玉平：《空間與審美——文化地理視域中的中國古代文學》，北京：人民出版社 2009 年版。

13. 周曉琳、劉玉平：《中國古代城市文學史》，北京：人民出版社 2013 年版。

14. 朱焱煒：《明清蘇州狀元與文學》，北京：中國言實出版社 2008 年版。

15. 朱則傑：《清詩史》，南京：江蘇古籍出版社 2000 年版。

三、歷史研究類（按照作者姓氏首字的漢語音序排列）

B

1. 北京圖書館編：《北京圖書館藏珍本年譜叢刊》，北京：北京圖書館出版社 1999 年版。

C

1. 程傑：《中國梅花名勝考》，北京：中華書局 2014 年版。

2. 陳建勤：《明清旅遊活動研究：以長江三角洲為中心》，北京：中國社會科學出版社 2008 年版。

3. 陳泳：《城市空間：形態、類型與意義——蘇州古城結構形態演化研究》，南京：東南大學出版 2006 年版。

D

1. 戴鞍鋼：《江南城鎮通史（晚清卷）》，陳國燦主編，上海：上海人民出版社 2017 年版。

F

1. 傅林祥、林涓、任玉雪、王衛東：《中國行政區劃通史·清代卷》（第二版），上海：復旦大學出版社 2017 年版。

2. 樊樹志：《明清江南市鎮研究》，上海：復旦大學出版社 1990 年版。

G

1. 顧建國：《運河名物與區域文化考論》，上海：上海三聯書店 2014 年版。

K

1. 〔美〕孔飛力：《叫魂：1768 年中國妖術大恐慌》，陳兼、劉昶譯，上海：上海三聯書店 2014 年版。

L

1. 劉森林：《大運河：環境　人居　歷史》，上海：上海大學出版社 2015 年版。

2. 林錫旦、葉文憲主編：《蘇州通史（志表卷）》，蘇州：蘇州大學出版社 2019 年版。

3. 魯西奇：《中國歷史的空間結構》，桂林：廣西師範大學出版社 2014 年版。

S

1. 邵忠編：《蘇州園墅勝蹟錄》，上海：上海交通大學出版社 1992 年版。

W

1. 萬國鼎編，萬斯年、陳夢家補訂：《中國歷史紀年表》，北京：中華書局 1978 年版。

2. 王國平、唐力行主編：《蘇州通史（清代卷）》，蘇州：蘇州大學出版社 2019 年版。

3. 王家範：《明清江南史叢稿》，北京：生活·讀書·新知三聯書店 2018 年版。

4. 魏嘉瓚編著：《蘇州歷代園林錄》，北京：燕山出版社 1992 年版。

5. 王日根、陳國燦：《江南城鎮通史（清前期卷）》，陳國燦主編，上海：上海人民出版社 2017 年版。

6. 王衛平：《明清時期江南城市史研究：以蘇州為中心》，北京：人民出版社 1999 年版。

X

1. 謝國楨：《明清之際黨社運動考》，上海：上海書店出版社 2006 年版。

2. 徐文高編著：《山塘鉤沉錄》，上海：上海古籍出版社 2002 年版。

3. 徐永斌：《明清江南文士治生研究》，北京：中華書局 2019 年版。

Y

1. 楊念群：《何處是「江南」？——清朝正統觀的確立與士林精神世界的變異》（增訂版），北京：生活·讀書·新知三聯書店 2017 年版。

Z

1. 趙洪濤：《明末清初江南士人日常生活美學》，成都：四川大學出版社 2018 年版。

2. 鄒振環：《晚清西方地理學在中國：以 1815 至 1911 年西方地理學譯著的傳播和影響為中心》，上海：上海古籍出版社 2000 年版。

3. 張仲清：《越絕書譯注》，北京：人民出版社 2009 年版。

4. 張振雄：《蘇州山水志》，揚州：廣陵書社 2010 年版。

5. 周振鶴主著：《中國歷史文化區域研究》，上海：復旦大學出版社 1997 年版。

四、地理研究類（按照作者姓氏首字的漢語音序排列）

B

1. 白光潤：《應用區位論》，北京：科學出版社 2009 年版。

C

1. 柴彥威等：《城市地理學思想和方法》，北京：科學出版社 2012 年版。

2. 柴彥威等：《空間行為與行為空間》，南京：東南大學出版社 2014 年版。

F

1. 樊傑、白光潤主編：《城市經濟與微區位研究》，上海：中華地圖學社 2005 年版。

G

1. 顧朝林主編：《人文地理學導論》，北京：科學出版社 2012 年版。
2. 〔美〕阿瑟·格蒂斯、朱迪絲·格蒂斯、吉爾姆·D·費爾曼：《地理學與生活》（插圖第 11 版），黃潤華、韓慕康、孫穎譯，北京：世界圖書出版公司北京公司 2013 年版。

K

1. 〔英〕邁克·克朗：《文化地理學》，楊淑華、宋慧敏譯，南京：南京大學出版社 2003 年版。

L

1. 陸大道編著：《區位論及區域研究方法》，北京：科學出版社 1988 年版。
2. 劉敏、方如康主編：《現代地理科學詞典》，北京：科學出版社 2009 年版。
3. 劉衛東等：《經濟地理學思維》，北京：科學出版社 2013 年版。
4. 李小建主編：《經濟地理學》（第二版），北京：高等教育出版社 2006 年版。
5. 劉豔芳等編著：《經濟地理學：原理方法與應用》（第二版），北京：科學出版社 2017 年版。

P

1. 潘玉君、武友德編著，陸大道主審：《地理科學導論》（第二版）北京：科學出版社 2014 年第二版。

T

1. 唐曉峰：《文化地理學釋義：大學講課錄》，北京：學苑出版社 2012 年版。

W

1. 王彬：《北京微觀地理筆記》，北京：生活·讀書·新知三聯書店 2007 年版。
2. 王鵬飛編著：《文化地理學》，北京：首都師範大學出版社，2012 年版。
3. 王興中等：《中國城市商娛場所微區位原理》，北京：科學出版社 2009 年版。

Y

1. 於洪俊、寧越敏編著：《城市地理概論》，合肥：安徽科學技術出版社 1983 年版。
2. 楊吾揚、張國伍、王富年、張文嘗、葉慶餘：《交通運輸地理學》，北京：商務印書館 1986 年版。

3. 楊吾揚：《區位論原理——產業、城市和區域的區位經濟分析》，蘭州：甘肅人民出版社 1989 年版。

Z

1. 朱東風：《城市空間發展的拓撲分析——以蘇州為例》，南京：東南大學出版社 2007 年版。

2. 周尚意、孔翔、朱竑編著：《文化地理學》，北京：高等教育出版社 2004 年版。

3. 張文忠：《經濟區位論》，北京：科學出版社 2000 年版。

（五）統計研究類（按照作者姓氏首字的漢語音序排列）

G

1.〔美〕道恩·格里菲思：《深入淺出統計學》，李芳譯，北京：電子工業出版社 2012 年版。

S

1.〔美〕尼爾·J.薩爾金德：《愛上統計學》（中譯本第 2 版），史玲玲譯，重慶：重慶大學出版社 2011 年版。

Z

1. 周惠芳主編：《統計學基礎》，上海：立信會計出版社 2005 年版。

貳、論文類（以發表時間為序）

1. 金克木：《文藝的地域學研究設想》，《讀書》1986 年第 4 期。

2. 范軍：《中國古代文論中的地理環境論——中國古代文藝生態學思想研究之一》，《華中師範大學學報》（哲社版）1990 年第 3 期。

3. 陸草：《論清代女詩人的群體性特徵》，《中州學刊》1993 年第 3 期。

4.〔日〕宮崎市定：《明代蘇松地方的士大夫和民眾》，《日本學者研究中國史論著選譯》（第六卷　明清），劉俊文主編，欒成顯、南炳文譯，北京：中華書局 1993 年版。

5. 艾素珍：《清末人文地理學著作的翻譯和出版》，《中國科技史料》1996 年第 1 期。

6. 林榮琴：《試析〈史記·貨殖列傳〉與〈漢書·地理志〉中的風俗地理思想》，《西北大學學報》（哲學社會科學版）1997 年第 4 期。

7. 余恕誠：《李白與長江》，《文學評論》2002 年第 1 期。

8. 衣若芬:《瀟湘文學與圖繪中的柳宗元》,《零陵學院學報》2002 年第 1 期。

9. 金學智:《張繼〈楓橋夜泊〉及其接受史》,《蘇州大學學報》(哲學社會科學版) 2002 年第 4 期。

10. 蔣寅:《清代詩學與地域文學傳統的建構》,《中國社會科學》2003 年第 5 期。

11. 蔣寅:《清代文學的特徵、分期及歷史地位——〈清代文學通論〉引言》,《煙台師範學院學報》(哲學社會科學版) 2004 年第 4 期。

12. 趙奎英:《中國古代時間意識的空間化及其對藝術的影響》,《文史哲》2000 年第 4 期。

13. 趙杏根:《杜陵布衣踞詞壇,白首罵座儈與蠻——論杜濬其人其詩》,《中國韻文學刊》2006 年第 1 期。

14. 何宗美:《載酒徵歌,交遊文物——復社文學活動及其影響》,《文藝研究》2006 年第 5 期。

15. 余意:《文學家地理:文學地理學學科的原點》,《文藝報》2006 年 7 月 8 日第 3 版。

16. 陳敘:《試論〈詩〉地理學在漢代的發生》,《南京社會科學》2006 年第 8 期。

17. 劉仲華:《明清之際一個普通士人的人生際遇——王崇簡生平與出處》,《石家莊學院學報》2007 年第 5 期。

18. 王恩俊:《復社研究》,東北師範大學,2007 年博士學位論文。

19. 葉君遠:《吳梅村與「兩社大會」》,《甘肅社會科學》2008 年第 1 期。

20. 范連生:《清末民初的中小學地理教育探析》,《凱里學院學報》2008 年第 1 期。

21. 王兆鵬、孫凱雲:《尋找經典——唐詩百首名篇的定量分析》,《文學遺產》2008 年第 2 期。

22. 劉紅娟:《明代遺民立場的嬗替——以歸莊為個案》,《甘肅社會科學》2008 年第 2 期。

23. 劉遙:《關於文學地理學的研究方法與發展前景——鄒建軍教授訪談錄》,《世界文學評論》2008 年第 2 期。

24. 任孝溫:《虎丘曲會成因考》,《蘇州大學學報》(哲學社會科學版) 2008 年第 5 期。

25. 吳伯雄：《〈古文辭通義〉研究》，復旦大學，2009 年博士學位論文。

26. 楊旭輝：《地域人文生態視野與明清詩文研究》，《西北師大學報》（社會科學版）2010 年第 1 期。

27. 梅新林：《世紀之交文學地理研究的進展與趨勢》，《浙江師範大學學報》（社會科學版）2010 年第 3 期。

28. 王水照、朱剛：《三個遮蔽：中國古代文章學遭遇「五四」》，《文學評論》2010 年第 4 期。

29. 高建新、李樹新：《一首詩創造世界——張繼〈楓橋夜泊〉的接受與傳播》，《蘇州大學學報》（哲學社會科學版）2010 年第 4 期。

30. 鄧怡舟：《論永州使柳宗元從失意的貶官成為著名文學家》，《社會科學論壇》2010 年第 5 期。

31. 袁志成：《晚清民國詞社的地理分布、成因及影響》，《湖南城市學院學報》2011 年第 2 期。

32. 姚大懷：《「江山之助」新論——兼與汪、叢二先生商榷》，《安徽科技學院學報》2011 年第 3 期。

33. 胡堯：《淺議清末以來中西交流對中國地理學發展之影響》，《四川職業技術學院學報》2011 年第 5 期。

34. 顏紅菲：《當代中國的文學地理學批評》，《世界文學評論》2011 年第 1 期。

35. 曾大興：《建設與文學史學科雙峰並峙的文學地理學科——文學地理學的昨天、今天和明天》，《江西社會研究》2012 年第 1 期。

36. 汪超：《閨閣、青樓場域差異影響下的文學傳播與接受——以明代女性詞人為例》，《中南大學學報》（社會科學版）2012 年第 2 期。

37. 蔣寅：《懺悔與淡忘：明清之際的貳臣人格》，《徐州工程學院學報》（社會科學版）2012 年第 2 期。

38. 楊義：《文學地理學的三條研究思路》，《杭州師範大學學報》（社會科學版）2012 年第 4 期。

39. 李靜：《北宋前期詞人詞作的地理分布》，《學術論壇》2012 年第 8 期。

40. 李志豔：《論中國古代文論資源對文學地理學的建構》，《南京社會科學》2012 年第 9 期。

41. 胡迎建：《江西山水名勝與宋代詩文》，曾大興、夏漢寧編《文學地理學》，北京：人民出版社 2012 年版。

42. 陶禮天：《略論文學地理學的過去、現在和未來》，《文化研究》第 12 輯，
北京：社會科學文獻出版社 2012 年版。

43. 李偉煌：《中國文學地理學論著的數理統計與分析》，廣州大學，2012 年
碩士學位論文。

44. 王紅娟：《〈漢書·地理志〉與〈詩經〉的文學地理觀》，《哈爾濱工業大學
學報》（社會科學版）2013 年第 2 期。

45. 徐健勳：《清代士人彭定求與道教因緣初探》，《湖南科技學院學報》2013
年第 2 期。

46. 劉慶華：《文學地理學學科建構熱點問題的思考》，《廣州大學學報》（社
會科學版）2013 年第 3 期。

47. 羅書華：《清代文學的分期及特點》，《天中學刊》2013 年第 4 期。

48. 葉當前：《論中古離別詩的意象》，《中南大學學報》（社會科學版）2013
年第 5 期。

49. 〔法〕米歇爾·柯羅：《文學地理學、地理批評與地理詩學》，姜丹丹譯，
《文化與詩學》2014 年第 2 期。

50. 彭民權：《文學地理學的體系建構與理論反思》，《江西社會科學》2014 年
第 3 期。

51. 胡恒：《清代太湖廳建置沿革及其行政職能變遷考實》，《蘇州大學學報》
（哲學社會科學版）2014 年第 5 期。

52. 李德輝：《唐代五都交通圈及其文學效應》，《華南師範大學學報》（社會
科學版）2015 年第 1 期。

53. 梅新林：《文學地理學：基於「空間」之維的理論建構》，《浙江社會科學》
2015 年第 3 期。

54. 李仲凡：《地理學學理資源在文學地理學建構中的作用》，《蘭州學刊》2015
年第 6 期。

55. 韓偉：《文學地理學的問題意識與範式革新》，《蘭州學刊》2015 年第 6 期。

56. 梅新林：《論文學地圖》，《中國社會科學》2015 年第 8 期。

57. 杜華平：《文學地理學研究的突圍與概念體系的建構》，《臨沂大學學報》
2016 年第 3 期。

58. 鄒建軍：《文學地理學學科建設的三個重要問題》，《世界文學評論》2016
年第 7 輯。

59. 曾大興：《論文學區》，《學術研究》2017 年第 4 期。

60. 晁成林：《地域文化視域下唐前江蘇文學家族的地理分布》，《西南交通大學學報》（社會科學版）2017 年第 5 期。

61. 梅新林：《「新文學地理學」學術體系之建構》，《浙江社會科學》2017 年第 7 期。

62. 劉川鄂、黃盼盼：《文學地理學研究蓄勢已久——曾大興〈文學地理學概論〉述評》，《博覽群書》2017 年第 10 期。

63. 鄧曉倩：《試論辛棄疾詞對蘇軾詩詞接受的地域差異——以唐宋文學編年地圖為參考依據》，《文教資料》2017 年第 21 期。

64. 杜華平：《文學地理學學科建設的一個標誌——讀曾大興〈文學地理學概論〉》，《世界文學評論》（高教版）2018 年第 1 期。

65. 李仲凡：《〈論文學區〉的理論創新與超越——〈理論建構的邊界與問題〉商榷》，《江漢論壇》2018 年第 7 期。

66. 李芳民：《空間營構、創作場景與柳宗元的貶謫文學世界——以謫居永州時期的生活與創作為中心》，《清華大學學報》（哲學社會科學版）2019 年第 1 期。

67. 潘德寶：《文學地理學的理論奠基》，《中華讀書報》2019 年 2 月 27 日第 10 版。

68. 羅時進：《文學地理學的理論集成》，《文匯報》2019 年 3 月 15 日第 15 版。

69. 王兆鵬、鄭永曉、劉京臣：《借器之勢，出道之新——「數字人文」浪潮下的古典文學研究三人談》，《文藝研究》2019 年第 9 期。

後　記

　　我老家江陰有句俗語:「瘌痢頭兒子自傲好」,和成語「敝帚自珍」意思相近,用來形容我對自己這本書的感情很貼切。這本書是我 2020 年的博士論文,其中凝結了我在人生道路上的選擇和堅持,見證了我在學術道路上的努力和進步,因此即使自知其「醜」和「敝」,也難免心生「自珍」「自傲」之情。

　　現在,花木蘭文化事業有限公司不嫌其「醜」和「敝」,願意出版,我不勝榮幸,衷心感謝!校訂時,我本想把一些新材料、新觀點添進去,對其稍加修飾,但最終我克制了自己的衝動。我想,讓自己的第一本學術著作保持最初稚拙的樣子,也有歲月留痕的別樣意義。於是,除刪改個別詞句外,全篇基本未動。

　　藉此書出版之際,我要對恩師趙杏根先生深表謝意。在我 2012 年讀博之初,先生就根據我當時任教院校重視蘇州歷史文化研究的情況,為我確定了「清代詩文中的蘇州書寫」的論文選題。先生治學勤勉,學問深廣,傳統與創新並重,學識與詩才兼備,對待學生更是言傳身教,春風化雨。每次聆聽先生教誨,我都受益匪淺,深感先生是自己做人、做事、做學問的榜樣。而且,也是經先生推薦,我才有緣結識花木蘭文化事業有限公司北京工作室的楊嘉樂主任。可以說,沒有先生的指導和幫助,就不會有這本書。

　　為此書出版,楊嘉樂主任數次耐心細緻地與我溝通,編輯們也付出了辛勤的勞動,在此謹致謝忱!

　　最後,雖然「自珍」「自傲」,但是我清楚地知道,這本書確實存在諸多「醜」「敝」之處,懇請學術界各位師友不吝指正。

　　是為記。

殷虹剛

2023 年 8 月 10 日